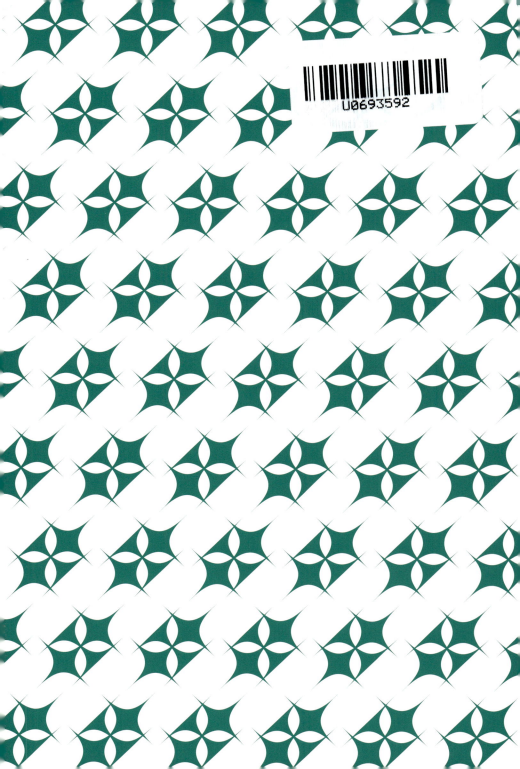

Orlando
Virginia Woolf

〔英〕**弗吉尼亚·伍尔夫**

著

奥兰多

侯毅凌 译
〔西〕海伦娜·佩雷斯·加西亚 绘

天津出版传媒集团

天津人民出版社

果麦文化 出品

序

　　《奥兰多》是弗吉尼亚·伍尔夫的一部浪漫主义小说，描述了主人公奥兰多从男性变身为女性的故事。奥兰多是个虚构的永生人物，其生存的时代从 16 世纪延续到 20 世纪。

　　小说的主题之一是人的永生。这是一个带有神秘主义色彩的主题，是人类永存于心的梦想。奥兰多获得永生，这部小说是他不老的传奇。小说的主题之二是性别。奥兰多原本是男人，三十岁时忽然变成了女人，他的观察视角和生活世界既是男性的，又是女性的，两相比较，相映成趣。或许在作者的潜意识中，男女两性是你中有我我中有你的，你我合二为一，方能达至圆满。

　　此外，小说中处处浮现伍尔夫好友薇塔的身影。奥兰多爱上的萨莎公主的原型，即是薇塔的同性恋人；奥兰多后来成为诗人，源自薇塔擅长写诗。这是一本因薇塔而写的书，也是献给薇塔的书，因此被称为"世界上最长的情书。"

　　书中还有大量的创作谈，写到女性在 19 世纪的写作处境、经验和感触。在伍尔夫生活的时代，女性写作本身就是对传统写作的一个挑战，因而她的成功是女性挑战传统写作事业的一个杰出典范。

李银河

2021 年 7 月 9 日

"在他们那个时代，一切断然分明。花开花谢，日出日落，情人聚散离合。诗人在诗中说了什么，年轻人就在生活中怎么表现。"

"奥兰多的一天似乎是这样度过的：他7点左右起床，身上裹着土耳其长袍，点上一支方头雪茄，然后伏在阳台的矮墙上。"

"她是男人，也是女人，她知道其中的秘密，也知道两个性别各自的弱点。"

"她竟然更喜欢落日，而不是羊群。"

"女人很清楚，虽然诗人会向她献诗，称赞她的鉴赏力，请她批评指正，还调她的茶，但这绝不代表他尊重她的意见，钦佩她的理解力，不会用他的笔刺穿她的身体。"

"他们很惊讶彼此之间这么快就产生了共鸣，他们都发现，女人可以像男人一样宽容和坦率，男人也可以像女人一样难以捉摸。"

"不管怎样，
她觉得自己根本上始终没变，她依然喜欢沉思冥想，依然喜爱动物和大自然，
而乡野田园和四季美景，依然令她激情澎湃。"

献给

薇塔·萨克维尔–韦斯特

Orlando

Virginia Woolf

第一章

　　他——没错，是这个性别，虽然当时的衣着风尚多少遮掩了这一点——正在劈刺一颗悬挂在屋梁上的人头。这是一颗摩尔人[1]的头颅，颜色和形状都像旧足球，只是两颊塌陷，几绺干粗的头发像是椰子上的毛棕。这头颅曾属于一个身形魁梧的异教徒，奥兰多的父亲或者祖父在非洲蛮荒之地的一个月夜，从那个巨人的肩膀上砍下了它。这会儿，它正在微风中晃动，缓缓地、不停地——在这座巨大宅邸的顶楼房间里，微风从未停止过，宅邸的主人就是当年取了这首级的爵爷。

　　奥兰多的祖先曾驰骋征伐于偏远之地，有长着水仙花的原野，也有乱石遍地的荒漠和流淌着陌生河流的地方。他们从许多肩膀上砍下了许多肤色各异的头颅，把它们带回来，悬挂在屋梁

1　欧洲人对北非柏柏尔人和阿拉伯人的称谓。（书中注释除特别说明外，均为译者注。）

上。奥兰多发誓，他也会这样做。可他才十六岁，还不能跟他的父辈们一起并肩远征非洲或法兰西。他只好悄悄离开花园和在那里喂孔雀的母亲，来到他的顶楼房间，开始挥剑腾跃，剑刃划破空气。有时他会砍断绳子，头颅便落到地板上，他重新把头颅系到梁上，并且以骑士风度将它悬到一个他几乎够不着的地方，如此一来，那头颅看上去就像是咧着干瘪的黑色嘴唇在嘲笑他。头颅在微微晃动，因为这座宅邸实在太大，他住的顶楼似乎把风都困在了里面，无论冬夏，风都在里面流动。猎人图案的绿色挂毯也在随风不停地晃动。从一开始，奥兰多的祖先就是贵族，他们来自雾气蒙蒙的北方，头上戴着贵族的冠饰。外面的光线透过玻璃窗上的彩绘纹章盾徽，在房间里投下一道道暗影，在地板上映照出一块块黄色方格。此时奥兰多正站在盾徽投下的黄色豹子的影子中。他伸手去推开窗子，手上立刻染上了红色、蓝色和黄色，宛如蝴蝶的翅膀。喜欢符号并且热衷解读的人也许会观察到，尽管奥兰多匀称的双腿、健美的身躯和结实的肩膀都映上了盾徽的各种光色，但在他推开窗子的一瞬间，他的脸上只有阳光。这是如此率真而又郁郁寡欢的一张脸，世间恐怕找不出第二张。生育他的母亲是幸福的，因为她永远不会为他而烦恼；而更幸福的是能为他写传记的人，因为他不必求助于小说家和诗人。功业、荣耀、官衔，这些都是他注定要不断进取去获得的东西，而他的传记作者也紧随其后，最终共同抵达他们各自所欲攀上的顶峰。奥兰多，看上去就像是那种天降大任之人。他红扑扑的脸颊上有绒毛，唇上的绒毛要稍密一些；他的嘴不大，双唇微微内敛，精致的杏白色牙齿若隐若现；鼻子不长，但挺拔如箭；头发深色，耳朵小，但与头很相称。但是，哦，要说这青春之美，哪能不提额头和眼睛呢？谁生下来会少了它们？看着站在窗边的奥兰多，我们得这样说，他的眼睛宛如湿透的紫罗兰，而且很大，仿佛被里面水灵灵的充盈撑大了眼眶。他的额头像隆起的大理石穹顶，两边的太阳穴如光滑无饰的圆形奖章。看着这样的眼睛和额头，我们会不吝颂词，大书特书；看着这样的眼睛和额头，我们不得不接受许多乖张之事，而这些是每个经验老到的传记作者都竭力回避的。有的景象令他不安，比如他母亲，一个非常美丽的贵妇，她身着一袭绿色衣装，身后跟着侍女特薇琪特，正去花园喂孔雀。有的景象令他欣悦，比如鸟和树。有的景象则让他对死亡心怀迷恋，比如夜晚的天空和正在归巢的白嘴鸦。这些景象正在盘旋而上，进入他的头脑，一个空间宽绰的头脑；这些景象，以及花园里的种种声音，比如锤子的敲打声和劈砍木头的声音，开始令人心迷神乱。这是每一个传记作者都憎恶的。不过还是让我们接着说下去——奥兰多把头从窗口收回来，在桌旁坐下，像一个人长年累月每天这个时候都做同样的事情那样，不经意地拿出一个本子，上面写着《埃塞尔伯特：一出五幕悲剧》，然后将一支污渍斑斑的旧鹅毛笔蘸入墨水。

很快，他在本子上写满了十多页的诗。显然，他写得很流畅，但写得有些抽象。邪恶、罪孽和苦难是他的剧本中的角色。剧中有奇幻之域的国王和王后，可怕的阴谋让他们惶恐不安，高尚的情感充盈于他们心中。里面没有一句台词是他本人会说的话，但读来却别有一种流畅和愉悦。他还不到十七岁，离16世纪终结也还差着一些年头，他有如此诗才的确已是不同凡响。终于，他停了笔。他在描写大自然，就像所有年轻诗人那样。为了准确地描写大自然中的绿荫，他注视着真正的大自然（这里，他表现出了绝大多数诗人所没有的那种无所顾忌），那是在他窗下的一丛月桂。这之后，他当然就无法再写下去。自然中的绿是一回事，文学中的绿是另一回事。自然和文字，似乎有一种天然的排斥，把它们放到一起，它们会将对方撕扯成碎片。奥兰多现在看到的自然之绿破坏了他的诗韵和节奏。再说，大自然也有她自己的花招。只要去看看窗外花丛中的蜜蜂，看看那只打哈欠的狗，看看夕阳沉落，只要想想"我还能看到多少次日落"，等等（这类说法早已耳熟能详，不值得一一写出来），他就会放下笔，拿起斗篷，大步走向屋外。这过程中也许会被门边的大漆柜绊一下，因为奥兰多是有那么一点儿笨手笨脚。

他小心翼翼，避免碰上人。花匠斯塔布斯正沿着小道走过来。他躲到一棵树后面，等他过去。然后他从花园围墙的一个小门溜了出去。他绕开了马厩、狗舍、酿酒坊、木工场、洗衣房，以及那些制作牛脂蜡烛、宰牛、打马掌和缝皮坎肩的地方，因为这座大宅本身就是个小镇，里面有各色各样行当的人在忙活。他悄悄地穿过宅子外面的林园，走上一条长满羊齿草的上山小道。也许，人的不同秉性之间有某种亲密关联：一种秉性会吸引另一种秉性与之相随。传记作者应该在这里提醒一个事实：笨手笨脚的人经常是喜欢独处的人。被漆柜绊过脚的奥兰多，自然喜欢空旷无人的地方和开阔的视野，让自己去感受那种无穷无尽绵延不断的孤独。

长长的沉默之后，他终于轻轻舒了口气："就我一个人了。"这是他在这部传记里第一次开口。他快步往山上走，一路穿过丛生的羊齿草和山楂树，惊动了鹿和野鸟，来到被一棵老橡树遮盖着的山顶。这里地势很高，能看到英格兰十九个郡，天气好的话，甚至能看到三十到四十个。间或也能看到英吉利海峡，波涛逐涌不息。还能看到一条条河，上面滑动着游船。一艘艘三桅大帆船正驶向大海。舰队开炮时喷出浓烟，传来沉闷的轰响。海岸上有一座座堡垒，城堡坐落在草地上，瞭望塔和要塞分布其间。还能看到像奥兰多祖上拥有的那种庄园大宅，大得像山谷中一座环绕着围墙的小镇。朝东方向，能看到伦敦城的尖顶和烟雾。风向合适的时候，在天际线那边，斯诺登[1]陡峭的山峰和锯齿般的

---

1 英国威尔士北部的一座山，是英格兰和威尔士的最高点。

边缘也许能从云雾中显露出来。奥兰多站在那里凝视着山下的景象，心里默默数着，辨认着。那是他父亲的府宅，那是他叔叔的，那边树林中三个高高的角楼属于他姑妈，那片旷野和森林也都是他们的，里面有野鸡、鹿、狐狸、獾和蝴蝶。

他深深叹了口气，然后扑倒在老橡树脚下的土地上。说"扑倒"是因为他的动作带着一种激情。他喜欢在这夏日的流连中感受他身下土地的脊梁，他感觉这脊梁就是橡树粗硬的根，或者是他骑的那匹高头大马的马背，或是一艘剧烈晃动的船的甲板。(因为意象常常连绵不断。)的确，这脊梁可以是任何东西，只要是坚实的就行，因为他觉得他需要某种东西来拴住他漂泊的心，那是一颗在身旁不停拽他的心，每当他傍晚出去的时候，这颗心似乎就鼓荡着爱欲的劲风。他把心系于这棵老橡树，躺在这里，他内心和身边的骚动不安渐渐归于平静。树叶静垂，鹿停下了，夏日的薄云不动了，他贴着地面的四肢变得沉重起来。他一动不动地躺着，鹿慢慢地靠近过来，白嘴鸦在他周围盘旋，燕子忽而低飞忽而环绕，蜻蜓在他上方飞掠，夏日傍晚的所有丰饶和欢爱如网一样交织在他的身体周围。

大约一个时辰之后，太阳迅速下沉，白云转为红霞，小山成了紫罗兰的颜色，树林是紫色，山谷是黑色。这时响起了号角。奥兰多一跃而起。尖厉的号角声来自山谷里一个暗处，那地方紧凑但规划周密，是一个迷宫，一座环绕着围墙的小镇。号角声来自山谷中他家那座大宅的心脏。刚才他看着那宅子的时候，它还是暗的。随着号角一声声响起，同时也响起了别的更尖厉的声音，突然间，宅子亮了起来，变得灯火通明。有些是匆忙移动的光点，似乎仆人们应主人的召唤在走廊上奔走；有些光很明亮，似乎是空荡荡的宴会厅里点着的灯，在迎接未到的宾客；还有些光点升落起伏，似乎是一大群仆人手里擎着灯，他们弯腰，屈膝，起身，迎接，守护，礼节周全地护送一位刚下双轮马车的尊贵公主进入府邸。几辆四轮马车在庭院里转着圈，马在甩它们头上装饰的羽毛。女王驾临了。

奥兰多不再看。他一路快步下了山。从一个小边门溜进去，跑上旋转楼梯，进了自己的房间。他脱下长袜，甩到房间的一头，又把坎肩扔到另一头。他低下头，把手洗干净，修剪了指甲。对着一面六英寸大小的镜子和一对残烛，他迅速穿上了深红色的马裤、花边领礼服、塔夫绸背心和玫瑰图案（那玫瑰大得像双瓣的大丽花）的鞋子，这一切用了不到十分钟，那钟走得很准。他准备好了，兴奋得脸颊发红。但他还是晚了太多。

凭着熟悉的近道，他一路经过许许多多房间和楼梯，直奔宴会厅而去，而宴会厅在这座占地五英亩的庄园另一端。跑了一半路后，他在仆人们的居住区停了下来。斯图克雷太太的起居室的门开着，她不在屋里，可以肯定，她带着所有钥匙侍奉她的女主人去了。那边，在仆人的饭桌边坐着一个胖胖的邋遢男人，穿着棕色粗呢上装，大圆皱领有点儿脏。他面前是一个带把的大啤酒杯和一张纸。他手里拿着笔，但并没有在写，看上去像是在不停地琢磨着什么，而且似乎一直要琢磨到那个想法成形或者积聚起令他满意的势头。他圆圆的眼睛有些迷离，像某种质地怪异的绿石，怔怔地看着一个什么地方。他没看见奥兰多。尽管走得很急，奥兰多却突然停住了。这是个诗人吗？他是在写诗吗？“告诉我这世上的一切。”他想说，因为他对诗人和诗抱有无比狂热和荒谬的幻想。可是怎么去跟一个看不见你的人说话呢？他看到的是食人魔、好色的萨蒂尔[1]，还是大海的深处？奥兰多站在那里，直盯盯地看着他。那个人在指间转动着笔，转过来，转过去，凝视，沉思，继而飞快地写下几行字，然后抬起头。奥兰多羞得拔腿就跑。他到达宴会厅时刚刚来得及向尊贵的女王屈膝跪下，他懵懵地垂着脑袋，向她呈上一碗玫瑰花水。

他太腼腆，只看到了女王浸在水中那只戴戒指的手。但这就够了。这是一只令人难忘的手，很瘦，长长的手指总是弯曲着，仿佛是放在十字圣球上或是握着权杖[2]；这是一只神经质、乖戾、病态的手，也是一只发号施令的手，只要它稍稍一抬，人头就会落地。他猜想这只手应该属于一个衰老的躯体，这躯体有一种存

1　萨蒂尔，希腊神话中半人半羊的精灵，以懒惰、贪婪、淫荡、狂欢饮酒而闻名。

2　十字圣球和权杖为英国王权器物。十字圣球中，十字象征基督教式的君权神授，圣球代表世界，十字铸于圣球之上代表神授之君权照耀世界。

放皮衣的橱柜里散发出的樟脑气味，它被各种锦缎和宝石装饰，也许有坐骨神经痛，但却依然挺直，即便体内充斥着恐惧，也绝不退缩。女王的眼睛是浅黄色的。这一切是那几枚华丽的戒指在水中闪烁时他感受到的。接着，有什么东西按在他的头发上，这也许就是为什么他看不到有可能对历史学家有用的东西。事实上，他的头脑里满是杂陈的相反之物，比如黑夜与明亮的蜡烛，潦倒的诗人和尊贵的女王，野外的静寂和仆人们的嘈杂脚步声。因此，他什么也看不到，或者，只看到了一只手。

同样，女王能看到的也只是一颗头。但如果从一只手能推想出它所属的身体，从而透露一位伟大女王的种种特质，比如她的乖戾、勇气、虚弱和恐惧，那么一颗头当然也可以让看着它的人浮想联翩。眼下俯视着它的是坐在君主宝座上的一位贵妇，如果西敏寺里的蜡像逼真可信的话，这位贵妇的眼睛永远是睁得大大的。这颗头有长而卷曲的深色头发，在她面前如此恭敬、如此天真地低垂着，暗示了这个年轻的贵族有挺拔漂亮的腿，紫罗兰颜色的眼睛和金子般的心。他还应该是忠诚的，有着迷人的男子气。所有这些特质都是这位老女人迷恋的，她越迷恋，就越沮丧。因为她老了，倦了，力不从心了。她的耳朵里总是回响着炮声，她总是看到亮闪闪的毒汁和长长的匕首，她在桌边坐下时会听到英吉利海峡的枪炮声。她很害怕：那是诅咒，还是私语？在她心里这片黑暗的底景中，天真、单纯对她来说显得弥足珍贵。

据传说，就是在那个晚上，当奥兰多睡梦正酣时，女王最终在羊皮纸上盖了印，将曾经属于大主教、后来归了王室的一座大修道院，正式赠予了奥兰多的父亲。

奥兰多酣睡了一晚，对发生的事浑然不觉。他不知道女王还吻过他。女人的心很微妙，也许正是他的浑然不觉和她嘴唇碰到他时他的微微惊觉，让女王对这位年轻的贵族血亲留下了深刻印象。总之，自那以后，安静的乡村生活没过上两年，奥兰多写了不过二十部悲剧、十来部历史剧和二十多首十四行诗，就接到了要他去伦敦白厅宫[1]侍奉女王的旨令。

看着他从长长的走廊上向她走来，女王说："我的天真的年轻人来了！"（他身上总有一种宁静之气，使他看上去显得天真无邪，尽管这个词事实上已不再适用于他。）

"过来！"她说。她身子挺直地坐在壁炉旁。她让他在离她一英尺[2]的地方停住，然后上下打量起他来。她是在把那天晚上的想象和眼前的事实做对比吗？她发现自己的猜测成立吗？眼睛、嘴、鼻子、胸、臀部、手——她一一打量，看的时候嘴唇微微抽搐，可当她看到他的腿时她笑出了声。他的形象是标准的高贵绅士。但内心呢？她浅黄色的鹰眼炯炯发光地看着他，仿佛

1　白厅宫（the Palace of Whitehall）曾是王室住地，1698 年毁于一场大火。

2　英美制长度单位，一英尺约合零点三米。

要穿透他的灵魂。在她目光的逼视下，年轻人微微地脸红起来，如大马士革蔷薇，不过这样形容他倒也没什么不合适。活力，优雅，浪漫，冒失，诗歌，青春——她对他了如指掌。她立即从自己关节有些肿大的手指上摘下一枚戒指，给他戴上，任命他为财务大臣和王室总管。接下来，她又给他戴上官徽项链，命他屈膝，然后在他小腿最细的部位系上镶珠宝的嘉德勋章带[1]。从此以后，他春风得意。女王正式出行时，他便在她的座驾门侧骑行。她曾派他出使苏格兰，去见那位郁郁寡欢的苏格兰女王。他正要启航奔赴波兰战争时，女王将他召回，她怎能忍心想象他年轻的身体被利刃砍斫，头发卷曲的头颅滚落于尘土之中？她把他留在了身边。在她统治的巅峰之时，当伦敦塔礼炮轰鸣，空气中弥漫着呛人的火药味，人群在她的窗下大声欢呼之时，她把他拉到她倚着的一堆靠垫中（她的侍女们为她放置的，因为她实在是年迈体衰了），将他的脸埋在她那令人惊诧的身体上——她已经一个月没换过衣服——这气味实在太重了，他想，就像他童年记忆中家里存放他母亲皮衣的旧衣柜里的气味。他抬起身，她的拥抱让他喘不过气。"这，就是我的胜利！"她松了口气低声说，此刻一束焰火正呼啸着飞上天空，映红了她的脸颊。

---

[1] 嘉德勋章是英法百年战争期间英王爱德华三世于1348年设置的最高骑士荣誉勋章。勋章绶带是蓝色丝绒的带扣绑带，在正式庆典上系于骑士的左膝。

这个老女人喜欢他。据说，女王很会看男人，虽然方式有点儿不寻常。她为奥兰多设计了一个辉煌灿烂的前程。她赐给他土地，送他宅邸。他将是她年迈后的儿子，她衰弱之躯的支撑，她风烛残年时倚靠的橡树。她声音低沉嘶哑地说出这些许诺，以一种奇怪的专横表达着她的脉脉温情（此时他们在里奇蒙[1]），裹着厚厚锦缎的她挺直地坐在壁炉旁，不管壁炉里的柴火堆得多高，她都从来不曾觉得暖和过。

漫长的冬季在继续。园林里的树都结了霜，河水流得很慢。有一天，雪覆盖了大地，镶着壁板的房间里暗影浮动，牡鹿在园林里鸣叫，她在镜子里（因为怕被监视，她身边总有镜子）透过开着的门（因为怕有刺客，她总让门开着）看见一个年轻男子在亲吻一个姑娘。那是奥兰多吗？那丫头又是哪个不要脸的贱货？她抓起她的金柄宝剑，朝镜子猛击过去。镜子哗啦碎了一地，仆人们纷纷跑过来，把她扶起，重新将她扶到椅子上。此后她一蹶不振，在她垂垂老去的岁月中，她不停地抱怨，历数男人的种种背叛。

也许，这是奥兰多的错。然而说到底，我们能怪他吗？那是伊丽莎白时代，他们的道德观不同于我们，他们的诗人、他们的气候，甚至他们的植物都不同于我们。一切都不同于我们。我们可以

1　里奇蒙宫（Richmond Palace）是位于英国泰晤士河边的皇家行宫。伊丽莎白一世一生的大部分时间都在这里度过，因为她喜欢在里奇蒙园林猎鹿。1603 年她去世于此。

想象，那时的气候，不管是夏天的热还是冬天的冷，都与我们现在的全然不同。他们灿烂多情的白日与黑夜截然分开，一如陆地分别于海水。他们的日落更红更热烈，曙光更白更耀眼。我们的拂晓半明半暗，我们的黄昏暮色流连，那个时代的他们对此一无所知。他们的雨要么倾泻如注，要么干脆不下。天空若非烈日如焰，便是黑暗无光。那个时代的诗人习惯将这一切化作情感和诗句，他们柔美地吟咏玫瑰如何衰败凋零，吟咏时光转瞬即逝、一去不返，等待所有人的是一场漫无尽头的长夜之眠。他们不会像我们一样，用温室花房来人为延长和保持花期花色，也全然不懂我们这个渐进、令人生疑的时代的种种平庸和暧昧。在他们那个时代，一切断然分明。花开花谢，日出日落，情人聚散离合。诗人在诗中说了什么，年轻人就在生活中怎么表现。少女是玫瑰花，她们的青春正如花季一样短暂。采花须在黑夜到来之前，因为白日短暂，而花容只为白日而现。因此，如果奥兰多是受了那个时代的气候、诗人和时代本身的影响，即便是在大雪天、在女王盯着他的情形下在窗台边采了他的花，我们也不好去责怪他。他还年轻，有些孩子气，他的所作所为不过是顺应了自然的冲动。至于那个姑娘，我们跟伊丽莎白女王一样，同样不知道她叫什么名字。她也许叫朵丽丝、克洛莉丝、黛丽亚或黛安娜，因为他为这些名字挨个写过诗。她也许是个宫女或女仆，因为奥兰多口味多样，并非只爱园中之花，野花野草也总是令他迷恋不已。

这里，我们像一个传记作者可能会做的那样，不客气地揭露了他个性中怪异的一面。也许，这得归因于他的先人中有个穿粗布衫提牛奶桶的祖母。在他来自诺曼底的贵族血液中，混杂着肯特郡或萨塞克斯郡的泥土。他认为褐色泥土和蓝色血液的混合没什么不好。这倒是真的，因为他对下层人总有一种好感，尤其是那些没出息的穷酸文人，他似乎对他们有一种惺惺相惜之意。他在这个人生阶段，头脑里经常诗兴遄飞，晚上睡觉前总是灵感闪动。在他眼里，客栈老板的女儿的脸蛋比宫廷贵妇的更新鲜，猎场看护人的侄女比贵妇更伶俐聪明。于是，他开始夜间频频光顾沃平老台阶[1] 和露天啤酒花园。他会用一件灰色斗篷将全身裹起来，遮掩他脖子上的官徽项链和小腿上的勋章带。在那里的沙石小巷里，在玩滚球的草坪上，在简陋的酒馆里，他一边喝着啤酒，一边听水手讲海上的种种艰辛和可怕，以及发生在西班牙美洲大陆的残酷故事。他听他们讲有的水手失去了脚指头，有的失去了鼻子——口头讲的故事到底没有写下来的那么细致，那么富于文采。他尤其喜欢听他们嘈杂不齐地唱亚速尔群岛的土风歌，这种时候，他们从岛上带回来的马尾鹦鹉就会啄他们的耳环，用其坚硬而贪婪的鹰钩嘴敲击他们戒指上的红宝石，并且像其主人

---

1 沃平位于伦敦东区、泰晤士河北岸，曾经是酒馆扎堆的地方，有古老的台阶通往码头，港口风情浓郁。

一样粗野地骂骂咧咧。那里的女人言语举止放浪粗俗，比那些鹦鹉也差不了多少。她们坐到他膝上，胳膊搂着他的脖子，想知道他的粗呢斗篷下面藏着什么非同寻常的东西，她们和奥兰多一样，总想对不清楚的事情探个究竟。

这种机会是有的。泰晤士河上从早到晚都有驳船、小渡船等各色各样的船只来来往往，每天都有漂亮的大船出海驶往印度。不时也会有一条破旧发黑的船费力地驶进港口停泊下来，船上是一些毛茸茸的陌生男人。如果日落以后有小伙和姑娘在船上闲逛，或是有人说看见他们在船上的财宝袋子堆里相拥而睡，没人会在意或大惊小怪。这正是发生在奥兰多、苏姬和坎伯兰伯爵身上的事情。那天天气很热，奥兰多和苏姬激情潮涌，后来两人在一堆红宝石中睡着了。那天夜里，坎伯兰伯爵提着一盏灯独自来船上查看他的战利品，他的财富主要来自他在西班牙的冒险。他提灯照在一个大木桶上，结果吓了一跳，嘴里不由得骂出一声。木桶边上躺着两个交缠在一起睡得正香的幽灵。他们裹在一件红斗篷里，苏姬的胸白得像奥兰多诗中永不消融的雪。伯爵生性迷信，加上自觉罪孽深重，把这两个人当成了淹死的水手鬼魂，从坟墓里跳出来找自己算账。他在胸前画了十字，发誓要悔罪。如今在希恩路上仍能看见的一排济贫院房屋，就是那个惊恐瞬间结出的果实。那个教区的十二个穷老太太白天喝茶，晚上为伯爵大人祈祷，感谢他为她们提供了栖身之所。这么说来，发生在财宝船上的风流勾当——我们还是不谈道德了。

然而，奥兰多很快就厌倦了，令他生厌的，不仅是这种生活方式的不便和那一带杂乱无章的街道，还有那一带人的粗野举止。要知道，伊丽莎白时代的人可不像我们现代人对犯罪和贫穷兴趣十足，不像我们会耻于学书本上的东西，不像我们会相信生为屠夫的儿子是福分，或者不识字是美德。他们也想象不出我们所谓的"生活"和"现实"跟无知和残忍有着某种关系，而他们也根本没有对应这两个词的说法。奥兰多混迹于他们之中并非为了追求"生活"，离开他们也不是因为寻求"现实"。但当他没完没了地听到杰克斯怎么没了鼻子、苏姬怎么失去了贞洁的时候，他就开始对这种重复心生厌倦，尽管他也承认他们很会讲故事。在他看来，鼻子被割掉自有被割掉的方式，女孩的贞操也自有失去的方式，而文艺和科学却多姿多彩，深深地激发着他的好奇心。于是，他将那些快乐留在记忆中，不再频繁出没于酒馆和寻欢之地。他把灰色的斗篷挂进衣橱，亮出他那官徽项链上的星和小腿上熠熠闪烁的嘉德勋章带，重新出现在詹姆斯国王的宫廷里。他年轻，富有，一表人才，没人能比他得到更多的欢呼喝彩。

的确，有许多贵族女子对他颇为青睐。至少有三个女人的名字跟他的名字一起直接出现在婚约中，在他的十四行诗中，他叫她们克罗琳达、菲薇拉和欧芙洛绪涅。

我们就按顺序说吧。克罗琳达温柔端庄，尽显淑女之风，奥兰多确实对她倾心了六个半月。不过，她长着白色的睫毛，而且见不得血，曾经因为她父亲的餐桌上端来一只烤野兔而当场晕了过去。她深受教区牧师的影响，不惜省下自己在内衣上的花费去接济穷人。她认为自己有责任帮奥兰多悔过自新，这让他大倒胃口，于是他抽身而退，废了婚约。不久，她染上天花死了，即便这时，他也心无悔意。

接下来是菲薇拉，她完全是另一种类型。她本是萨默塞特郡一位穷乡绅的女儿，全凭殷勤和善于察言观色在宫廷中一步步混了上来。她的骑术，她秀气的脚背和优雅的舞姿，在宫廷中有口皆碑。然而有一次，一条狗扯破了她的一条真丝长筒袜（说句公道话，菲薇拉确实没几双长筒袜，而且其中粗毛的居多），她不知怎么昏了头，在奥兰多的窗下用鞭子把那条狗抽打得死去活来。酷爱动物的奥兰多这时注意到，菲薇拉的牙齿不齐，两颗门牙偏向内里，他说这是一种明确的标志，说明这样的女人性情残忍乖戾。于是当天夜里他义无反顾地毁了婚约。

第三位欧芙洛绪涅，他对她用情最深也最投入。她出身于爱尔兰戴斯蒙德家族，这个家族与奥兰多的家族一样，古老而根基深厚。她皮肤白皙，面色红润，略微有些冷淡，讲一口流利的意大利语，长着一排完美无瑕的上牙，虽然下排牙齿稍欠光泽。她的膝前总有一条惠比特犬或小猎犬，她会用自己盘子里的白面包喂它们。她会在维金纳琴的伴奏下唱出动听的歌声，因为特别在意保养自己的身体，她总要睡到中午才起身梳洗装扮。总之，她本可以成为奥兰多这样一个贵族的完美妻子，而且婚事的筹备也已到了最后阶段，两边的律师都在忙着订立各种契约，比如妻子在丈夫死后的遗产继承、定居地、房屋地产、各类财产和爵位享有权，以及两大富有家族联姻之前要签订的各种文书。可就在这个时候，"大寒冬"[1]降临了。这种突如其来的酷寒天气常常发生在当时的英国。

历史学家告诉我们，"大寒冬"是这个岛国经历过的最严重的酷寒天气。鸟在空中冻僵，像石头一样落到地上。在诺里奇，有人看见一个健壮的乡村姑娘在走到街角时被冰雹击中，顿时粉身碎骨，像一团尘土被吹到了周围的屋顶上。许多牛羊也都冻死了。人冻死后都无法把他们和床单分开。路上经常能看见一大群猪冻在那里，一动不动。田野里到处是牧人、农夫、马群和赶鸟的小男孩，他们都在一个动作的瞬间被冻住了，有的伸手去擦鼻子，有的把酒瓶举到了嘴边，有的举着小石块要投向一只乌鸦，那乌鸦蹲在一码[2]之内远的树篱上，宛如充填的标本。这场冰冻极为严重，以致后来不时出现石化现象。很多人认为，德比郡的一些地方增加的很多岩石并非火山喷发所致，而是很多不幸

1　大寒冬（The Great Frost）在历史上指 1683 至 1684 年间发生在英国的极端寒冬，有报告称，泰晤士河当时冰冻达一英尺之深。

2　英制长度单位，一码约合零点九二米。

的路人在原地确确实实地变成了石头，因为根本没有发生过火山喷发。教会在这件事上帮不上什么忙，虽然有些土地拥有者把这些石骸奉为圣物，但多数情况下，这些石头被用作地界标志和羊的蹭痒柱。如果石头形状合适的话，可以把它们用作牲口的饮水槽，它们还很好用，直到今天都在这么用。

可是就在国内百姓生活极度匮乏、国家贸易一片萧条停顿之时，伦敦却是极尽狂欢炫耀。王宫在格林尼治，新国王想利用加冕礼的机会笼络一下民心。于是他下令由他出钱，把冰冻二十多英尺深的河面及沿河两岸六至七英里[1]长的路段清扫出来，装饰成公园或游乐场，在那里修建藤架、迷宫、滚球场和酒铺等。他为自己和廷臣在王宫大门的正对面划出一块地盘，用丝绳围了起来，与平民大众隔开，这个地方于是立刻成了英格兰名流贵胄的聚集之地。一群脖子上围着华丽大圆皱领、留着胡子的宫廷重臣，在皇家大帐亭的深红色遮篷下处理政务。军人们在顶上装饰着鸵鸟羽毛的藤架下谋划如何征服摩尔人和打垮土耳其人。海军将军们手里拿着酒杯，在狭窄的小道上走来走去，他们看着远方的地平线，讲述着西北航道和西班牙无敌舰队[2]的种种故事。情侣们在铺着貂皮的

1　英美制长度单位，一英里约合一点六千米。

2　西北航道是指从北大西洋经加拿大北极群岛进入北冰洋，再进入太平洋的航道，它是连接大西洋和太平洋的捷径。西班牙无敌舰队是 16 世纪晚期西班牙为保障其海上交通线和海外利益组建的著名舰队。1588 年，无敌舰队远征英国，在格拉沃利讷海战中失利，败于英国舰队。

躺椅上调情。王后和她的女官们出来时，冰冻的玫瑰花像雨一般落下。彩色的气球静静地浮在空中。到处燃起巨大的篝火，香柏和橡木的柴火里加了大量的盐，烧出了绿色、橙色和紫色的火焰。但无论这些篝火烧得多旺，热量仍不足以融化河冰，冰层虽然清澈透明，却坚硬如钢。透过极其清澈的冰层，可以看到数英尺之下冻住的生物：这里一条鼠海豚，那里一条比目鱼。一群群鳗鱼待着一动不动，像是毫无知觉，这种状态是死了，还是只是暂时动不了、回暖后就会复苏，是一个留待哲学家去思索的问题。伦敦桥附近，河水冰冻达二十英寻¹之深，我们可以清楚地看到河底躺着一条平底货船，去年秋天因苹果超载而沉于此处。船上坐着一个要把水果运到萨里市场的老妇人，她穿着格子布衣服和大撑裙，膝上兜满了苹果，看上去很生动，像是要招呼哪个主顾，但是她青紫的嘴唇表明了实情。这是詹姆斯国王特别喜欢的一个景象，他还会带领他的一帮廷臣跟他一起观看。总之，白日里这番光景的华丽与欢乐无与伦比。但狂欢的高潮是在夜晚，河面冰冻依然如故，夜空无比静谧，月亮和星星闪烁着钻石般的坚定光芒，一众廷臣随着长笛和小号的动听乐音跳起了舞。

说真的，奥兰多不是很会跳库朗特舞和沃尔塔舞²，他笨手笨

1　英美制测量水深的长度单位，一英寻约合一点八米。

2　库朗特舞和沃尔塔舞均为起源于意大利的宫廷舞蹈，16 世纪时盛行于欧洲各国。

脚，还有点儿心不在焉。比起华丽的异国舞，他更喜欢自己国家的朴实舞蹈，他小时候跳过的那种。1月7号傍晚大约6点钟，随着四对方舞和小步舞的曲子结束，就在他刚刚收拢双脚的时候，他看到从莫斯科使团的帐亭里出来了一个人。这人是男是女一眼看不出，因为俄罗斯风格的宽松长袍和裤子掩盖了性别。这个人引起了他强烈的好奇心。这个不知姓名、难辨性别的人，大约中等个头，样子纤秀，一身都是牡蛎色的丝绒，边上镶着不常见的浅绿色皮毛。但这些细节被整个人散发出来的特别的迷魅遮掩了。此时在奥兰多的头脑中，极致而放纵的意象和比喻交织涌动起来。仅仅三秒钟的时间，他就给了"她"一连串称呼：甜瓜、菠萝、橄榄树、绿宝石、雪中的狐狸。他不知道自己是否听过"她"的声音，品味过"她"，见过"她"，还是三者兼而有之。（尽管在叙述中不应该有片刻的停顿，但我们不妨在这里匆匆提一下，此时他头脑中的所有意象都极为单纯，与他的感觉相符，而且大多来自他童年时就喜欢的事物。他的感觉是单纯的，与此同时却也异常强烈。因此，我们停下来去探究事情的原委是不可能的。）……甜瓜、绿宝石、雪中的狐狸——他如此这般地赞美着，目不转睛地凝视着那个人。那个男孩，对啊，一定是个男孩，因为没有哪个女子能滑冰滑得如此快，表现出如此活力。那个男孩几乎是踮着脚尖从他身旁一掠而过，奥兰多懊恼得差点儿要揪自己的头发，因为这个人如果跟他同一个性别，他想象中的拥抱就绝无可能了。但这个滑冰者又向他靠近了。从腿、手和姿态看，这人像是男孩，但没有哪个男孩有那样的嘴和那样的胸脯，也没有哪个男孩有一双像是来自海底的湛蓝眼睛。最后，这个不知名的滑冰者慢慢停住，朝着正在侍从搀扶下拖着步子走过的国王行了个极为优雅的屈膝礼，随后完全静止下来。她与奥兰多相距不过咫尺。是个女人。奥兰多怔怔地盯着她，颤抖起来，身上又热又冷，他渴望一头扑入夏日的空气中，踩碎脚下的橡树果，渴望跟高大的山毛榉和橡树一样向天空伸展自己的双臂。最终，他嘴唇微微上扬，露出玲珑的白牙，先是略微张开，像是要咬什么，然后又合上，仿佛已经咬上了东西。欧芙洛绪涅小姐挽住了他的胳膊。

他后来得知，这个陌生女子是玛露莎·斯坦尼罗夫斯卡·达姬玛尔·娜塔莎·伊丽亚娜·罗曼诺维奇公主，她随俄国大使来参加英王的加冕典礼，大使也许是她叔父，也许是她父亲。在英国，人们对俄国人了解很少。他们留着大胡子，戴裘皮帽，几乎默不作声地坐在那里，喝着一种黑色的液体，时不时地又将它啐到冰面上。他们没人会说英语，虽然他们中间有些人还懂一点儿法语，可当时的英国宫廷中很少有人说法语。

一个偶然的机会让奥兰多与公主相熟。巨大的顶篷下摆着招待显贵人物的大长桌，他们隔着桌子相对而坐。公主被安排坐在两个年轻贵族中间，一位是弗朗西斯·维尔勋爵，另一位是年轻的马里伯爵。看到公主把这两人搞得窘态毕现非常有趣，虽然他们也都算得上一表人才，可他们的法语不比刚出生的婴儿好到哪儿去。晚宴开始时，公主转向伯爵，用法语对他说（她的优雅姿态令他倾倒）："我想我去年夏天在波兰认识了一位来自你们家族的绅士。"或者，她会说："英国宫廷里的女人美极了，真让我着迷。我从没见过比你们王后更优雅的女人，她的发型简直无与伦比。"听到公主的法语，弗朗西斯勋爵和伯爵显得无比尴尬。一个人不停地为她取辣根酱，另一个对他的狗吹口哨，要它做出讨骨头的样子。这时候，公主忍不住大笑起来，奥兰多隔着餐桌上的野猪头和填馅孔雀[1]跟她对上了目光，也大笑起来。他大笑着，可笑容在他嘴边突然停止，心中涌起了疑惑。到目前为止，他爱过谁? 爱过什么? 他在心潮汹涌中自问道。一个皮包骨头的老女人，多得数不过来的涂脂抹粉的娼妓，一个哭哭啼啼的修女，一个铁石心肠、说话冷酷的女冒险家，一群衣香鬓影出没交际盛典的贵妇。对于他，爱只不过是锯木屑和煤渣，他从中得到的欢愉乏味至极。他不禁惊异自己何以能经历这一切而居然没厌倦得打哈欠。当他看她的时候，他浓稠的血融化了，血管里的冰变成了美酒；他听见水在流、鸟在唱，春天打破了坚硬寒冬的景象；他的血性男儿气概苏醒了，他抓起一柄利剑，向着比波兰人或摩尔人更勇武的敌人刺去；他潜入深水中，看见岩石缝隙中长着危险的花；他伸了伸手——事实上，

---

1 野猪和孔雀都是英国都铎王朝时期（1485—1603）皇室喜欢吃的奢华菜肴。

他正在快速地背诵着他写过的最富激情的一首十四行诗。这时，公主对他说："请把盐递给我好吗？"

他顿时满脸通红。

"荣幸之至，小姐。"他用口音纯正的法语回答她。谢天谢地，他的法语说得就像母语，是他母亲的侍女教的。不过，假如他从来没学过法语，没有回答公主的话，没有注视那双顾盼生辉的眼睛……也许那样对他会更好。

公主继续问他，坐在她身旁举止像马夫的这两个乡巴佬是谁？他们往她盘子里倒的那堆恶心东西是什么？在英国，狗和人同桌吃饭吗？桌子尽头那个头发跟五朔节[1]花柱似的（像一捆乱七八糟的树枝[2]）可笑女人真的是王后本人吗？国王总是那么流口水吗？那群花花公子中哪个是乔治·维利耶[3]？这些问题起先让奥兰多有些不安，但她提问的样子如此淘气俏皮，他不由得大笑起来。从周围的人一脸茫然的样子上他看出没人能听懂她在说什么，于是他像她一样，用纯正的法语无拘无束地回答她无拘无束的提问。

两人之间的亲密关系就这样开始了，此后不久宫廷中便传出了流言蜚语。

1　欧洲传统民间节日，祭祀树神、谷物神。

2　此处原文为法语。

3　乔治·维利耶（1592—1628），詹姆斯王的宠臣，后被封为白金汉公爵，是詹姆斯一世后期及查理一世时期英格兰的实际统治者。

人们很快注意到，奥兰多对这个俄国姑娘的关注远远超出了礼节的要求。他几乎总在她身旁，而他们总是谈得兴致勃勃，不时地会脸红和开怀大笑，其他人虽然听不懂，但即便是最愚钝的人都能猜到他们的话题。而且奥兰多本人的变化也非同寻常。以前没人见过他如此活跃，一夜之间他就甩掉了大男孩的那种青涩笨拙，从一个进女人房间总会把桌上的首饰带掉一半的毛头小伙，变成了一个殷勤有礼风度翩翩的贵族绅士。看他搀扶这个莫斯科女人（别人说起她时的称呼）上雪橇，请她跳舞，接住她掉落的波点手帕，或是热切地等着这位尊贵小姐差他做各种事情，真是一副令老人浊眼放光、年轻人心跳加快的景象。然而，这一切很快蒙上了阴云。老人们不以为然地耸耸肩膀，年轻人捂嘴窃笑。所有人都知道奥兰多已和别人有了婚约。玛格丽特·奥布莱恩·奥黛尔·奥瑞丽·泰尔康奈尔小姐（这是奥兰多写的十四行诗中欧芙洛绪涅的全名）左手的中指上戴着奥兰多给她的闪亮蓝宝石戒指。她才是他最应该关注的那个人。然而即便她把衣橱里所有的手帕（她有上百条）都掉到冰上，奥兰多也不会弯腰去捡。她也许得等他二十分钟来扶她上雪橇，而最后仍不得不由她的黑人仆人来做这件事。她滑冰的姿势有些笨拙，但没人在她身旁鼓励她，如果她摔倒了，通常还摔得很重，也没人扶她起来，替她拍掉裙上的雪。尽管她天性冷静，不易生气，不愿像大多数人那样认为仅仅一个外国女人就能夺走奥兰多对她的爱，但最终她本人也不由得开始怀疑，有什么事情正在慢慢破坏她的平和心境。

的确，随着日子一天天过去，奥兰多越来越不在意掩饰自己的感情。他会刚用完餐就找借口离开其他人，或是从正准备在冰上跳四对方舞的人群中偷偷溜走。随后，人们就会发现那个莫斯科女人也不见了踪影。但最让宫廷恼火的是，这对男女经常被人发现从河面上皇家区域的围绳下溜进平民区域，消失于人群之中。这也刺痛了宫廷的软肋——虚荣的颜面，因为公主会突然跺脚大喊："带我走。我讨厌你们这些英国佬！"她指的是英国宫廷这些权贵。她已经无法忍受。她说宫廷里到处都是眼睛盯着人、喜欢打听隐私的老女人，还有那些傲慢的老踩着别人脚的年轻男人，他们身上的气味很难闻，他们的狗总在她的两腿之间跑来跑去。在这里的感觉就像是被关在笼子里。而在俄国，他们的河面都有十英里宽，你可以让六匹马在上面并排跑上一整天也碰不到一个人影。另外，她也想看看伦敦塔和皇家卫兵仪仗队，看看挂在坦普尔栅门 [1] 上的人头和城里的珠宝店。于是，有传闻说奥兰多带她去了城里，去看了卫兵仪仗队和叛乱者的首级，在皇家商业交易中心给她买她看上的任何东西。但这还不够，他们越来越渴望整日私下待在一起，没有旁人盯着他们大惊小怪。因此，他们没走去伦敦的路，而是转向另一条路，很快离开了人

1　坦普尔栅门是旧时伦敦城的入口。

群，来到冰封的泰晤士河的边远河段。这里除了海鸟他们几乎没遇见一个人影，只有一个乡村老妪在那里白费力气地砸冰窟窿汲水，或者找些枯枝败叶用来生火。穷人们都守着自己的小茅屋，有点儿钱的都跑到城里取暖找乐子去了。

因此，这段河域便成了奥兰多和萨莎的地盘。萨莎是他给她起的昵称，因为他小时候养的一只白色俄罗斯狐狸就叫这名字。这只狐狸雪白柔软，但牙齿坚硬如钢，有一次狠狠地咬了他一口，他父亲就叫人处死了它。因为爱意炽热，加上滑冰的运动，他们觉得身上燥热起来，就在垂柳下的河边找了个偏僻处坐下。裹着皮大氅的奥兰多把她搂在怀里，轻声对她说这是他平生第一次尝到爱情的喜悦。激情之后的他们浑身酥酥地平静地躺在冰面上，他给她讲他以往的情人，说跟她相比她们只是木头、麻袋布和煤渣。听他用词如此极端，她大笑着投入他的怀抱，并且为了他们的爱再次紧紧拥抱了他。这时，他们不禁惊奇，身下的冰竟然没有因他们的灼热而融化。他们同情那个可怜的老妇人没有自然化冰的手段，只能用冷冰冰的钢斧来刨冰。他们裹着黑貂皮，无拘无束地畅聊起来，聊风景和旅行，摩尔人和异教徒，男人的胡子和女人的肌肤，一只在餐桌上从她手里吃食的老鼠，他家大厅里总在晃动的挂毯，一张脸，一片羽毛。在这样的闲聊中，没什么事情显得太琐碎，也没什么显得太重大。

然而，奥兰多会突然陷入一种他常有的忧郁心境中，也许是因为看到了那个在冰上蹒跚而行的老妇人，也许并没有什么缘由。他会猛然脸朝下趴在冰上，望着冰冻的河水，想起死亡。有位哲学家说得对，快乐和忧伤之隔薄如刀锋。他认为，两者是孪生兄弟，由此可以推论，一切极端的情感都与疯狂有关，因此他告诫我们要向真正的教会（依他之见是重浸派[1]）寻求庇护，他说唯有那里才是被抛于茫茫苦海之中的众生的安全港湾。

"一切都归于死亡。"奥兰多说，他坐得很直，脸上满是阴郁之色。（此时他的头脑就是这样活动着，在生死之念的两头剧烈起落，不在其间有任何停留，因此传记作者也不应有所停留，而应随着的他思绪快速飞动，跟上他不假思索充满激情的鲁莽行为和突如其来的夸张言辞——不能否认，奥兰多在这个人生阶段就喜欢语不惊人死不休。）

"一切都归于死亡。"奥兰多说，他直直地坐在冰上。但萨莎毕竟没有英国血统，她来自俄罗斯，那里日落的时间更长，黎明也是渐渐出现，人们常常话说一半就停了下来，打不定主意该怎样收尾最好。萨莎盯着他，没说什么。或许她是在斜着眼看他，因为此时他在她眼里肯定像个孩子。最后，他们身下的冰变冷了，她不喜欢这种感觉，就拉他起身。她说起话来如此迷人，如

1　重浸派（Anabaptist），也称再洗礼派，欧洲宗教改革运动时期的一个教派，反对婴儿受洗，认为人要长大至心智成熟，才能重新受浸成为信徒。

此俏皮而聪明（可惜她总是在说法语，因为谁都知道，这些话一旦翻译过来就全走了味），让奥兰多忘了冰冻的河水，忘了夜晚将至，忘了那个老妇人和任何事。他很想告诉她在他心里她是个什么形象，他在成百上千个意象中挑挑拣拣，然而这些意象和激发了它们的女人一样，已然变得陈腐。雪？奶油？大理石？樱桃？雪花石膏？金丝？都不合适。她像狐狸，像橄榄树，像从高处看下去的海上波浪，像绿宝石，像云雾到来之前青翠山岗上的太阳，总之，她不同于他在英格兰看到和知道的任何事物。他搜肠刮肚，但还是没找到合适的言辞。他想要另一番风景，另一种语言。对于萨莎，英语太直白，太甜腻。因为无论她看上去多么开放和性感撩人，她说起话来总是有所保留，她的所作所为，无论显得多么大胆，也总有隐而不露的一面。因此，翠玉之中似乎藏着绿焰，山中囚着太阳。清澄只是外表，里面是一团躁动的火焰，忽而来，忽而去。她从未焕发过英国女人的那种安稳之光，而此时，奥兰多想起了玛格丽特小姐和她的丝裙，顿时脚下生风似的疾速滑了起来。他带着萨莎越滑越快，发誓要去追逐那团火焰，要去海底寻觅那颗宝石，像这样充满激情的词从他口中气喘吁吁地迸出，正如诗人的诗句一半是由于积郁而爆发出来。

　　但萨莎沉默不语。奥兰多说她是狐狸、橄榄树、葱茏的山峰，给她讲了他的家族历史，讲他家的祖宅在英国是数一数二的古老之宅，讲最早的时候他们同恺撒家族一样来自罗马，可以坐流苏顶的轿子行于罗马的主街科索大道上，只有皇室血统的人才能享有这个特权（他身上有一种高傲而轻信的特质，但并不让人讨厌）——奥兰多跟她讲了这一切之后，会停下来问她，她家在哪里？她父亲是做什么的？她有兄弟吗？她为什么一个人随她叔父来这里？她欣然回答了他，但随后他俩都莫名其妙地感觉到了一种尴尬。起先，他怀疑是因为她的身份地位没有她所希望的那样高，或是她为她族人的野蛮习俗而感到羞愧。因为他听说俄国女人有胡子，男人腰部以下都有毛，男男女女都在身上抹动物油御寒，吃饭时用手撕肉，住的窝棚连英国贵族的牲口棚都不如。因为这样想，他克制了自己，没有追问她。但再一想，他断定她的沉默不是由于那个原因，因为她的下巴上根本没毛，身上的穿戴是丝绒和珍珠，她的举止也绝非牲口棚里养大的女子所有。

那她对他隐瞒了什么呢？他的强烈感情之中有一种疑惑，就像纪念碑下的流沙，会突然松动，使得上面的整个建筑发生动摇。他突然感到极度痛苦，然后就雷霆般地发作起来，他的暴怒令她不知如何安抚。也许她并不想安抚他，也许他的愤怒让她开心，因而她是故意挑起了他的怒火。这正是这个莫斯科女人的性情古怪之处。

还是让我们继续讲故事。那天，他们比平常滑得远，来到了船只抛锚被冻在河中央的那段河域。那些船中有一艘是俄国使团的，它的主桅杆上飘着双头黑鹰旗，桅杆上还垂着几码长的色彩各异的冰锥。萨莎之前在船上留了些衣服，他们想船上应该没人，就爬上甲板去找衣服。奥兰多还记得他自己过去的某些经历，如果有些好公民先于他们躲到这里，他也不会吃惊，而接下来的事情恰好就是这样。他们在船上没走多远就把一个模样英俊的小伙子吓了一跳，他正在一堆绳子后面做着什么事情。他说他是这艘船上的船员，这很明显，因为他说的是俄语。他说他愿意帮公主找她要的东西。他点亮了一截蜡烛，同她一起钻进了下面的船舱。

时间在悄悄地过去。沉浸在自己梦中的奥兰多只想着生活中的欢乐，想着他的珍宝，想着她的与众不同，想着怎样才能牢牢地一劳永逸地将她据为己有。有各种障碍和困难需要克服。她说她是一定要生活在俄罗斯的，那里有封冻的河流和野马，还有彼此要划开对方喉咙的男人。说真的，松树和大雪的风景，以及纵欲和杀戮的习性并不吸引他。他也不想结束他热衷的乡间生活，比如运动和种树，不想放弃他的职位自毁前程，不想由打兔子改为打驯鹿，不想放弃加那利甜酒而改喝伏特加，不想莫名其妙地在袖子里藏把刀。然而为了她，他还是会做这一切，甚至不止这一切。至于他和玛格丽特小姐的婚期，虽然定好是一周后的这天，但这事显然太荒唐，他连心思都没动过一下。她的族人会骂他抛弃一位名门淑女，他的朋友会嘲笑他为了一个哥萨克女人和荒僻的雪域不惜毁掉自己的锦绣前程，而对于他，这所谓前程跟萨莎相比，轻得连根稻草都不如。一旦风高月黑之夜来临，他们就远走高飞。他们会坐船去俄罗斯。他仔细地考虑起来，一边在甲板上来回踱步，一边盘算着心里的计划。

他转向西面时，眼前太阳的景象使他回过神来。夕阳像一个橙子悬吊在圣保罗大教堂的十字架上，它血红血红的，正在快速下沉。一定是快到傍晚了。萨莎已经走了一个多小时了。不祥的预感突然向他袭来，即便是他对她最有信心的那些念头都被笼罩在这些预感的阴影之下。像他们先前一样，他也一头钻进了下面的船舱。在黑暗中跌跌绊绊地走过箱子和木桶，他靠着一点儿微弱的光发觉他们坐在一个角落里。一瞬间，他眼前浮现出他们俩的景象。他看见萨莎坐在那个水手的腿上，看见她向他俯下身去，看见他们拥抱在一起。愤怒顿时如一团红云遮蔽了那点儿微弱的光亮。他爆发出一声极为痛苦的号叫，回荡在整条船上。萨莎冲上来，挡在了他俩中间，否则这水手没等抽出弯刀就会被奥兰多掐死。这时奥兰多感到一阵极度的恶心，他们只好把他放倒在地板上，给他白兰地，等他缓过来。他感觉好些后被扶起坐在甲板上的一堆麻袋上，萨莎俯身看着他，在他发晕的眼前婀娜地来回走动，就像那只曾经咬过他的狐狸。她一会儿甜言蜜语地哄他，一会儿又指责他，让他不由得怀疑起他刚才看到的那一幕。不是有烛光在闪烁吗？不是有影子在晃动吗？她说，箱子太沉，那小伙子是在帮她搬箱子。有一刻奥兰多相信了她，谁能确定不是他的愤怒造出了他最怕看见的景象呢？但随即他又因为她的欺骗而更加怒不可遏。这时候萨莎脸色发白，在甲板上跺着脚赌咒说，作为一个罗曼诺夫家族¹的女人，她要是在一个卑微的水手怀里躺过的话，今晚就让她信奉的神毁灭她。的确，看着他们俩在一起的画面（他简直忍受不了），奥兰多对自己恼怒不已，他竟然会如此下作地想象一个娇弱的尤物被一个浑身毛茸茸的粗野水手抱在怀里。这家伙很魁梧，穿袜子站着就有六英尺四英寸那么高，戴着不值钱的钢丝耳环，看着就像一匹拉车的驮马，身上栖着某只飞累了歇息的鹩鹩或知更鸟。奥兰多软了下来，相信了她的话，请求她原谅。然而，当他们重归于好亲热地一起下船时，萨莎突然停下来，手搭着舷梯，回头朝那个大宽脸的褐色怪物用俄语说了一连串话，也许是打招呼，也许是开玩笑或是说什么亲热话，反正奥兰多一个字也听不懂。但她的语调里有某种东西（也许是俄语中的辅音的问题）让奥兰多想起了之前有几个晚上他无意中撞见的情景：她在一个角落里偷偷地啃咬一截她从地板上捡起的蜡烛头。不错，那蜡烛是粉红色的，镀了金，而且原先是国王桌上的，但它是动物脂油做的，而她竟然在啃这东西。他扶她回到冰上时在想，她身上是不是有一种令人厌恶的东西，一种粗俗的味道，一种天生乡巴佬的土气？他想象她到了四十岁臃肿而无精打采的样子，尽管她现在像芦苇一样苗条，像云雀一

1　俄罗斯罗曼诺夫王朝（1613—1917）的统治者家族。

样欢快。但还是那样，当他们一路朝伦敦城滑去时，他心头的种种疑虑又渐渐消散，他觉得自己仿佛被一条硕大的鱼钩着鼻子在水里快速拖行，虽然不情愿，但也没有反对。

那是一个美得出奇的傍晚。太阳沉落时，伦敦城里所有耸立的穹顶、尖顶、塔楼和小尖塔都呈现出墨色，映衬它们的是天空中火红的晚霞。这边是查令街纪念塔上高高的回纹十字架，那边是圣保罗大教堂的穹顶，再那边是巨大的四方形伦敦塔建筑群，再过去是坦普尔栅门上戳着的人头，像一丛被去掉了叶子的树，只在顶端留着树瘤。此时，西敏寺的一扇扇窗子都亮起了灯,(在奥兰多的幻想中）它们就像多彩的天堂之盾。此时，（还是在奥兰多的幻想中）整个西边的天空像一扇金色的窗户，成群的天使不停地往返于天堂的阶梯上。他和萨莎似乎一直是在无比深邃的天空中滑行，冰变得如此蓝，如玻璃般光滑。他们朝着伦敦城越滑越快，白色的海鸥围着他们盘旋，它们的翅膀在空中划过，一如他们的冰鞋在冰上划过。

仿佛是为了打消他的疑虑，萨莎变得更温柔可爱了。以前她几乎不谈她的过去，但现在她告诉他，在俄罗斯的冬天，她会听大草原上的狼号叫，为了表现给他看，她还学狼叫了三回。他也给她讲，在他住的地方，雪地中的牡鹿会游荡到他家的大厅里取暖，有个老头会拿出一桶粥来喂它们。这时她就赞扬他怜爱动物，有骑士风度，并且说他的腿很漂亮。听到她的赞美，他陶醉不已，转而又为先前诋毁她而感到愧疚，他居然会想象她坐在一个下贱水手的大腿上，想象她四十岁的时候肥胖而无精打采的样子。他对她说，他找不到赞美她的词，但他立刻能想到的是，她像喷泉，像鲜绿的草和湍急的水流。他紧紧地抓住她，带她转着圈滑向河中央，海鸥和鸬鹚也跟着他们转了起来。最终他们停了下来，站在那儿上气不接下气。她微微喘着气说，他就像俄罗斯的圣诞树，上面装饰着无数点亮的蜡烛，挂着闪闪发光的黄色小球，灿烂得足以照亮一整条街。（也许可以这样理解这句话）他容光焕发的脸庞，他的黑色卷发和黑红两色的斗篷，使他看上去像是光芒四射地燃烧着，那光芒来自他内心点燃的一盏灯。

　　除了奥兰多脸上的红晕，所有的色彩很快消退了。夜开始降临。夕阳的橙色光辉消失了，随后出现的是一片令人惊异的耀眼白光，它来自火炬、篝火、燃烧的标灯和河上其他照明装置。在这片白光下，最奇怪的变化发生了。各式各样的教堂和贵族府邸的正面大多是白色石头，此时它们以条条块块的形状显现出来，如同浮在空中。尤其是圣保罗大教堂，只有一个镀金的十字架显露了出来。西敏寺看上去就像一片树叶的灰色轮廓。一切都变了样，形销骨立。他们接近嘉年华场地时听到了一个低沉的音调，像是被敲击的音叉发出的声音，这声音愈来愈大，最后变成了一片喧嚣。不时有巨大的欢呼声伴随着烟花腾入空中。渐渐地，他们可以看出一些小小的人影从巨大的人群中分离出来，像小飞虫一样在河的冰面上四处旋转。这个明亮的圈子上方和周围都笼罩在冬夜的浓重黑暗之中，像是被倒扣上一只充满黑暗的巨碗。黑暗中，缤纷的烟花飞上天空，有新月、蛇和王冠的形状，中间的短暂间隔令人充满期待和惊异。前一刻树林和远处的小山还显出夏日里的葱茏绿色，下一刻一切则复归于寒冬和黑暗。

　　这时候奥兰多和公主已经接近皇家围场，有一大群平民挡住了他们的路，这群人快挤到丝围绳拦出的界限了。他俩不愿意就这样结束私下的快乐，去面对那些滴溜溜盯着他们的眼睛，于是他们就待在了拥挤的人群中。人群里有学徒、裁缝、卖鱼婆、马贩子、骗子、饥饿的穷书生、围头巾的女佣、卖橙子的姑娘、旅馆的马夫、一本正经的市民、下流的酒保、一帮在人群中尖叫着跑来跑去的小叫花子，可以说伦敦街头的各色人等都在这里了。他们说说笑笑，推推搡搡，有的掷骰子、算命，有的又挠又掐，有的招猫逗狗，这边笑闹不停，那边死气沉沉，有的人惊奇得嘴巴大张，有的人像屋顶上的寒鸦一样满不在乎。他们的财富和地位不同，因而衣着打扮也各式各样，有的穿毛皮和绒面呢，有的破衣烂衫，脚上裹一片破布来隔开脚和冰的接触。很多人挤在一个小展台的对面，那台子有点儿像我们如今表演《潘趣和朱迪》[1]

1　英国传统滑稽木偶剧，最早流行于16、17世纪的英国。

的戏台，上面正演着一出戏。一个黑人男子正挥着双臂在大吼大叫，床上躺着一个白衣女人。[1] 尽管戏台搭得粗糙，演员们在台子旁边的梯子上跑上跑下，有时还会磕磕绊绊，看戏的人群又是跺脚又是吹口哨，无聊了就往冰上扔橘子皮让狗去追抢，但那些声调曲里拐弯的台词仍然像音乐一样打动了奥兰多。演员灵巧的舌头和令人惊叹的吐字速度，让他想起了沃平酒馆里唱歌的水手。这些台词哪怕没有意义，对他来说也如美酒。时不时会有一句仿佛是从他内心深处撕扯下来的台词，越过冰面击中他。那个摩尔人的暴怒似乎就是他的暴怒，当摩尔人把床上的女人掐死的时候，就像是他自己亲手杀死了萨莎。

戏结束了。一切都已黑暗。泪水顺着他的脸流下来。他抬头看天空，那里也只是一片黑暗。毁灭和死亡，终究覆盖一切，他想。人生的尽头是坟墓。蛆虫将吞噬我们。

> 我想此时必定一片漆黑
>
> 日月无光，惊恐的地球也会
>
> 目瞪口呆——[2]

1　上演的这出戏实际上是莎士比亚的《奥赛罗》。这里的黑人就是下文提及的摩尔人，即奥赛罗，躺在床上的白衣女人是他的妻子。奥赛罗听信挑拨之言，怀疑妻子不忠，暴怒之下将她扼死。

2　出自莎士比亚剧本《奥赛罗》第五幕第二场。

就在他念念有词的时候，他的记忆中升起了一颗苍白的星。夜色如墨，一片漆黑，但这样一个黑夜正是他们在等待的，正是在这样一个黑夜里他们打算双双逃离。他一下记起了所有的事情。时机已到。他突然来了一阵冲动，一把搂过萨莎，在她耳边快速地说了句法语："我的生命之光！"这是他们的暗号。他们将于午夜时分在布莱克法尔附近的一家客栈会合，那里有备好的马在等着他们。万事俱备，就等远走高飞了。于是他们分手，回到了各自的帐篷。还有一个小时。

　　早在午夜到来之前奥兰多就在那里等着了。夜特别黑，黑得一个人来到你跟前你都看不见他，这倒是对他们有利。但夜也特别静寂，半英里以外的马蹄声或孩子的哭叫声都听得见。奥兰多在客栈的小院子里来回踱着步，多次听到老马的蹄子沉稳地落在鹅卵石路上的声音，或是女人裙子发出的窸窣声，每次听到这样的声音，他的心就会吊起来。然而，过往的只是晚回家的商人，或是这一带做不体面营生的女人。他们过去后，街上显得更安静了。又过了一会儿，那些狭小拥挤的贫民区里的灯光，纷纷从房子楼下移到楼上的卧室，然后又纷纷熄灭。边缘地带的街灯本来就没几盏，守夜人又不怎么管，因此常在黎明之前就已熄灭。黑暗变得更为深沉。奥兰多看了看手中提灯的灯芯，整了整马鞍的肚带，在手枪里装上弹药，又检查了枪套，这些事他做了至少有十几遍，直到再也找不出需要注意的事情可做。离午夜还有二十多分钟，但他不愿回到客栈的厅堂里去。客栈老板娘在里面给几个水手倒着雪利酒和廉价的加纳利甜酒，水手们坐在那里，兴高采烈地轮番唱着小调，讲着德雷克、霍金斯和格伦维尔[1]的故事，直到最后他们一个个从长凳上倒下来，滚到铺沙的地板上呼呼大睡起来。还是黑暗更体恤奥兰多怦怦直跳的心。他倾听着每一声脚步，揣测着每一种声响。每一声醉鬼的喊叫，每一声来自乱草堆或别的什么地方的可怜虫的哀叫，都深深刺痛他的心，仿佛这些声音是他此次冒险的不祥之兆。然而，他并不担心萨莎。以她的勇气，这点儿冒险不算什么。她会独自前来，像男人一样穿着斗篷、裤子和马靴。她的脚步声很轻，即便在这样的寂静中也不容易听见。

他就这样在黑暗中等待着。突然，他的脸被什么东西打了一下，软软的，但却重重地打在一边的脸颊上。期待让他的神经绷得很紧，一惊之下他把手放到了剑上。那种击打又在他的额头和脸颊上重复了十几次。也许是干冷的寒冻天气持续时间太长了，他过了好一会儿才意识到这是落下的雨点，是雨袭击了他。刚开始，雨水一点一点地落，从容不迫，但不一会儿雨点就从六个变成六十个，又变成六百个，然后汇集成源源不断的水柱，仿佛铁板一块的天空化作瀑布倾泻而下。不到五分钟，奥兰多便已浑身湿透。

1　这三人中，德雷克是 16 世纪英国航海家，后二者是 16 世纪英国海军将领。

他赶紧把马牵到遮雨的地方，自己躲到门楣下，在那里他仍然可以观察到客栈院子里的动静。此时空气变得前所未有的黏稠，倾盆大雨造成的弥漫雾气和嘶嘶声使人难以听到脚步声和马蹄声。坑坑洼洼的道路很快会被水淹没，也许就无法通行了。但他几乎没有考虑这种情况会如何影响他们的出逃。他全神贯注地盯着那条在灯下闪着微光的鹅卵石小道，等待着萨莎的到来。黑暗中，他有时似乎看到了她被雨水裹着的身影。但幻影旋即消失。突然，传来一个不祥的可怕声音，这声音充满惊惧，令奥兰多的灵魂痛苦得簌然悸动，这是圣保罗大教堂敲响的第一下午夜钟声，接着钟声又无情地响了四下。奥兰多以一个恋爱中人的迷信，断定萨莎会在第六下钟声敲响时到来。然而第六下钟声的回响渐渐消退，接着响起了第七下，然后是第八下。在焦虑不安的他听来，每一声钟响似乎先是预示，然后宣告了死亡和灾难的降临。当第十二下钟声敲响时，他知道自己的厄运已是注定。让他理性地推断她也许是迟到、受阻、迷路已徒劳无益。奥兰多那颗善感而多情的心知道究竟是怎么回事。别处的钟也敲响了，叮叮当当，此起彼伏。整个世界似乎都在响亮地宣告她的欺骗和他的可笑。原本就隐伏在他内心的怀疑此时骤然发作，再无遮掩。他被一群蛇咬了，这些蛇一条比一条毒。滂沱大雨中，他站在门槛下，一动不动。过了一段时间，他的膝盖开始有点儿打软。暴雨仍在下，最激烈时仿佛大炮在轰鸣。能听到像是砍伐橡树发出的巨大声响，还有充满野性的嗥叫和可怕怪异的呻吟声。奥兰多还是站在那里一动不动，直到圣保罗教堂的钟敲响凌晨 2 点时，他用法语大喊一声："我的生命之光！"说这话时他咬牙切齿，语气里满含讥讽。他把手里的提灯狠狠摔到地上，跨上马，茫然不知所归地疾驰而去。

　　一定是某种盲目的直觉驱使他沿着河岸向大海方向奔去，因为他已丧失理智。曙光乍现时，他发现自己已到了沃平一带的泰晤士河岸边。这个黎明来得格外突然，天空转为一片淡黄，雨也基本停了。此时他眼前出现了一个奇异的景象。三个多月来，这条河全是厚厚的坚冰，如岩石一般稳固，在它上面建起了一座寻欢作乐的城，但眼前这里变成了汹涌奔腾的黄色水流。河在夜间获得了自由，仿佛火山底下的硫黄泉猛烈地喷发出来（许多哲学家倾向于这种看法），狂暴地将坚冰裂开，并把碎裂的巨大冰块驱散到一边。仅仅看一眼这汹涌的洪水就足以令人目眩。一切显得狂暴而混乱。河上漂着一些巨大的冰块，其中有的高如房屋，宽如滚木球球场，有的只有男人的帽子一般大小，但形状奇特无比。时而会有一整队冰块顺流而下，撞沉所有挡道的东西。时而这河又像一条遭受折磨的痛苦巨蟒，扭曲，盘绕，在冰块之间横冲直撞，不时把冰块从河岸的一边甩到另一边，冰块撞到码头的墩子和柱子上发出橐橐的声响。最令人恐惧的景象是，一些夜里就被困在这里的人，此刻在这些转动、漂移、岌岌可危的小岛上如困兽一般踱来踱去，内心充满绝望。无论是跳入滔滔洪水还是待在冰上，他们的命运都已注定。间或这些可怜人会聚集到一起，他们中有的跪在那里，有的给婴儿喂奶，一位长者大声地读着一本圣书。有时你会看到一个孤零零的倒霉蛋只身跨坐在他窄窄的地盘上，他的命运也许是最糟糕的。这些人被汹涌的河水冲向大海，有的在徒劳地呼天喊地，忏悔自己的种种罪过，赌咒要改过自新，许愿说如果上帝能听到他们的祈祷，他们一定会捐献财富多修祭坛。另外有些人吓得不知所措，他们一动不动地默默坐着，怔怔地看着前方。一帮年轻的船工或邮差（他们穿着制服），大概是为了壮胆，唱着下流不堪的酒馆小调，结果被激流冲撞到一棵树上，在骂骂咧咧中沉了下去。一位年纪大的贵族（他的裘皮长袍和金链子表明了他的身份）在离奥兰多不远的地方沉了下去，沉下之前他用最后一口气高喊要向爱尔兰叛乱者复仇，说这场邪恶的灾祸是他们密谋的结果。很多人淹死前还把银壶或其他财物紧紧攥在胸前，至少有二十个可怜家伙是因为舍不得财物而淹死的——他们宁可从岸上跳进洪水里也不愿让一个金酒杯被冲走，不愿眼睁睁地看着一件裘皮长袍消失在他们眼前。家具和各类财物都随着大冰块被洪水冲走。冰上还有其他奇异的景象，比如一只在给幼崽哺乳的猫，一张能供二十人用餐的奢华餐桌，床上的一对夫妻，林林总总的各种炊具。

眼前的景象让奥兰多惊呆了，他好一阵子就这么看着汹涌的河水从身边奔流而过。最终他似乎回过神来，踢了踢马刺，策马沿着河岸向大海的方向狂奔而去。跑过一个河湾后，他来到两天前使团船队被牢牢冻住的那个河段。他匆匆点过所有船只，有法国的、西班牙的、奥地利的和土耳其的。所有的船还漂浮在水上，其中法国的船已经脱离了锚，土耳其的船一侧已经裂开了一个大口子，水在迅速地往里涌。但俄罗斯的船却到处不见踪影。一时间奥兰多觉得它一定是沉没了。然而当他在马镫上站直身子，手搭凉篷，用他鹰一般的眼向远处地平线望去时，他辨认出了一艘船的轮廓，船桅上飘着黑鹰旗。那条俄国使团的船正在驶入大海。

他飞身跳下马，怒不可遏，仿佛要跟这洪水搏斗。到了水没膝盖的深处，他停下来，将所有用来辱骂女人的字眼一股脑都扣到了那个背信弃义的女人头上。他骂她无情无义、朝三暮四、变化无常，说她是魔鬼、淫妇、骗子。河水打着漩涡卷走了他的话，把一只破罐和一根细细的稻草推到了他的脚边。

第二章

现在传记作者遇到了一个难题，与其掩饰，不如坦白说出来。到目前为止，讲述奥兰多的生平故事，不管是私人文件还是历史记述，都能满足传记作者的第一要务，那就是循着事实难以磨灭的足迹，缓缓而坚定地行进。一路上不左顾右盼，不为花草所惑，不图荫凉的惬意，只是有条不紊地不断前行，直到最终我们一头掉进坟墓，在头顶上方的墓碑上写下"终结"。但现在我们碰到了一段插曲，它就横在我们眼前的道上，没法不理它。这段插曲幽暗神秘，也没有被记载过，不容易把它讲清楚。要把这段插曲讲个明白透彻，也许可以写上几大卷文字，它的意义能支撑起一整套宗教体系。但我们的任务很简单，那就是讲述已知的事实，让读者自己去理解。

那年的冬天多灾多难，出现了大冰冻的酷寒天气、洪水和无数人的死亡。奥兰多自己的希望也彻底破灭，他被逐出宫廷，遭

44

到当时最有权势的贵族们的唾弃。爱尔兰的戴斯蒙德家族有理由对他怒气冲天，国王跟爱尔兰人之间的麻烦本来就够多的了，哪里还想再为这桩事烦心。到了夏天，奥兰多回到他的乡间大宅隐居起来。6月的一个早晨，那天是18号，星期六，他没有在往常起床的时间起来，他的马夫前去叫他时他睡得正沉，叫也叫不醒。他躺在那里，恍恍然像是无知无觉，连呼吸都难以察觉。当地人牵来几条狗让它们在他的窗下叫，在他房间里不停地敲铜钹、敲鼓和敲骨头，把一小丛金雀花塞到他的枕头下面，又给他的双脚贴上芥末膏药，但他还是不醒。整整六天，他不进食，也没显示出任何生命迹象。第七天他醒了，在他平常醒来的那个时间，准确地说是早上8点差一刻。他把一群尖叫的妇人和算命的都赶出了他的房间。这倒没什么，奇怪的是他丝毫看不出像是知道自己昏睡了七天。他穿好衣服，叫人把他的马牵来，仿佛他只是睡了一夜后醒来。然而有人怀疑，他的脑袋里一定发生了某种变化，因为他虽然显得很理智，行为举止也比以前更沉稳，但似乎记不太清他以前的生活了。当人们说起那场大冰冻、滑冰或嘉年华时，他会在一旁听，但从他的反应一点儿也看不出他自己就亲身经历过这一切，只是他有时会用手抹一下额头，似乎是要拂去一团疑云。当人们说起过去六个月里发生的事件时，他看上去更像是茫然而非苦恼，似乎在为很久以前某段时间的混乱记忆而困惑，或者是在努力回想别人给他讲的故事。有人注意到，只要一提及俄罗斯、公主或船队，他就会变得忧郁不安起来，他会起身向窗外看去，或是把狗叫到他身边，或是拿刀在一块香柏木上刻起来。那时候的医生也不见得比现在的高明，开出的药方就是休息加锻炼，饿疗加营养，社交加独处，让他多卧床休息，在午饭和晚饭之间骑马出去跑上四十英里。同时辅以药物治疗，除了常用的镇静剂和刺激类药物，他们还花样迭出，让他起床时喝用蝾螈口水调制的酒，睡觉前服用孔雀的胆汁。医生们开出这些药方后就由他自便了，同时也告诉他，他们的判断是他睡了一个星期。

但是，假如这是睡眠的话，我们不禁要问，这是一种什么样的睡眠呢？它是疗愈的方式吗？是因为在那样的昏睡中，最恼人的记忆和那些对人生造成永久伤害的事件，都会被一个黑色翅膀扫过，从而失去它们的粗粝，被镀上金，即便是最丑陋的事物也会显得光彩夺目？死亡的手指是否有必要不时点戳一下混乱的生活，以免这样的生活将我们撕成碎片？我们是否天生需要每天接受一点儿死亡，否则我们就无法继续生活？又是什么样的奇异力量可以不顾我们的意愿，直入我们最隐秘的内心深处，改变我们最珍视的东西？奥兰多是否因痛苦不堪而死了一星期然后又死而复生呢？如果是这样，死的本质是什么，生的本质又是什么呢？既然过了大半个小时也没等来答案，我们就继续讲故事吧。

奥兰多已完全退隐，深居简出。失宠于宫廷和极度的悲伤是部分原因，但从他不为自己辩解，也极少邀请客人上门来看（虽然他的很多朋友会愿意拜访），独自住在乡间祖宅似乎也符合他的性情。孤独是他自己的选择。没人清楚他一天天是怎么度过的。他带来了一班随从和仆人，他们要做的事情只是在没人住的房间里掸掸灰，抚平从来没人用的床罩。晚上，仆人们坐下来吃饭喝酒的时候，会看到黑暗中有一盏灯在走廊上移动，穿过宴会厅，上楼梯，进入一个个房间。他们知道，那是他们的主人独自在这座大宅中漫游。没人敢跟着他，因为这座大宅里有各种各样的鬼魂出没，而且宅子也大得很容易让人迷路，一不小心会跌下隐蔽的楼梯，或者不经意间打开一道门，风吹过时这道门就会关上，把人永远锁在里面。这种意外不少，因为宅子里经常能发现人和动物的骨骸，样子显得很痛苦。过一会儿，那盏灯不见了。管家格里姆斯蒂奇太太会对牧师达普尔先生说，她真希望爵爷大人没出什么意外。达普尔先生认为，爵爷大人一定是跪在小礼拜堂里他祖先的墓前。礼拜堂位于南边的台球园，在半英里外。达普尔先生说，爵爷大人因为有罪孽在身，良心不安。格里姆斯蒂奇太太立刻严厉反驳说，那我们也都是罪人。斯图克雷太太、菲尔德太太和老保姆卡朋特都提高嗓门说爵爷是个大好人。马夫和其他仆人也都说爵爷是个少见的高尚之人，说看他无精打采地待在宅子里而不是出去猎狐打鹿，感到痛心可惜。就连洗衣服洗盘子的朱迪和菲思在给大家端酒上面包时，都会高声赞美爵爷大人的绅士风度，说没人比他更仁慈大方，他会慷慨地给她们一些钱去买装饰帽子的缎带结或是戴在头发上的小花。后来，连那黑皮肤的摩尔女人（他们为了把她变成基督徒叫她格蕾丝·罗宾逊）都明白他们在说什么，她咧着嘴笑，露出一口白牙，以这种方式表示赞同他们所说的，爵爷是个英俊可爱的绅士。总之，他的仆人无论男女都很尊敬他，他们诅咒那个把他变成这样的异族公主（事实上，他们对她的称呼比这难听得多）。

达普尔先生也许是胆小或者舍不得离开热腾腾的麦芽酒，就说爵爷大人在墓地待着很安全，这样他就不必去找他。但达普尔先生的猜测很可能是对的。奥兰多现在对死亡和腐朽怀有一种奇特的兴趣。他手持一支细长蜡烛，走过长长的走廊和宴会厅，逐个看着墙上的画，似乎在寻找他无法找到的某个人的画像。最后，他坐到了小礼拜堂里专供他家族的座位上，在那里坐了几个钟头，看着轻轻拂动的旌旗和婆娑的月光，跟他做伴的是一只蝙蝠或鬼面天蛾。这样他还嫌不够，他要到下面的墓室里去，那里放着很多棺材，里面躺着他的先人，有十代人之多。这地方很少有人来，老鼠随意从铅管道里进进出出。他走过时，不是身上的斗篷被一根大腿骨勾住，就是踩碎了滚到他脚边的马利斯老爵士的头盖骨。这是个阴森恐怖的墓室，在房子的地基下挖得很深，似乎这个家族的第一位主人，也就是那个跟征服者威廉[1]一起从法兰西过来的先人，想向世人证明：一切浮华都建于腐朽之上，皮肉之下只是一具骷髅，在上面唱歌跳舞的我们终究会躺在下面，深红色的丝绒会化作尘土，戒指上的红宝石会丢失（这时奥兰多俯身将烛光凑近地面，在角落里捡起一枚缺了宝石的金戒指），明亮的眼睛终将黯淡无光。"这些王子王孙到头来落得个灰飞烟灭，"奥兰多说，即便这时候他都免不了要夸耀一下祖先的身份地位，"剩下的也就一根指头了。"说着他拿起骷髅的一只手，把上面的骨节掰过来掰过去，一边说："这是谁的手？是右手还是左手？是男人还是女人的手？是老人还是年轻人的手？它驾过战马还是穿过针线？它摘过玫瑰还是握过利剑？它——"或许是一时词穷，更有可能的是或许这样说下去会没完没了，所以他不想像往常那样煞费苦心地去想词，而是就此打住。他把这只手跟其他骨头放到一起，想起了一个叫托马斯·布朗恩的作家，是诺里奇的一个医生，写过一些骷髅题材的书，极合他的胃口。

　　他拿着蜡烛，把那些骨头都摆得成形到位。他虽然生性浪漫，但却特别讲究条理，平常都容不得一团线散在地板上，更不必说是他先祖的遗骸了。他又回到走廊上，继续阴郁地慢慢走，在画像中寻找着什么，在看到某个不知名画家画的一幅荷兰雪景

1　征服者威廉，即威廉一世（1028—1087），1066年跨越英吉利海峡入侵英格兰，成为诺曼王朝的首位英格兰国王。

时，他停下了脚步，开始剧烈地抽泣起来。此刻，他觉得活着已经失去意义。他忘了先祖的遗骸，忘了生命其实就建造于坟墓之上，他只是站在那里，一颤一颤地抽泣不止，满心想着那个眼睛斜睨、嘟着嘴、穿俄式马裤、脖子上戴珍珠项链的女人。她走了，离他而去，他再也不会见到她。他就这样抽泣着，一路回到了自己的房间。格里姆斯蒂奇太太看到窗子里的灯光后，放下嘴边的酒杯说，感谢上帝，爵爷大人总算安然回到房里了。在这之前，她觉得他一定是被人卑鄙地谋害了。

奥兰多把椅子拉到桌前，打开托马斯·布朗恩爵士的书，仔细研究起其中最长、表达得最曲折且精妙绝伦的一段文字来。

这种事情也许不值得传记作者大做文章，但显然读者可以从各处留下的细节暗示中，构想出一个活生生的人物整个的生活环境和边界，可以在我们的窃窃私语中听到真切的声音，可以在我们什么都还没说的情况下就看到他的确切模样，可以不靠任何引导之语就准确知道他的想法。我们正是为这样的读者在写，而这样的读者显然清楚，奥兰多性情奇特，情绪多变，他忧郁、慵懒、富于激情、喜欢孤独。当然还有他那些奇崛古怪的脾气，我们在传记开篇就有所暗示：他先是对着一个悬挂的摩尔人头颅劈刺，砍下它后又以骑士风度把它重新挂到他够不着的地方，然后去窗边坐下专心读起书来。他很早就喜欢读书，在他还是孩子的时候，仆人有时看到他到了半夜仍在秉烛读书。他们拿走他的蜡烛，他就拿萤火虫来照明。他们又拿走萤火虫，他就点引火绒，差点儿烧了房子。让小说家去发掘这些细节，阐发其中的意味吧，这里简而言之一句话：奥兰多是一位沉溺于文学病的贵族。他同时代的许多人，尤其是跟他身份地位相同的人，却没有得上这个病，他们可以自由自在地奔跑，骑马，尽情欢爱。但有的人很早就感染上一种病菌，据说是来自从希腊和意大利吹来的水仙花粉。这种病菌非常厉害，能让一只举起出拳的手颤抖不已，让搜寻猎物的眼睛模糊不清，让宣示爱意的舌头结结巴巴。这种病菌最要命的是让人把幻象当作现实。因此，虽然命运给了奥兰多丰厚的馈赠，无所不有，比如精美的盘子、亚麻衣服、房子、仆人、地毯，还有很多的床，但只要他一打开书，这一切财富便顷刻化为云烟。他那占地九英亩[1]的石头大宅消失了，一百五十个仆人不见了，八十匹骏马也杳无踪影，还有清点起来极费时间的各种物件，比如地毯、长椅、各种饰物、瓷器、盘子、调味品、保暖锅，以及其他通常镶着金箔的小件物品，也都一一蒸发，就像海上弥漫升腾的瘴雾之气。情形就是这样。奥兰多独坐在那里读着书，身无长物。

孑然一身的状态下，他的这个病会愈发严重。他经常一读就是六个钟头，一直读到夜里。仆人过来请示他是否要屠宰牲口或

1　英美制面积单位，一英亩约合四千平方米。

收割小麦，他会把书推到一边，满脸迷茫，似乎听不懂他们在说什么。这太糟了。放猎鹰的霍尔、马夫加尔斯、管家格里姆斯蒂奇太太和牧师达普尔先生都非常担心。他们说，他这样的高贵绅士是不需要读书的。他们说，让他把书留给那些瘫痪的或是奄奄一息的人吧。但还有更糟糕的事情。因为这种阅读病一旦控制了人的身体，就会使它变得虚弱，从而很容易遭受另一种痛苦的折磨，这种痛苦寄居在墨水瓶中，在鹅毛笔中化脓溃烂。这不幸的人偏偏喜欢写作。对于一个穷人来说，这已经够糟的了，不过他毕竟没有多少可失去的，因为他仅有的财产就是漏雨的破屋顶下的一把椅子和一张桌子。而一个富人，拥有大宅、牲口、女仆和亚麻衣服，却偏要写书，这才真是可悲之极。富足的生活对于他而言已毫无滋味，剩下的只是不堪的痛苦，如遭烙铁灼烫，毒虫啮咬。只要能写出一本小书，一举成名，即使倾家荡产他也在所不惜。（这种病的狠毒可见一斑。）然而，即便拥有秘鲁的全部金子，他也无法换来一行精妙的诗句。他变得形容憔悴，病病恹恹，终日搜肠刮肚，面壁苦思。他毫不在乎自己在别人眼里是什么形象，他已迈过死亡之门，遭遇过地狱的烈焰。

所幸的是，奥兰多身体强健，竟从未像他的很多同辈那样被这个病打垮。（其中原因稍后再说。）但他确实也受到了重创，接下来我们就会看到这一点。托马斯·布朗恩爵士的书他读了一个多小时，牡鹿的叫声和守夜人的叫喊都表明夜已很深，万籁俱寂。他走到房间的另一头，从口袋里拿出一把银钥匙，打开了角落里一个镶饰大柜的门，里面有五十多个雪松木抽屉，每个抽屉上都贴了一张标签，上面有奥兰多漂亮的笔迹。他迟疑地站着，似乎在想要打开哪个抽屉。其中一个上面写着"埃阿斯之死"，另一个是"皮拉摩斯之诞生"，然后有"奥里斯的依菲琴尼亚"，还有"希波吕托斯之死""墨勒阿革洛斯""奥德修斯的归来"[1]——事实上，几乎每个抽屉上都有一个神话人物的名字，与奥兰多经历中的每一个重要关头相对应。每个抽屉里都放着篇幅不短的奥兰多亲笔所写的文稿。事实上，奥兰多得这种文学写作病已有多年。没见过哪个男孩像奥兰多渴求纸张和墨水那样讨要苹果和果脯。别人谈话和玩游戏时，他就悄悄溜开，躲到窗帘后面、神父的密室里，或是他母亲卧室后面的橱柜里——那儿的地板上有个大洞，散发出椋鸟粪的臭味。在这些私密的地方，他一手拿着牛角墨水瓶，一手持笔，膝上摊着纸。就这样，二十五岁之前他就已经写下了四十七个作品，其中有剧本、历史故事、浪漫传奇和诗歌，有的是散文体，有的是韵文，有的用法语写，有的用意大利语写。这些作品都很长，都与情爱有关。有一本他请羽冠出版

1　这里提到的名字多与希腊神话有关。埃阿斯是特洛伊战争中名声仅次于阿喀琉斯的希腊英雄。皮拉摩斯是奥维德《变形记》中殉情的年轻男子。依菲琴尼亚是迈锡尼王阿伽门农的女儿，被献祭给阿尔忒弥斯，后被救下，成为女祭司。希波吕托斯是雅典王忒修斯之子，因其继母诬告而被杀。墨勒阿革洛斯是阿尔戈诸英雄之一，斩除卡吕冬野猪怪，并随同伊阿宋一起寻找金羊毛。奥德修斯是依瑟卡国王，特洛伊战争中的著名英雄。

社的约翰·鲍尔印了出来，那家出版社在齐普赛街圣保罗教堂十字架布道坛对面。虽然看着这本印制的书就让他无比欣喜，他却从来没敢拿给别人看，对他母亲也不例外。因为他知道，对于贵族，写作已是不可宽恕之耻，印书出版则更是如此。

现在已是深夜，他又独自一人，于是他从这些抽屉中挑出一厚一薄两本手稿，厚的写着《色诺菲拉：一部悲剧》（大体上是这样一个标题），薄的上面写着《老橡树》（这是他的手稿中唯一一本标题如此简短的）。然后，他回到墨水瓶前，用手指轻轻抚弄了一下鹅毛笔，又做了几个类似的动作，就像那些有这种癖好的人在开始这种仪式时所做的那样。但他突然停下了手。

这一停顿在他的人生中非同小可，连那些让人屈膝下跪、血流成河的行为都无以相比，因此我们自然要问他为什么停下手。在思考之后，我们要回答大致是如下的原因。大自然对我们使了很多稀奇古怪的花招，它用全然不可相提并论的东西造就我们，或是用泥土和钻石，或是用彩虹和花岗岩，然后把这些东西塞进一副皮囊里，而且往往是最不协调的那种：诗人长了一张屠夫的脸，而屠夫却长了诗人的脸。大自然喜欢混乱和神秘，因此即便到现在（1927 年 11 月 1 日）我们也搞不明白我们为什么要上楼，为什么又要下来，我们最日常化的行为就像一条船航行在不为人知的大海上，桅顶的水手用望远镜看着地平线并问道，那边有没有陆地？如果我们是预言家，我们就会说"有"，如果我们是诚实的，我们就说"没有"。大自然除了要为你眼前这个也许显得冗长而笨拙的句子负责，还要为许许多多的其他事情负责，而且它把自己的任务搞得更加复杂，让我们更加摸不着头脑，因为它不仅在我们头脑里放了一堆五颜六色的碎布片，比如警察裤子上的一块布和亚历山德拉王后[1]的婚礼面纱挨在一起，而且还企图要用一根线将这一堆布片轻巧地缝在一起。记忆就是这个女裁缝，而且是个任性的女裁缝。记忆穿针引线，一进一出，一上一下，从这里到那里。我们不知道下一块布片是什么样，再下一块又是什么样。如此一来，世上最寻常的动作，比如在桌前坐下，把墨水瓶拿到跟前，都可能搅动起我们头脑中一大堆古怪且互不相关的碎片，有的鲜艳，有的暗淡，像大风天里一个十四口之家的内衣挂在晒衣绳上，起伏，摆动，飘扬。我们最日常的行为从来都不是简单的、直截了当的、彻头彻尾的（如果是这样的话人们就不需为不好的事情感到羞愧），而是带着震颤摇曳的翅膀，或者像起起落落的点点灯火。于是，奥兰多在拿笔蘸墨水时突然看到了失踪的公主那张嘲讽的脸。他立刻问了自己无数的问题，这些问题就像是蘸了苦胆汁的箭。她在哪里？为什么弃他而去？俄国使团的大使到底是她的叔父还是她的情人？他们事先

1　亚历山德拉王后（1844—1925），英王爱德华七世之妻，其服饰打扮为许多追求时髦的贵妇效仿。

串通好了吗？或者，她是被迫的？她已经结婚了吗？她已经死了吗？所有这些问题如毒液侵入他的身体，令他痛苦不堪。似乎是为了发泄，他狠狠地将鹅毛笔插入牛角墨水瓶，以至于把墨水都溅到了桌上。这个行为，不管人们怎么去解释（也许不可能有什么解释，因为记忆是莫名其妙的），立刻使公主的脸被另一张完全不同的脸所取代。但这是谁的脸呢？他问自己。他只好等着，看叠在旧画面上的新画面，就像放幻灯片时上一张被下一张覆盖时仍隐约可见。大概半分钟后，他缓过神来对自己说："这是那个穿着寒酸的胖男人的脸，很多年前，老贝丝女王[1]来这里用餐时，他就坐在特薇琪特的屋里。"奥兰多又抓住头脑里的一块带颜色的记忆小碎布，继续说："下楼的时候我往那屋里瞥了一眼，看到他坐在桌旁。他的眼睛太令人难忘了！可他究竟是谁呢？"奥兰多自问，这时候记忆在那额头和眼睛之外又加上了一个油渍斑斑的皱边大圆领，然后是一件棕色的紧身上衣，最后是一双齐普赛街居民穿的那种笨重靴子。"他不是贵族，跟我们不一样，"奥兰多说（他不会把这话大声说出来，因为他是个极有教养的绅士，但这表明贵族出身对于一个人的观念会有什么样的影响，同时也正好说明要让一个贵族去当作家有多难），"我敢说，他是个诗人。"按道理，记忆既已扰乱了他的心境，到这时候本

1　即伊丽莎白一世。

应该已经将这件事彻底抹除了，或者会扯出某种不伦不类的可笑事情，比如狗追猫，或一个老妇人往一块红手帕里擤鼻涕。奥兰多为了跟上记忆的变幻，本应该在纸上奋笔疾书（因为如果我们有决心，就能够把记忆这个轻佻女子连同她花花绿绿的碎布片和短尾巴赶出屋子），但奥兰多停下了。记忆仍然在他面前展现那个衣服寒酸但眼睛炯炯有神的男人形象。他仍然看着，仍然停顿在那里。正是这些停顿毁了我们。正是在这种时候，要塞里出现了叛乱，我们的军队也造了反。他曾经也停顿过，那次是爱情闯了进来，带着它那帮可怕的暴民，带着木笛、铙钹和一个个从肩膀上砍下来的血淋淋的头颅。爱情让他像地狱里的罪人受尽了折磨。现在，他又停顿下来，有了这个空隙，名叫野心的泼妇、名叫诗歌的女巫和名叫名望的娼妓都跳进来，她们拉起了手，把奥兰多的心变成了她们的舞场。他独自一人站在房间里，发誓要成为家族中的第一个诗人，给他的姓氏带来不朽的荣光。他挨个说起先人的名字和他们四处征战杀伐的功绩：鲍里斯爵士打异教徒穆斯林，加文爵士打土耳其人，迈尔斯爵士打波兰人，安德鲁爵士打法兰克人，理查德爵士打奥地利人，乔丹爵士打法国人，赫伯特爵士打西班牙人。但是这一切征讨杀戮、犬马声色之后又留下了什么呢？一具骷髅，一根手指骨。他的目光转向摊开在桌上的托马斯·布朗恩爵士的书，说道："相反——"而后又停顿下来。仿佛从房间各处传出咒语一般，夜晚的风和月光奏出了那些字句的美妙旋律。但为了不让这些字句盯得这一页写不下去，我们还是把它们留在它们静静躺着的地方，它们并没有死，而是被涂上了防腐的香料，它们的面色是如此新鲜，呼吸如此舒畅。拿这种迷人之美跟他先人的功绩一比较，奥兰多不禁高声叹道，他的先人和他们的作为只是尘土与灰烬，而这个人和他的文字才会流芳百世。

但他很快发现，当年迈尔斯爵士和其他先人为夺取一个王国而与凶猛的骑士战斗，现在他在为万世不朽而与英语搏斗，相比之下，他们的艰苦还不及他的一半。对创作的艰辛有所了解的人，无须别人告诉他其中的种种滋味：写的时候感觉不错，读的时候感觉糟糕，改了又撕掉，去掉一些，添加一些，或欣喜若狂或灰心绝望，晚上得意早晨沮丧，抓住灵感又失去它们，看到自己写的书就在眼前又突然消失，吃饭时扮演着书中的人物，走路时说着人物的台词，又哭又笑，在不同的风格之间摇摆不定，一会儿喜欢夸张华丽，一会儿又喜欢平实素朴，一会儿是坦佩山谷[1]，一会儿是肯特郡或康沃尔郡的田野，拿不准自己是世上绝伦的天才还是最大的傻瓜。

正是为了解决最后这个问题，他决定在这么长时间如痴如狂的写作之后打破这与世隔绝的状态，重新与外界来往。他在伦敦

---

[1]　希腊奥林匹斯山附近的美丽山谷。

有个朋友，一个名叫贾尔斯·艾沙姆的诺福克郡人。他虽然出身贵族，但认识很多作家，毫无疑问，他可以介绍奥兰多认识这个不同凡响的圈子里的人。因为对于目前状态中的奥兰多，一个人写了书而且出版了，身上就有一种荣耀，那种光芒盖过了血统和权力的荣耀[1]。在他的想象中，似乎那些充满奇思妙想的人都有超凡脱俗的身体。他们的头发周围一定有光环，呼吸散发清香，唇间有玫瑰绽放。而他自己就不是这样，达普尔先生也不是。如果能被允许坐在帘子后面听他们交谈，他想不出还有什么比这更幸福的事。只是想象一下那种充满自信、妙趣横生的谈话都会令他自惭形秽，因为他记得自己和宫廷里的朋友常谈的话题就是狗、马、女人和牌戏。他一向被人称为学者，因为喜欢独处和读书而遭人耻笑，想起这个他感到骄傲。他不善言辞，往往只是静立一旁，经常脸红，走起路来像是进了贵妇客厅的士兵。他曾经两次因为心不在焉而摔下马，有一次在作诗时弄坏了温切尔西夫人的扇子。他回忆着自己这些不擅社交生活的情景，突然间产生了一个强烈而又无法说出的希望：他青春期的所有躁动不安，他的笨手笨脚，爱脸红，长时间散步和他对乡间生活的热爱，都证明他更属于那性情飞扬的圈子，他天生是个作家，而非贵族。自大洪

<hr />

1 "血统和权力的荣耀"一语出自英国剧作家、诗人詹姆斯·雪利（1596—1666）一诗的标题 "The Glories of Our Blood and State"。

水之夜以来，他第一次感到了真正的快乐。

奥兰多委托诺福克的艾沙姆先生，给住在克利福德客栈的尼古拉斯·格林先生送去邀请信函，信上说十分钦佩他的作品（尼克·格林是当时颇负盛名的作家），也很想结识他——这点令他羞赧，因为他没有什么可以回报，但如果格林先生肯屈尊光临，他会派一辆四马马车，在格林先生指定的时间恭候于费特巷的拐角，然后安全地接他过来。下面的话读者不妨自己填补，你可以想象奥兰多的欣喜之情，因为没过多久格林先生就表示接受爵爷大人的邀请。他坐上接他的马车，在奥兰多的宅邸南面大厅前下了车。时间是 4 月 21 日，星期一傍晚 7 点整。

这里接待过许多国王、王后和大使。穿着白色貂皮袍子的法官，这个国家最美丽的夫人小姐，以及最勇敢的武士，都曾光临此地。大厅里挂着弗洛登和阿金库尔战役 [1] 中的旗帜，陈列着家族的盾形纹章，上面绘有彩色的狮子、猎豹和冠冕。几排长条桌上放着金银打制的盘子。壁炉用打磨过的意大利大理石砌成，每天晚上都会烧掉一整棵橡树，连带无数的枝叶，以及白嘴鸦和鹪鹩的窝。现在，诗人尼古拉斯·格林就站在这大厅里，头戴宽边软帽，身穿黑色紧身上衣，手里提着一个小包，模样很不起眼。

1　弗洛登战役，1513 年英格兰伯爵萨里在此地大败苏格兰人。阿金库尔战役，1415 年发生在法国阿金库尔村庄附近的一场战役，英国人在亨利五世的率领下以少胜多击溃了法国军队。

奥兰多赶忙出来迎接，但不免有点儿失望。诗人个头不高，瘦且有些驼背，样子显得猥琐。他进来时不小心绊到了那头大獒犬，被它咬了一下。奥兰多也算阅人不少，但却不知该将他归为哪类人。他身上有某种东西，让他看上去既不像仆人也不像乡绅或贵族。他前额鼓起，长一副鹰钩鼻，这些还算不错，但下巴却往里缩；眼睛很亮，但嘴唇松垮，仿佛要流口水。令人不舒服的是他那张脸上的表情：既没有贵族那种庄重沉稳，也没有经验丰富的管家那种恭而不卑，那是一张皱巴巴的拼凑起来的脸。身为诗人，他似乎更习惯于指责而非赞美，吵吵闹闹而非心平气和，匆匆忙忙而非顺其自然，争斗而非平息，恨而非爱。他动作急，眼神多疑暴躁，也体现了那些特点。奥兰多有几分吃惊，但还是请他一起去用晚餐。

奥兰多第一次莫名其妙地为自己有那么多仆人和奢侈的餐桌而感到羞愧，通常他对这一切都习以为常。更奇怪的是，他居然自豪地想起了他那位挤牛奶的曾祖母莫尔，因为这个念头通常是令他反感的。他正要以某种方式提起这个出身卑微的先人和她的牛奶桶，诗人突然先开了口，说尽管格林这姓氏看上去很普通，但其实他的家族是跟随征服者威廉一起来的英国，在法国他们曾是最为显赫的贵族，不幸的是，他们来到这里后一事无成，只是把家族的姓氏留给了皇家行政区格林尼治。接着他又说起他们失去的城堡，家族盾徽，在北方的准男爵表亲，与西部名门望族的联姻，格林家族中有的人拼写姓氏时在结尾加字母"e"，而有的则不加，诸如此类，一直说到鹿肉端上餐桌。奥兰多找机会说了几句他的曾祖母莫尔和她的奶牛，待野鸭端上桌时，他心里才稍微轻松了一点儿。直到喝了一轮又一轮的马姆齐甜酒之后，奥兰多才敢提起在他看来比格林家族和奶牛更重要的一件事，那就是诗歌这一神圣话题。刚听到诗歌这个字眼时，诗人的眼睛就放出光来，他放下了一直端着的绅士姿态，把酒杯重重地叩在桌上，滔滔不绝地讲起故事。除了弃妇的哀怨，这是奥兰多听过的最长、最繁复、最动情、最痛苦的故事，关于格林的一个剧本、另一位诗人和一位评论家。至于诗歌的特点，奥兰多只听到它不如散文好卖，虽然篇幅短，但写起来却更费时间。谈话就这样枝枝蔓蔓没完没了地继续着，直到奥兰多试探性地暗示说，他本人其实一直在斗胆写作——这时候诗人突然从椅子上跳了起来，说有只老鼠在护墙板里面吱吱叫。他解释说，他最近精神状态不好，因为老鼠的吱吱尖叫折磨了他两个星期。这座大宅里无疑有很多有害的小动物，但奥兰多从来没听见过它们的叫声。诗人又给奥兰多一五一十地讲了他过去十来年的健康状况。按他说的，情况糟透了，而他现在居然还活着，简直叫人惊奇。他得过麻痹症、痛风、疟疾、水肿，连续感染上三种不同的热病。此外，还有心脏肿大、脾火旺和肝损伤的毛病。尤其要命的是，他告诉奥兰多他的脊椎无法形容地难受，从上往下第三节脊椎骨上有个突起的骨疽，灼热得像火烧一样，从下往上第二节又是冰冷的感觉。有时候一觉醒来，脑子沉得像灌了铅，有时候又像是身体里点了一千支蜡烛，或者无数人在放烟花。他说他能够隔着床垫感觉到下面的一片玫瑰叶子，还能够凭着鹅卵石的脚感在伦敦城里认路。总之，他是一件工艺精湛、组装奇特的机器（这时候他似乎不自觉地举起了一只手，这只手的形状的确堪称完美），所以他想不通他的诗集竟然只卖出了五百册，当然，那主要是因为有人暗地里跟他作对。最后，他一拳重重地砸在桌上，总结道，他唯一能说的就是，诗歌这门艺术在英格兰已经死了。

那莎士比亚、马洛、本·琼生、布朗恩、多恩[1]呢？奥兰多一口气列举了这些他最喜欢的作家。这些正在写或者已经停笔的作家又怎么说呢？奥兰多想象不出来。

格林满脸讥讽地仰天大笑。他承认莎士比亚写过几幕还不错的戏，但主要是从马洛那里偷来的。马洛是个有希望的家伙，可对一个不到三十岁就夭折了的年轻人，你能说什么呢？至于布朗恩，他喜欢用散文体来写诗，而大家很快就厌烦他这种假模假式的把戏了。多恩是个江湖骗子，就会用生僻艰涩的词来掩盖空洞无物的内容。笨人会上当受骗，但那种风格一年以后就无人理会

1　克里斯托弗·马洛（1564—1593），与莎士比亚同时代的英国剧作家及诗人。本·琼生（1572—1637），英国剧作家、诗人和评论家。约翰·多恩（1572—1631），英国"玄学派诗歌"代表诗人。

了。至于本·琼生——本·琼生是他的朋友，他从来不说朋友的坏话。

不，他最后说，文学的伟大时代已经过去。文学的伟大时代是古希腊，伊丽莎白时代在任何一个方面都比不上古希腊。那个时代，作家都看重一种神圣的追求，他称之为"荣誉"（他用法语说了这个词，但听上去像"荣佑"，所以奥兰多一开始没听明白）。现在，所有的年轻作家都被书商收买了，他们写出一大堆垃圾东西，反正只要能卖就行。莎士比亚在这方面更是变本加厉，而莎士比亚已经开始自食其果了。他说，现在这个时代的特点，就是喜欢奇词妙喻，风格上追求标新立异，而这两者都是古希腊人一刻也不能容忍的。这样说虽然令他非常痛心，因为他就像热爱生活一样热爱文学，但他实在认为当前这个时代乏善可陈，对未来也不抱希望。说到这里，他给自己又倒了一杯葡萄酒。

这些看法让奥兰多很吃惊，但他同时也不禁注意到，这位批评者本人似乎一点儿都不沮丧。相反，他越是谴责自己的时代，越是沾沾自喜。他说他记得在舰队街考克酒馆的那个晚上，当时基特·马洛[1]和其他一些人也在场。基特那天酒兴很高，颇有醉意（他很容易就这样），很想胡言乱语地说些什么。他现在仿佛能看见基特对众人挥舞着酒杯，打着酒嗝说："嘿！我说比

1　即前面提到的马洛，基特是克里斯托弗的昵称。

尔（这是在对莎士比亚说），大潮涌来，而你就在浪尖上啊。"格林解释说，基特的意思是他们正面临英国文学一个伟大时代的到来，莎士比亚将会成为一个重要诗人。两天后，基特在一次酒后斗殴中身亡。没能活着看到他预言的结果，对于他本人也许是幸事。"可怜的傻瓜，"格林说，"居然会说这样的话。一个伟大的时代，是啊，伊丽莎白时代，好一个伟大的时代！"

"所以，我尊敬的爵爷，"他继续说，挪动了下身体以便在椅子上坐得更舒服些，手指摩挲着葡萄酒杯，"我们必须尽可能改变这个局面，珍惜传统，尊敬那些师法古典的作家，这样的作家现在还剩下几位，他们的写作不是为了钱，而是为了荣佑。"（奥兰多真希望他的法语发音更像样些。）"荣佑，"格林说，"可以激发高贵的思想。如果我能得到三百镑年金，季付，我此生就只为荣佑而活了。我会每天早上躺在床上读西塞罗[1]。我会模仿他的风格，直到你看不出我们之间有什么不同。那就是我所说的真正的写作，"格林说，"那就是我说的荣佑。但要做到这一点得有一笔年金才行。"

到这时候，奥兰多已经完全放弃了跟诗人讨论自己作品的希望，但这也没什么要紧，因为现在已经聊到莎士比亚、本·琼生和其他人的生活和性格了。他们都是格林的老熟人，关于他们，

1　西塞罗（公元前 106— 前 43），古罗马政治家、演说家和哲学家。

他有无数令人捧腹的逸闻趣事可讲。奥兰多此生从来没笑得这么痛快。曾几何时，这些人可都是他心目中的神啊！他们中有一半是醉鬼，个个风流好色。他们中大多数人都跟老婆吵架，没有一个不撒谎或不偷奸耍滑的。他们的诗句都是潦草地写在洗衣账单的背面，而且是在印刷坊门前将账单垫在学徒的脑袋上写的。就这样，《哈姆雷特》出版了，还有《李尔王》，还有《奥赛罗》。格林说，难怪这些剧作毛病不少。写作之外，那些人就在酒馆和露天啤酒花园呼朋唤友，痛饮狂欢，为了俏皮什么话都说，做的事情让最放浪形骸的廷臣都黯然失色。格林讲起这些来兴致勃勃，逗得奥兰多乐不可支。格林有一种能让死人活过来的模仿本事，说起书来也是头头是道，只要这些书是三百年前写的。

时间就这样过去了，奥兰多对他的这位客人产生了一种奇怪的感觉：既喜欢又蔑视，既钦佩又怜悯，还有某种飘忽不定难以一语道明的感觉，令人既恐惧又着迷，所有这些都交织在一起。他不停地谈论自己，但同时他又是个很好的伙伴，你可以毫不厌倦地一直听他讲他得疟疾的故事。他是那样风趣，又是那样无礼，他随便地使用上帝和女人的名义，掌握了那么多奇怪的技艺，脑袋里装了那么多奇怪的学问，能做三百种不同的沙拉，知道混合葡萄酒的所有方法，能演奏六七种乐器，是他见过的第一个可能也是最后一个用意大利大理石壁炉烘烤奶酪的人。他分不清天竺葵和康乃馨，橡树和桦树，獒犬和灰狗，两岁的小羊和母羊，小麦和大麦，耕地和休耕地。他不懂农作物的轮作。他以为橙子长在地下，萝卜长在树上。他喜欢市镇景观甚于乡村风景。所有这一切还有许多这里没提到的，都让奥兰多惊讶不已，因为他以前从未遇到过像格林这样的人。就连看不起格林的女佣们听到他的笑话都咪咪地笑，讨厌他的男仆们也会凑近听他的故事。确实，他来之前，这座宅子从未像现在这样充满生机。这一切给了奥兰多很多思考，促使他把这种生活方式跟以往的做比较。他回想起以前他听惯的谈话，无非是关于西班牙国王中风或是母狗交配。他想起自己的时间大多是在马厩和衣橱之间度过的。他记得那些贵族爵爷酒后呼呼大睡，对叫醒他们的人痛恨不已。他想起他们的身体多么活跃而强悍，头脑却迟钝而怯弱。这些念头令他不安，使他无法保持平衡的心境，到最后他认为自己把一个搅人安宁的讨厌鬼引入了家中，从此他将再也无法安然入睡。

与此同时，尼克·格林得出了正相反的结论。早上他躺在床上，枕着最松软的枕头，盖着最柔滑的被单，看着凸肚窗外三百年来从没长过蒲公英和杂草的草坪，心里想着，除非能找机会逃出去，否则他会在这里活活憋死。他起床穿衣，听着鸽子咕咕的叫声，听着喷泉落下的水声。他想，除非能听到运货马车轰轰隆隆走过舰队街石子路的声音，否则他再也别想写出一行诗来。他想，长此下去，听着男仆在隔壁给壁炉的火堆添加圆木、在餐桌上摆好银制餐具的声音，自己会睡着的（这时候他打了个长长的

67

哈欠），在睡梦中死去。

于是，他到奥兰多的房间去找他，告诉他因为太静，他整个晚上都没合眼。（的确，这座宅子被一个周长达十五英里的林园所环抱，围墙有十英尺之高。）寂静，他说，是天底下最让他感到压抑的东西。他想得到奥兰多的同意，这个早上就结束他的造访。奥兰多听了感到有些释然，但又很不情愿让他走。他想，这宅子没了他会很无聊。临别的时候（他从来不喜欢提这个话题），他大着胆子把那个写赫拉克勒斯[1]之死的剧本塞给了诗人，要他读完后提提意见。诗人接下剧本，嘴里咕咕哝哝说着"荣佑"和"西塞罗"，奥兰多打断了他的话，答应每个季度付他津贴。格林听到这话，大大表白了一番感激之情，然后跳上马车离开了。

马车渐行渐远，大厅从未显得如此阔大，如此辉煌而空旷。奥兰多知道，自己不会再用意大利大理石壁炉去烤奶酪，不会再有那种幽默去开意大利绘画的玩笑，不会再有那种本事去调地道的潘趣酒，也不再会有那么多连珠妙语了。不过，令人放松的是，不用再听那牢骚满腹的声音了。又可以自己一人独处了，这多么奢侈啊。他这样想着，同时放开了那头拴了六个星期的獒犬，因为它只要一见到那个诗人就会扑上去咬他。

尼克·格林当天下午在费特巷的拐角处下了马车。他发现这

1　希腊神话中半人半神的英雄，力大无比。

68

里的情形跟他离开之前没什么变化，也就是说，格林太太正在一间屋子里生孩子，汤姆·弗莱彻在另一间屋子里喝杜松子酒，地板上到处是滚落下来的书，寒碜的晚餐放在梳妆台上，孩子们先前在那上面做泥巴饼。但格林觉得这才是适合写作的氛围，在这里他可以写作，而他确实写了起来。题材是现成的：一位居家贵族。拜会一位乡间贵族——他的新诗会用类似这样的标题。格林从他的小儿子手里抢过鹅毛笔（小男孩正在用笔逗弄猫的耳朵），在当墨水瓶用的蛋杯里蘸了蘸笔，飞快地写下了一首泼辣的讽刺诗。这首诗能让人看出被讽刺的年轻贵族正是奥兰多——他的私下言行，他热衷的事和荒唐行为，甚至他的头发颜色和发"r"音时打战的外国腔，都被描绘得非常生动。如果说还有人怀疑的话，格林的一个做法就彻底消除了这种怀疑：他几乎不加掩饰地引用了奥兰多的《赫拉克勒斯之死》中的几个片段。他说正如他所料，这个悲剧写得絮絮叨叨，浮夸之极。

格林的这本小册子很快就印行了好几版，赚的钱付清了格林太太生第十个孩子的费用。奥兰多那些文人朋友很快将这本小册子送到了他手里。奥兰多从头至尾不动声色地看完了小册子，然后摇铃叫男仆进来，用夹钳夹着小册子，命他把它丢进最臭的粪堆里。男仆转身要走，他又叫住他说："去马厩找一匹最快的马，火速前往哈里奇[1]，到了那里你坐船去挪威，到挪威国王的养狗场给我买品种最好的皇家猎鹿犬，公的母的都要，把它们赶紧带回来，不得耽误。因为，"他转向书低声说道，"我已经烦透了人类。"

训练有素的男仆鞠了一躬离开了。他很快完成了任务，三个星期后的一天，他牵着几条最好的猎鹿犬回来了，其中一条母的当晚就在餐桌下面产下八只可爱的小狗。奥兰多让人把小狗送到了他的卧室。

"因为，"他说，"我已经烦透了人类。"

尽管如此，他还是每个季度付给格林津贴。

就这样，这位年轻贵族，在三十岁上下的年纪，不仅尝到了人生的各种滋味，而且看透了人生的种种无谓空洞。爱情和抱负，女人和诗人，同样地骄矜虚荣。文学不过是无聊的闹剧。那天晚上，读完格林的《拜会一位乡间贵族》后，他将自己的五十七部诗作付之一炬，只留下了《老橡树》，那是他孩提时代的梦，作品也不长。现在他信任的只剩下两样东西了：狗和自然，比如猎鹿犬和玫瑰丛。大千世界和纷繁人生，最后就简约成这两样：狗和花丛。这就是一切。巨大的幻象摆脱了，身心变得

1　英国临北海的一个港口小镇。

无牵无挂。他叫来了狗，牵着它们大步走向林园。

他长时间与世隔绝，只是读书写作，都忘了大自然是如何令人心旷神怡，而 6 月尤其如此。他爬上了山顶，天气好的时候在这里可以看到半个英格兰和一小部分威尔士和苏格兰。他一下扑到了他最喜欢的那棵老橡树下，心想，如果此生再也不用和另外一个男人或女人说话，如果他的狗不会进化到会说话，如果他再也不会遇见一个诗人或公主，那么他也许可以无怨无悔地安度余生。

此后，他常来这里，日复一日，年复一年。他看到山毛榉树变成金色，新长出的羊齿草蔓延开来，月亮缺了又圆，看到——也许读者可以自己想象下文怎么写下去，比如描写这一带的树和植物如何从绿色变成金黄色，月亮如何升起太阳如何落下，春夏秋冬如何周而复始，日夜如何循环往复，暴风雨之后如何天朗气清，很多事物如何二三百年一成不变，只是多了一点儿灰尘和蛛网，而一个老妇人半小时就能打扫干净。我们不禁会有这样一种感觉：也许仅仅一句"时光荏苒（具体多长时间可以在括号中说明），什么都没发生"就能迅速概括这一切。

然而遗憾的是，时间尽管能极其精准地使动植物兴衰荣枯，对人的头脑的影响却没有如此简单。此外，人的头脑也会以同样奇特的方式对时间产生影响。一方面，一个小时的时间，一旦停留在人类心灵的奇异环境中，便可以拉长到钟表时间的五十或一百倍。另一方面，一个小时也可以在人类头脑的计时器上精确地显示为一秒钟。遗憾的是，钟表时间与头脑中的时间，差别之大往往不为人深知，因此值得充分探究。但我们前面说过，传记作者的兴趣很有限，他必须专注于一个简单的原则：当一个人到了三十岁，就像奥兰多，他思考时，时间会变得特别长，而行动时，时间变得特别短。因此，奥兰多对仆人发指令，或者管理他的庞大庄园，这些事情像是一瞬间就做完了，而他一独自来到山顶上的老橡树下，片刻的时间就开始膨胀、飘浮，仿佛永远也不会落下来，每一秒都被各种奇怪的问题盈满。他发觉自己不仅要面对那些令最智慧的人都困惑的问题，比如什么是爱，什么是友谊，什么是真实，而且一开始思考这些问题，他的整个过去——在他的感觉中极其漫长而多变——便一下子涌入那正在下落的片刻，将它膨胀到原先大小的十几倍，给它染上无数种色彩，用宇宙中所有的琐碎之物将其充填。

就是在这样的思考（或者叫别的什么）中，他度过了一年又一年。说他吃完早饭出去时是三十岁，回家吃晚饭时至少已有五十五岁，都不算夸张。有的星期就像一个世纪，而有的星期似乎不超过三秒钟。总之，估算人类寿命的长短（动物的寿命我们不好随便说）不是我们力所能及之事，因为我们一说很长就会有人提醒我们，人的生命甚至比玫瑰叶落到地上的时间还短。有两种力量左右着我们这些不幸的傻瓜——短暂与长久，它们不仅轮番而且同时上阵，后面这点更令人困惑。就这两种力量而言，影响奥兰多的有时是象脚神，有时又是小飞虫。[1] 人生之于他似乎漫长无涯，但也可以倏忽即逝。即便人生的长度拉到极限，每一个时刻都极度膨胀，而他踽踽独行于永恒无际的沙漠中，他也没有时间去展开紧紧卷在他心中和头脑中的羊皮纸，去辨认上面刻写得密密麻麻的三十年人世沧桑。在他把爱情想明白之前（这期间老橡树已经叶落叶生十二回），抱负就要把爱情推出场外，然后抱负又被友谊或文学取而代之。第一个问题"什么是爱"仍未解决，因此稍有触发，甚至在毫无来由的情况下，这个问题就会冒出来，把书籍、隐喻或生活的意义都排挤到一边——它们只能在边上等着，等待机会重新冲进场。这一过程会拖得很长，因为爱情有丰富的表现形式，不仅有画面（玫瑰色锦缎裹身的老伊丽莎白女王躺在铺着织锦的卧榻上，手里拿着象牙鼻烟盒，旁边是金柄宝剑），而且有味道（她身上有很浓的薰香）和声音（那个冬日牡鹿在里奇蒙林园里发情地叫个不停）。因此，想到爱情就会想到寒冬大雪、燃烧的篝火、俄国女人、金柄宝剑、牡鹿的叫声、流口水的老詹姆斯王、缤纷的焰火、伊丽莎白时代大帆船上一袋袋的财宝，它们就像是一起被封存在琥珀里。他发现，每次想在头脑中把一件事物从它原来的位置移走时，总会有别的东西

---

1 象脚神和小飞虫是作者用以对应前面提到的两种时间力量的意象。大象之脚比喻时间的沉重深远，扑着薄翼的小飞虫喻时间之轻快易逝。

出来干扰，像是一块在海底待了一年的玻璃，周围缠绕着骨头、蜻蜓、硬币和淹死的女人的头发。

"天神朱庇特在上，又一个意象！"他差点儿惊叫出来。（这表明他头脑杂乱无章，也解释了为什么老橡树叶生叶落好多回，而他依然没有得到一个关于爱情的结论。）"这有什么意义呢？"他问自己。"为什么不直截了当地说出来呢——"然后他会花上半小时（或者是两年半）去想如何简单明了地说出爱情是什么。"那样的比喻明显不对，"他对自己说，"因为除非在极特别的情形下，否则没有哪只蜻蜓能在海底存活下来。如果文学不是真理的新娘或同床伴侣，那她又是什么呢？见鬼！"他叫出声来，"为什么已经说了新娘还要说同床伴侣呢？为什么不直截了当说明白就完了呢？"

于是他说草是绿的天是蓝的，以此来抚慰诗歌素朴的灵魂。虽然现在他与诗歌相隔甚远，但他依然怀有敬畏之心。"天是蓝的，"他说，"草是绿的。"然而，他抬头看到的正相反，天空像一千个圣母玛利亚头上垂下的面纱，草地晦暗朦胧，随风迅疾地摆动，就像一群姑娘要逃脱那个从魔法森林里跑出来的怪物萨蒂尔的怀抱。"我敢保证，"他说（他养成了大声说话的坏习惯），"我没看出哪个比哪个更真实，都是彻底的虚假。"他自觉无望解决何为诗、何为真理的问题，陷入了深深的沮丧之中。

我们不妨在他内心独白的时候稍稍停顿一下，想想眼前这情形有多么怪异。6月的一天，看到奥兰多支着胳膊肘斜躺在那里，我们会想，这样一个心智健全、身体健康（只要看看他的脸颊和四肢就知道）的绅士，一个勇往直前、会毫不犹豫接受决斗的男子汉，竟会如此受制于思想的怠惰，变得如此敏感脆弱，以至于一说到诗歌或是他这方面的能力，他就害羞得像一个躲在门后的乡村小女孩。我们相信，格林对他剧作的嘲笑，就像俄国公主对他爱情的戏弄，对他同样伤害至深。不过，回到之前的故事——

　　奥兰多继续思考着。他一直看着草地和天空，试图想象一个在伦敦发表过诗的真正的诗人会怎么描绘它们。与此同时，记忆把尼古拉斯·格林的那张脸呈现在他眼前（记忆的这种习惯我们前面已经说过），似乎那个惯于冷嘲热讽、夸夸其谈的家伙——他已经证明自己是个背信弃义之徒——就是缪斯本人，而奥兰多必须向他致敬。于是，那个夏日的早晨，奥兰多向他奉献了一堆词句，有的朴实无华，有的华丽夸张，而尼克·格林总是在摇头撇嘴，咕咕哝哝地说着什么荣佑、西塞罗和诗歌在我们时代的死亡。奥兰多终于站起身（现在已是非常寒冷的冬季），发出了他一生中最毒的誓言，这个誓言将使他服从一个极为严酷的戒令。"从今往后，"他说，"我若再写一字或试图再写一字，只为讨好尼克·格林或缪斯，就让我粉身碎骨！从今日起，无论好坏或是否平庸，我的写作只为让自己快乐。"说这话时，他的样子仿佛在撕一摞纸，然后把它们丢到那个尖酸刻薄、喋喋不休的家伙脸上。这时候，就像一条狗看见你弓身对它扔石头时会躲避一样，记忆也将尼克·格林的那张脸忽地收起，继而代之的是——绝然的空白。

但不管怎样，奥兰多继续思考着。他实在有太多的东西要思考。当他撕羊皮纸文稿时，一下撕坏了用花体写的带纹章装饰的那部分。那是他一个人在屋里为自娱而写的东西，就像国王任命大使那样，他封自己为家族的第一位诗人，他那个时代的第一位作家，赋予自己不朽的灵魂，应允自己死后葬于月桂之间，周围永远飘扬着一个民族向他致敬的无形旗帜。尽管这些文字写得很有文采，他还是撕毁了羊皮纸手稿，把它扔进了垃圾桶。"名望，"他说（因为没有尼克·格林打断他，他可以继续沉浸于意象营造的快乐中，我们这里只从中选取一两个最温和的意象），"就像一袭碍手碍脚的华丽衣袍，一具紧箍心胸的银制胄甲，一面只能遮住稻草人的彩色盾牌。"诸如此类。这些意象的含义是，名望阻碍和约束你，而籍籍无名则像雾一样包裹着你，这种状态晦暗、充裕、自由，让我们的思想无拘无束。无名之辈的周围弥漫着仁慈的黑暗，没人知道他从哪里来或到哪里去。他可以寻求真理并将它说出来。只有他是自由的，只有他是诚实的，只有他是安宁的。他就这样在老橡树下进入了一种平静的心绪，暴露在地面上的坚硬树根似乎并不妨碍他，反倒让他觉得舒服。

很长一段时间，他沉浸在深思中，他在想默默无闻的好处和快乐，思绪像波浪那样回到大海深处。他在想，一个籍籍无名的人会摆脱嫉妒和怨恨的烦恼，他的血管里会畅快地流淌着慷慨和宽宏大量，付出或得到都无须感激或赞美。他猜想，所有的伟大诗人一定都是这样的（尽管他对希腊文的了解不足以证实他的猜想），因为他觉得莎士比亚必定是那样写作，教堂建造者必定是那样建造，他们不留名，不需要别人感谢或记住他们的名字，需要的只是白天工作，晚上也许喝一点儿麦芽酒——"这是多么令人神往的生活啊！"他一边这样想着一边在老橡树下伸展四肢。"为什么不在此刻就好好享受这样的生活呢？"这念头像子弹一样击中他，一腔抱负顿时如铅锤一般坠落。在他渴望名声的时候，生活的荆棘深深刺痛了他，但一旦他不在乎荣耀，他也就不再感觉到那些伤痛，同样，被拒的爱情和受挫的虚荣心也不再折磨他。他睁开眼睛——其实它们一直大大地睁着，但刚才他只能看到各种思绪——此刻，他看到了下面山谷中他的大宅。

　　大宅沐浴在春日上午的阳光中。它看上去不像宅子而更像一座小镇，但它不是不顾章法随便建的，而是按照一位建筑师的整体设计精心建成。庭院和建筑是灰色、红色和紫红色的，布局齐整对称。庭院有长方形的也有方形的，有的带喷泉，有的立着雕塑。建筑有的低矮，有的带尖顶。庄园中有小教堂和钟楼，其间是绿茵茵的草坪，一簇簇香柏树和艳丽的花圃。所有这一切被一圈高墙围抱于其中，但布局是如此巧妙，使它们每一个部分看上去都有适当扩展的空间。许多烟囱冒出的烟，袅袅升入空中。这座巨大而规整的庄园可以容纳大约一千个人和两千匹马。奥兰多想，建造庄园的应该都是那些无名的工匠。在数不过来的这么多世纪里，这里居住过多少代自己默默无闻的族人啊。那些理查德、约翰、安妮、伊丽莎白们，没有一人在身后留下能代表他们的东西，但他们共同劳作，男的扛锹，女的织补，养儿育女，繁衍子嗣，最后留下了这座宅邸。

这座庄园从未像现在这样显得如此高贵，如此富于人情味。

他怎么会曾经希望自己高他们一头呢？现在看，要让自己的功业比过那无名的杰作，胜过无数已经消失的双手留下的劳作成果，这种企图显得多么虚荣而自命不凡。宁可默默无闻地度过一生，身后留下一座拱门、一个苗圃和一排果实累累的桃树，也不要像流星，燃烧之后不留任何灰烬。看着山下草地上的庄园，奥兰多激动起来，他说，曾经住在那里的不为人知的爵爷和太太们，毕竟从未忘记给后人留下一些东西。比如一个屋顶，虽然终有一天它会漏水；比如一棵树，虽然终有一天它会倒下。厨房里总有一个温暖的角落可供老牧羊人歇脚，总有食物可以留给饥饿的人。他们即使病了也总会把酒杯擦得锃亮，即使在临终之际，窗子里也点亮着灯。他们是贵族，但甘愿与捕鼠人和石匠一样湮没无闻。哦，泯然众人的贵族，被遗忘的工匠——他热情地呼唤着他们，这样的热情完全反驳了人们对他冷漠、怠惰和麻木不仁的批评。（事实是，我们追求的某种品质往往与我们仅仅一墙之隔。）他以最动人的口才讴歌他的祖宅和族人，但到了结尾（没有结束语怎能算得上好口才呢），他开始含糊其词。他很想在结尾时来点儿浓墨重彩，比如说他将追随先人的足迹，为这座祖宅再添一石一木。然而，这座庄园已经占地九英亩，哪怕再添一块石头都会显得多余。那么，结尾可以提一下家具吗？可以说说桌椅和床旁的小地毯吗？无论结尾提到什么，都应该是这座大宅缺少的东西。这会儿，他不再说下去，而是大步朝山下走去，心里打定主意，从今往后他将不遗余力地修缮装饰这座庄园。好心的格里姆斯蒂奇太太听说主人要她立即过去陪着，激动得老泪纵横，她现在是有点儿老了。她陪着他一起在庄园里巡查了一圈。

国王房间里（"那是杰米国王[1]住过的房间，爵爷大人。"她说。她的意思是距离国王来这里下榻已经很久了，好在讨厌的议会时代已经过去，英格兰又恢复了王权）的毛巾架缺了一条腿。公爵夫人的侍从接待室外面有个储藏间，那里的大口水罐少了搁架。格林先生的讨厌的烟斗在地毯上留下了污迹，她和朱迪怎么都弄不干净。这座庄园有三百六十五个房间，要在每个房间里都配上黑檀木椅子、香柏木柜子、银水盆、瓷碗和波斯地毯，奥兰多估算一下后发现这确实非同小可。就算他还有几千英镑的余钱，也只够在几条走廊上挂些壁毯，给宴会厅配上精美的雕花木椅，再给几间王室

1　杰米是对詹姆斯国王的昵称。

卧房配上纯银打制的镜子和银椅（他对银这种金属情有独钟）。

他满怀热情地行动起来，只要看看他的账簿，这点就毋庸置疑。让我们看看他这段时间买东西的清单吧，清单的边上有花销的合计，不过我们在这里就省略了。

五十幅西班牙毛毯，同样数目的红白双色塔夫绸帘，可配红白丝线镶边的白缎窗幔……

七十把黄色缎面椅子，六十张凳子，凳面可配硬麻布垫……

六十七张胡桃木桌子……

十七打盒子，每打盒子里装五打威尼斯玻璃杯……

一百零二块小地毯，每块三十码长……

九十七个深红色锦缎垫子，带银色仿羊皮纸镶边，可配纱布面脚凳和椅子……

五十盏枝形吊灯，每盏可点十二支烛灯……

我们开始打哈欠了，看清单就容易这样。但我们停下来，只是因为这个单子太长太无聊，不是因为到此就完了，后面还有九十九页，花费的总数达好几千英镑，也就是说相当于我们现在的几百万英镑。如果奥兰多爵爷白天晚上都在想着修缮装饰，他也许会计算：如果工钱是一小时十便士，那么叫人铲平鼹鼠打洞时扒出的那无数个小土堆要花费多少呢？另外，按五个半便士买一及耳[1]钉子的价，在园子周围修一圈十五英里长的篱笆需要多少英担[2]的钉子呢？如此等等。

我们会觉得这样讲下去太无聊，因为柜子和柜子之间没多大差别，一个鼹鼠土堆和一百万个也没什么两样。为了买东西他去了些地方，感到很快乐，也经历了一些有趣的事情。比如，他找了布鲁日[3]一带所有的盲女为一张带银罩篷的床缝制垂帘。在别的作者那里，他在威尼斯从一个摩尔人手里买（其实是用剑逼着他卖）漆柜的故事也可能值得讲一讲。这个装饰工程涉及方方面面，比如，几队人马从萨塞克斯运来了一些巨大的树，在这里锯开，给宅邸里的走廊铺地板。再比如，从波斯运来一只箱子，里面塞满了羊毛和锯屑，而最后他不过是从里面取出了一只盘子，或一枚黄玉戒指。

最后，走廊和过道里再也添不了一张桌子，桌上再也添不了一个小陈列柜，柜子里再也放不下一个玫瑰花碗，花碗里再也添不了一把干花瓣，再也没有多余的地方可添任何东西了，总之，这座庄园已经应有尽有。花园里有雪花莲、番红花、风信子、木兰、玫瑰、百合、紫菀及所有品种的大丽花，有梨树、苹果树、樱桃树、

1　及耳是旧时英制重量单位，一及耳约合一百四十二克。

2　英担是旧时英制重量单位，一英担约合五十千克。

3　布鲁日是比利时西北部城市，也是当时欧洲的商业中心。

桑树，还有许多稀有的开花灌木和多年生的常青树，它们长得很浓密，彼此盘根交错。没有一块地方不开着花，没有一块草皮不在绿荫之下。此外，他还从国外买来了羽毛艳丽的野禽和两头马来熊，他相信，这两头熊暴戾的外表下藏着可以相信的心。

现在一切就绪。到了晚上，无数壁式银烛台点亮了，走廊上的轻风拂动着蓝色和绿色的挂毯，使挂毯上的猎人看起来真像是在骑马飞奔，达芙妮真像是在逃避阿波罗的追逐。各种银器和漆器家具闪着光亮，壁炉里的木柴在燃烧，雕花的椅子伸出它们的扶手，墙上雕刻着的海豚驮着美人鱼踏浪。一切大功告成，也完全合他的心意。奥兰多带着他的猎鹿犬在宅邸里走了一圈，感到心满意足。他觉得之前没说完的结束语现在有的说了。也许最好是重新说一说那段话。可是当他在走廊里巡视时，仍然觉得少了点儿什么。精心雕制的镀金桌椅、天鹅曲颈造型的狮爪腿沙发、铺了最柔软的天鹅绒的床，光是这些还不够。只有当人坐在那些椅子里，靠在那些沙发或床上，才会让它们大放光彩。于是，奥兰多开始大宴宾客，招待周边的贵族乡绅。有的时候，庄园里的三百六十五个房间全都住上了人。宾客们熙熙攘攘，上下于宅子里的五十二个楼梯。三百名仆人在厨房里忙活，几乎每晚都有盛宴。如此下来，短短几年时间，天鹅绒都掉了毛，奥兰多挥霍掉了他的半数家产。但他赢得了慷慨好客的美誉，在当地的郡里担任很多公职，每年都会有诗人向他献上十几卷诗作，不吝谀辞向他表示感激。尽管他小心翼翼地避免与作家为伍，远离有异国血统的女子，他对女人和诗人仍然极度慷慨，而他们也都很喜欢他。

但宴会到了高潮，客人们都进入狂欢状态时，他会离开他们去他自己的房间。在那里房门一关，没有人会打扰他，这时候他会拿出以前的写作本，这个本子是他偷来母亲的针线盒，用里面的丝线缝在一起的，上面用小男孩胖胖的字体写着"老橡树：诗一首"。他在这个本子上写，一直写到午夜钟声敲响，甚至更晚。不过由于他写多少就划掉多少，到年底的时候，诗行的总数竟比开始的时候还少，仿佛那诗写到最后反倒写没了。其实这是因为他的文风有了惊人的变化，这点应该由文学史家来评论。他的浮华绚丽和洋洋洒洒受到了抑制，散文时代正在冻结诗歌的热泉。外面的风景不再那么花团锦簇，野蔷薇也不再那么纠缠而多刺。或许感官也变得有点儿迟钝，蜂蜜和奶油不再那么诱人。另外，街道的排水更通畅，房屋的照明更好。无疑，这些对他的文风都有影响。

一天，他正煞费苦心地接着写《老橡树》，才写一两行，突然一道阴影从他眼角闪过。他很快发现那不是阴影，而是一个非常高的女人的身影，她穿着连帽披肩斗篷，正穿过他房间窗外的四方庭院，这是庄园里所有庭院中最私密的，而那个女人，奥兰多并不认识。她是怎么进来的？他不由得感到惊诧。三天后，同一个"幽灵"又出现了。星期三中午，她再次出现，这次奥兰多决定去跟踪她，而她显然并不怕被人发现，因为当他走近她时她放慢了脚步，然后正脸对着他。别的女人若像这样在贵族的私人领地被抓住一定会害怕，别的女人如果有那样一张脸和那种发式，一定会用小披肩遮住。因为这个女人很像一只兔子，一只受了惊而又不甘示弱的兔子，它的怯懦被一种愚蠢的放肆压住了。它直直地坐在那里，鼓突的大眼睛瞪着它的追猎者，竖起的耳朵在颤动，鼻子微微抽搐。这只兔子有六英尺高，头发盘成高高的老式发型，使她看上去显得更高。在这样的对峙中，她盯着奥兰多，眼神里奇怪地混合着胆怯和放肆。

她先是向奥兰多行了个正式但又有点儿别扭的屈膝礼，请求他原谅她擅自闯入。然后，她直起身子（看上去有六英尺二英寸那么高）接着说，她是罗马尼亚属地内的芬斯特－阿尔霍恩和斯堪多普－布姆的女大公哈莉特·格丽泽尔达。可她神经质的咯咯大笑和说话时发出的嘻嘻呵呵声，让奥兰多觉得她是从疯人院里跑出来的。她说她特别想认识他，她现在住在帕克盖茨附近一家面包店的楼上。她看过他的画像，觉得他很像自己一个早已过世的姐姐，说到这里她哈哈大笑起来。她说她是来拜访英国宫廷的，因为王后是她的表妹。国王是个好人，但几乎总是喝得醉醺醺后才上床。说到这里，她又发出嘻嘻呵呵的声音。奥兰多没办法，只得邀请她进去，并给她倒上了一杯葡萄酒。

进了屋，她的举止又恢复了一个罗马尼亚女大公的傲慢。她似乎对葡萄酒很在行，这在女人中很少见，对火器和她的国家的运动也能讲得头头是道，要不是有这些话题，他俩的交谈会很不自然。最后她站起身，说她第二天再来，说完迅速地行了个深深的屈膝礼，然后离开了。第二天，奥兰多骑马外出。第三天，他不理会她。第四天，他拉上了窗帘。第五天下起了雨，他不能让一个女人在外面淋雨，再说他也不是完全讨厌有人陪伴，于是又邀请她进了屋。他向她展示他的某位先人的盔甲，问她认为打制这副盔甲的是雅可比还是托普，他自己倾向于是托普，而她则是另一种看法。谁打制的其实无关紧要，但对我们的故事比较重要的一个细节是，为了更好地说明她的观点（与盔甲各部分之间的连接方式有关），哈莉特女大公拿起金质小腿护罩，将它套到了奥兰多的腿上。

我们前面说过，奥兰多的腿非常匀称漂亮，在贵族中很少有人能比。

也许是因为她给脚踝系搭扣的方式、她弯下身子的姿势，或是因为奥兰多长期的与世隔绝，或是两性间的天然感应，抑或是勃艮第葡萄酒或炉火的作用，这些都可能是原因，不是这个就是那个。因为奥兰多在家里接待的这位贵妇比他年长很多，脸很长，眼睛鼓突，穿得不伦不类，在温暖的季节还穿斗篷和连帽披肩，而像奥兰多这般教养的贵族竟然会对这样的女人突然产生无法遏制的激情，以至于不得不逃离房间，那么其中必有原因。

但我们不妨问一下，这会是一种什么样的激情呢？答案有两面，就像爱情本身。因为爱情——还是先把爱情暂时搁一搁，实际发生的事情是这样的：

当哈莉特·格丽泽尔达女大公弯下身子去系搭扣时，奥兰多突然莫名其妙地听到远处有爱情在扑动双翼。那柔软的羽翅在远处的轻拂挑动了他的记忆，他想起了湍急的水流、雪中的美好和洪水中的绝望。那声音愈来愈近，他脸红了起来，身体有些颤抖。他感动了，他曾以为他再也不会感动。他准备举起双手，让美丽的爱情之鸟栖落到他的肩膀上，突然——好恐怖！响起一阵吱吱呀呀的声音，如同乌鸦从树上仓皇飞下时发出的那种。黑压压的翅膀，似乎让天空都变得昏暗了。嘶哑的叫声不绝于耳，一些稻草、小树枝和羽毛掉了下来，落在他肩膀上的是飞禽中最大最恶心的秃鹫。于是，他冲出房间，派仆人去把哈莉特女大公送上马车。

现在我们可以回来说爱情。它有两副面孔，一白一黑；两个身体，一个光滑，一个毛茸茸；两只手，两只脚，两条尾巴……总之每个部位都成双成对又截然相反，但它们紧密结合，无法分开。在此处的情形中，奥兰多的爱情向他飞来时，是以白色的面孔和光滑可爱的身体展现给他的。它离他越来越近，带来了纯粹的愉悦气息。突然（可能是看到了女大公），它转了个方向，将它黑色、毛茸茸、粗野的一面展现出来。落到他肩膀上的不是爱情那只天堂之鸟，而是淫欲这只肮脏、令人恶心的秃鹫。所以他要跑出去，所以他要叫仆人。

但是女妖哈比[1]不是那么容易打发走的。女大公还是住在面包店楼上，奥兰多每日每夜都被那可憎的幽灵纠缠不休。他在屋子里放置了各种银质器具，在墙上挂满了各种壁毯，然而这一切似乎都无济于事，因为随时可能有一只沾着湿乎乎粪便的鸟落到他的写字桌上。瞧，她正拍打着翅膀在椅子中间穿行。他看见她正摇摇摆摆地走过走廊。过了一会儿，她摇摇晃晃地栖落在壁炉的防火罩上。他把她赶出去，她又回来，啄窗玻璃，直到把玻璃啄碎。

他终于意识到，家里住不下去了，他得立刻采取行动结束这种状态。于是，他做了他这种地位的年轻人都会做的一件事——请求国王查理二世派他去君士坦丁堡出任特命全权大使。国王当时正在白厅宫散步，妮尔·格温[2]挽着他的胳膊。她在不停地喂他榛子仁。太可惜了，风情万种的格温叹息道，那么漂亮的一双腿，竟然要离开这个国家。

尽管如此，命运不由人。她唯一能做的就是在奥兰多启程远行前，回头向他抛一个飞吻。

---

1 哈比，古希腊神话中的人面鸟身女妖。
2 妮尔·格温（1650—1687），王政复辟时期最著名的演员，也是英王查理二世的情妇。

第三章

　　这个时期的奥兰多担任着一个为他的国家服务的重要角色，遗憾的是，我们对他这段职业生涯所知甚少。我们知道的是，他恪尽职守，干得十分出色，一个明证就是他获得了巴斯勋章[1]和公爵头衔。我们知道他参与了查理国王和土耳其人之间的一些棘手谈判，保存在国家档案馆保险库中的那些条约可以做证。但在他任期内爆发了革命，之后的一场大火损毁了所有文件，而那些文件是可信档案的来源。因此我们在这里能写出来的东西很不完整，这令人无奈而遗憾。被烧焦成深褐色的，往往是文件中最重要句子的中间部分。正当我们以为可以解开一个困扰历史学家一百年的秘密时，却发现手稿上有一个比手指还大的窟窿。我们已经尽可能利用遗留下来的文件残片拼凑出事情的大概，但很多

---

[1]　巴斯勋章，1725 年乔治一世设立的骑士勋章。

情况下我们还是有必要去推测、猜想，甚至去想象。

奥兰多的一天似乎是这样度过的：他7点左右起床，身上裹着土耳其长袍，点上一支方头雪茄，然后伏在阳台的矮墙上。他在那里出神地凝视着下面的城市。这个时辰的雾很浓，圣索菲亚大教堂的穹顶和其他建筑的顶部都像是浮在空中。雾渐渐消散，城市慢慢显露出来。可以看到那些圆顶坚实地固定在建筑物上，那里是护城河、加拉塔桥，裹着绿色头巾的朝圣者在乞讨，看不清他们的眼睛或鼻子，流浪狗在刨垃圾堆里的动物内脏，裹着披巾的女人，很多很多驴，骑着马手持长杆的男人。很快，整个城市就会热闹起来，响起噼啪的鞭子声、敲锣声、大声的祈祷、抽打骡子的声音，以及包铜的车轮发出的嘎嘎声。面包发酵、焚香和各种香料混在一起的酸辛味，一直飘到佩拉高地，仿佛那种气味就是这些吵吵闹闹、肤色多样的野蛮人特有的气息。

他凝视着这会儿在太阳下亮灿灿的景象，心想，这一切与萨里郡和肯特郡的乡村景色，或是伦敦和坦布里奇韦尔斯的城市风光太不一样了。在他视线的左右两边是光秃秃的亚细亚山脉，岩石遍布，不宜人居。也许曾有强盗头目在那里建过城堡，但那里没有牧师之家，没有庄园，没有农舍，也没有橡树、榆树、紫罗兰、常青藤和野蔷薇。那里没有可供羊齿草生长的树篱，也没有可以牧羊的田野草地。房屋是那种蛋壳的白色，也像蛋壳一样光秃。他惊讶的是，他这样一个地地道道的英国人，竟然在内心深处为这一片狂野的景色而欣喜。他久久地凝视着那些关口和远方的高地，打算独自徒步去那些以前只有羊和牧羊人去过的地方。他惊异于自己竟然如此热爱这些不到季节就绽放的花，竟然对流浪狗的喜爱甚于自己家里的皇家猎鹿犬，竟然会热切地闻街上飘着的辛辣刺鼻的气味。他在想，是不是十字军东征时他祖上某位先人跟某个切尔卡西亚[1]农妇相好过？他觉得有可能，因为他认为自己的肤色的确有点儿暗。他回到屋里，开始沐浴。

一小时后，他熏完香，梳好头发，抹上油膏，准备接待来访的土耳其大臣和其他高级官员。他们一个接一个地来，手里捧着只有他的金钥匙才能打开的红匣子，匣子里装的是极重要的文件。这些文件现在只剩下一些碎片，有的上面有花体字装饰，有的是一截烧坏了的盖着印章的丝帛。这些文件的内容我们无法说清，只知道奥兰多很忙：他封蜡盖印，用不同颜色的丝带系文件，用大字体书写标题，在大写字母边上加花体修饰，一直忙到午餐时间——那是一顿丰盛之极的午餐，大概有三十道菜。

午餐之后，侍从告诉他，他的六马马车已在门口等候。他登上马车，前去拜访其他国家的使节和政要。马车前面跑着一队穿紫色袍子的土耳其卫兵，他们挥动着大大的鸵鸟羽毛扇。这个仪式一成不变。到达庭院后，卫兵们用鸵鸟羽扇敲打大门，大门旋

1　位于欧亚大陆高加索北部地区。

即打开，现出一个富丽堂皇的厅堂，里面坐着两个人，通常是一男一女，男的向来客深深鞠躬，女的行屈膝礼，客人自然也鞠躬回礼。在这第一间会客厅里只允许谈天气。说完天气的冷暖阴晴，这位英国大使便被带到下一间会客厅，里面又有两个人迎接他。这里只许谈君士坦丁堡和伦敦，比较哪个城市住起来更好。大使自然说他更喜欢君士坦丁堡，而主人们自然说更喜欢伦敦，虽然他们没去过。到了下一个会客厅，他们得谈一谈查理国王和苏丹的健康状况。再到下一个会客厅，话题还是健康，关于大使和主人及其妻子的健康状况，但时间会短一些。进入下一个厅，大使会夸赞主人的家具陈设，主人则称赞大使的衣着品味。再进入下一个厅，会有甜点招待，主人称口味欠佳，大使则不吝赞美。这一整套仪式的最后是吸水烟和喝咖啡。虽然吸烟和喝咖啡的姿态有板有眼，但烟筒里其实并没有烟叶，杯里也没有咖啡，如果烟和咖啡都是真的，人的身体就吃不消了，因为大使刚结束这里的访问就得奔赴另一处。同样的仪式，同样的顺序，在不同显贵人物的府上，一天下来要重复六七遍，因此大使往往深夜才能回到自己家中。这种事情奥兰多做得很出色，也从不否认它们或许是外交官职责中最重要的部分，但无疑这些事令他疲惫不堪，郁郁寡欢，只愿在他爱犬的陪伴下吃晚饭。是的，他只有对他的狗才说自己的语言。据说有时候他会深夜出去，乔装打扮，连门卫都没认出他来。他会在加拉塔桥那里混入人群，或者在集市里随便走走，或者会脱下鞋加入清真寺里的朝拜者们。有一次，他发烧生病的消息传开后，一些来集市卖羊的牧羊人说，他们在山顶上遇到了一位英国贵族，听到他在向上帝祈祷。大家认为那个贵族就是奥兰多，所谓祈祷肯定是在高声朗诵诗，因为据说他斗篷的前胸口袋里仍揣着一份写得密密麻麻的手稿，侍立在房门外的仆人经常听到，大使独自一人时，会用一种抑扬起伏的奇怪声调吟诵着什么。

我们就是要凭这样一些支离破碎的片段，来尽可能描摹出奥兰多在这个时期的生活和性格。即便到今天，关于奥兰多在君士坦丁堡的生活仍有不少流言蜚语和逸闻传说（我们只是提到了其中的几件事而已），它们似乎都表明，奥兰多在其人生盛年具有一种激发想象和引人瞩目的力量，这种力量能让人们对他记忆犹新，即便他们早已忘记让这种引人瞩目留存下来的那些更持久的品质。这是一种神秘的力量，它混合了美的容颜、高贵的出身和某种罕见的天赋，我们不妨就称它为魅力。正如萨莎所说，他身体里有"数不清的蜡烛"在燃烧，而他无须费心去点燃一支。他走起路来像牡鹿，完全不用担心自己的腿力。他用平常的声音说话，回声却胜过银锣。因此，关于他的传闻越来越多。他成了很多女人和一些男人崇拜的对象。他们不必跟他说过话，甚至不必见过他，就能想象出一个穿丝绸长袜的高贵绅士形象，尤其是在浪漫的场景中或是日落的时候。不管是富人还是穷人，或是目不识丁的人，都折服于他的魅力。牧羊人、吉卜赛人和赶驴人至今仍在吟唱英国贵族"把翡翠丢入井中"的歌谣，毫无疑问说的就是奥兰多有一次在气头上或是醉酒后，把身上的珠宝一把扯下丢入泉中，后来那些珠宝被一个侍童捞了上来。但是我们都知道，这种罗曼蒂克的力量常常与极端矜持的天性有关。奥兰多似乎没交过什么朋友。就我们所知，他也没对谁表示过爱慕之情。一位贵妇为了接近他，不远万里从英格兰跑过来，对他纠缠不休。但他仍兢兢业业不知疲倦地履行着他的职责，他在金角湾[1]当大使不到两年半，查理国王就表示有意擢升他，给他贵族中最高的级别。嫉妒他的人说，那是妮尔·格温给查理王吹了枕边风，因为她对奥兰多漂亮的腿念念不忘。其实她只见过他一次，而且当时正忙着给查理王嗑榛子仁。因此更有可能的是，他获得公爵头衔，靠的是自己的功劳而非美腿。

这里我们得停一下，因为我们已经讲到了奥兰多生命中的一个关键时刻。他被授衔为公爵是一个很出名而又颇惹争议的事件，所以我们必须尽最大努力爬梳那些烧焦的文件和档案残片来描述这个事件。那是在斋月[2]结束的时候，亚德里安·斯克洛普爵士指挥的一艘快船送来了巴斯勋章和公爵爵位授予特

1　金角湾为土耳其欧洲部分位于博斯普鲁斯海峡的海湾，将伊斯坦布尔（即昔日君士坦丁堡）一分为二。这里代指土耳其。

2　伊斯兰教历的9月，穆斯林在这个月每天的日出和日落之间戒食。

许状。奥兰多为此举办了一场君士坦丁堡史上空前绝后的盛大招待会。那是个宜人的夜晚，宾客如云，大使馆的窗内灯火通明。同样，这里缺少细节，因为有这些记载的文件都被烧得只剩下一些诱人遐想的残片，最重要的细节都看不着了。不过，从来宾中一位名叫约翰·芬纳·布里格的英国海军军官的日记中，我们可以大致了解到，来自不同国家的人"像挤满大木桶的鲱鱼"聚集在大使馆的庭院里。因为实在拥挤不堪，布里格没过多久就爬上了一棵紫荆树，在那里可以更好地观察庭院里的活动。当地人传说，当晚将会出现某种奇迹。（这是奥兰多的神秘力量激发人们想象的又一证明。）"因此，"布里格写道（可他的手稿上到处是烧焦的痕迹和窟窿，有些句子几乎无法辨认），"当烟花飞向空中时，我们有点儿不安，怕当地人突然被吓到……会导致种种不愉快的结果……有英国夫人和小姐在场，我承认，我的手伸向了我的短剑。让人松口气的是，"他继续絮絮叨叨地写道，"这些恐惧在当时似乎没有什么根据。从当地人的行为态度看……我得出的判断是，我们在烟花制造技艺上的展示很有价值，哪怕仅仅因为这种展示震撼了他们……英国无与伦比的优越……的确，那绚丽壮观的场面无法形容。我发现自己一会儿赞美上帝，赞美他允许……一会儿为我可怜的亲爱的母亲祈愿……按照大使的吩咐，那些高大的窗子全都豁然敞开，它们是东方建筑的一个特色，令人印象深刻，尽管他们在许多方面还很愚昧……透过窗子，我们可以看到里面生动的画面或是一幕戏剧性的场面，英国的绅士们和淑女们……表演一出假面剧……无法听到他们在说什么，但看到这么多同胞，人人穿戴优雅，风光十足，我不禁激动起来，而我并不为此感到有什么不好意思，尽管不能……我正打算好好观察一下某夫人令人惊诧的举止做派——她那样做实际上把众人的目光都聚焦到了她身上，使她的性别和国家蒙羞，当时——"不幸的是，紫荆树的一根树杈断了，布里格中尉掉到了地上，日记中剩余部分写的都是他对上帝的感恩（上帝在日记中有很重要的作用）和他受伤的详细情况。

令人庆幸的是，佩内洛普·哈托普小姐，也就是哈托普将军的女儿，在里面正好看到了那一幕场景，后来在一封信里做了描述。这封信也已面目不清，最后落到了一位她在坦布里奇韦尔斯的女友手里。这位佩内洛普小姐的激动之情丝毫不逊于那位勇武的军官。"太让人着迷了！"她在同一页上这样感叹了十次，"奇妙……完全无法形容……纯金盘子……枝形大烛台……穿着长毛绒马裤的黑人仆人……垒成金字塔的冰块……尼格斯酒喷泉……皇家船队形状的果冻……睡莲状的天鹅……金色笼子里的鸟……穿深红色丝绒礼服的绅士……女士的头饰至少有六英尺高……音乐盒……佩里·格林先生说我看上去很可爱，这话我只对你一人说，我最亲爱的，因为我知道……哦！我太想你们大家了！……

胜过我们在潘泰尔斯[1]见过的一切……喝不完的酒……有些绅士倒下了……贝蒂夫人很迷人……可怜的博纳姆夫人犯了个不幸的错误，她坐下时以为下面有椅子……男士们都很殷勤……一千遍地祝福你和最亲爱的贝琪……但所有目光的焦点……是大使本人，大家都承认，因为没人会卑鄙到否认这点。多么漂亮的腿！多么迷人的面容！！多么高贵的气派！！！看看他走进房间的样子！再看看他走出房间的样子！他的表情中有某种耐人寻味的东西，不知为什么让人感觉到他遭受过很大的痛苦！有人说是因为一个女人。那个没心肝的妖精！！！我们这个以温柔出名的性别里竟然会出那种无耻之人！！！他还是单身，在场的女人有一半都渴望得到他的青睐……一千个吻给汤姆、格里、彼得和最亲爱的喵喵（那大概是她的猫）。"

我们从当时的《公报》收集到这样一些描述："当 12 点的钟声敲响时，大使出现在装饰着名贵壁毯的中央阳台。六名土耳其皇家卫兵，每个人身高都在六英尺之上，举着火炬分别站在他的左右两侧。他出现时，空中亮起了烟花，人群高声欢呼起来。大使深鞠一躬，向大家致意，并用土耳其语说了几句感谢的话，他任职期间的一大成就，就是学会了说一口流利的土耳其语。接下来，穿着全套英国海军上将制服的亚德里安·斯克洛普爵士向前

1　英格兰肯特郡坦布里奇韦尔斯镇上一处繁华时髦的场所。

一步，大使单膝跪下，海军上将把巴斯勋章的项环戴在他的脖子上，然后在他胸前别上星形勋章。接下来，外交使团中的另一位绅士神情庄重地走上前，为大使披上公爵袍，然后将置于深红色衬垫上的公爵头冠递交给了他。"

奥兰多以威严而又优雅的姿态先是深鞠一躬，然后骄傲地挺起身，拿起镶饰草莓叶的金色头冠，端端正正地戴在自己的头上，那姿态令在场的人为之动容，难以忘怀。正是这个时刻出现了最初的骚动。也许是因为人们期望的奇迹没有发生——有人说先知发出了预言，金子会像雨一样从天空落下。也许戴头冠是个示意开始进攻的信号，似乎没人知道到底怎么回事，但在奥兰多戴上头冠的那一刻，人群中出现了一阵骚动。钟声响起来。在人群的喧嚣声中预言家声嘶力竭地叫喊着。许多土耳其人匍匐在地，以额触地。一扇门突然打开。当地人涌入了宴会厅。女人们在尖叫。有个女人，据说是特别渴望得到奥兰多的青睐，抓住一个枝形烛台朝地上摔去。要不是因为有阿德里安·斯克洛普爵士和一队英国水兵在场，谁也说不好最后会发生什么事。斯克洛普爵士命令吹响军号，一百名水兵当即列队。混乱被制止，现场安静下来，至少暂时如此。

到目前为止，我们一直立足于确凿事实的坚实之地，尽管这块地面比较窄。但没人知道那天晚上后来到底发生了什么。卫兵和其他人的证词似乎告诉我们，大使馆里的宾客都走了，凌晨2

点时，使馆像往常一样关闭。有人看见大使仍然佩戴着勋章，进入自己的房间后关上了门。有人说他锁上了门，但这不符合他平常的习惯。另有人说，那天夜里在庭院里大使的窗下，他们听到了一种乡村音乐，像是牧羊人奏出的那种。有个洗衣婆因为牙疼睡不着觉，说她看见一个男人的身影，身上披着斗篷或睡衣，走到了阳台上。随后，他从阳台放下一条绳子，将一个女人拉了上来，那女人裹得很严实，但看得出是个农妇。洗衣婆说，他们"像情人一样"紧紧拥抱在一起，然后一起进入房间，拉上了窗帘。之后就什么也看不见了。

翌日早晨，公爵（我们现在必须这样称呼他了）的秘书们发现他躺在凌乱的床上，睡得很沉。房间里有些狼藉，公爵头冠滚落到了地板上，斗篷和袜带窝成一团堆在椅子上。桌子上到处是纸片。一开始秘书们并没有感到有什么不对，因为那天晚上他确实太疲劳了。但到了下午，他仍在昏睡，于是他们叫来了医生。医生用了以前类似情况下的治疗办法，比如给他用上了膏药、荨麻和催吐剂，但都不管用。奥兰多仍在昏睡。他的秘书们这时想起来应该查看一下桌上的文件。很多纸上是潦草写下的诗句，诗里频频提到一棵老橡树。除此之外还有公文和一些涉及他在英格兰的地产管理的私人文件。最后，他们发现了一份非常重要的文件。事实上，它是一份已有签名和连署的婚姻契约，一方是嘉德骑士和拥有各种头衔的奥兰多，另一方为罗西娜·佩皮塔，是个舞女，双亲情况不明，据说其父是吉卜赛人，母亲在加拉塔桥对面的集市上卖一些旧铁锅之类的东西。秘书们面面相觑，惶恐不安。奥兰多仍然沉睡不醒。他们从早到晚守着他，但他除了呼吸正常、脸颊仍保持着一贯的红润之色外，没有其他生命迹象。只要能让他醒来，不管什么方法和手段他们都用上了，但他依然沉睡不醒。

在他昏睡的第七天（5月10日，星期四），布里格中尉先前就有所察觉的那场可怕的血腥叛乱打响了第一枪。土耳其人一哄而起，要推翻苏丹的统治，他们在城里放火，逮到外国人后不是用剑杀死就是施以脚掌笞刑。有几个英国人逃脱了，但英国大使馆的那些绅士们，正如我们期待的那样，宁死也要保护那些装有重要文件的红匣子，危急关头，就是吞下红匣子的钥匙也不会让它们落入异教徒手中。叛乱分子闯进了奥兰多的房间，看见他死了般直挺挺地躺在那里，就没动他，只是抢走了他的公爵头冠和嘉德骑士袍。

现在，遮掩事实的迷雾又来了，那就干脆让这迷雾更重一些吧，重到让我们干脆看不清任何东西！我们几乎要喊出来。但愿我们在这里拿起笔，给这部传记作品画上句号！但愿我们不用原原本本地告诉读者接下来会发生什么，而只是简单地说：奥兰多死了，被葬了。但是你听，此时"真相""坦率"和"诚实"大喊一声：不行！他们是守在传记作家墨水瓶边上的三位神祇，他们把银号举到嘴边，同声喊出他们的要求：真相! 接着又大喊一声：真相! 第三次高喊之后，他们第四次高喊：真相，只要真相!

这时候——感谢上天给了我们松口气的时间——门轻轻地开了，仿佛一阵轻柔无比的风将它们吹开，进来了三个人影。第一个是我们的"纯洁"女郎，她额头上系着洁白的羔羊毛发带，头发像雪崩时飞扬的白雪，手里拿着一支白色的雏鹅毛笔。跟着她进来的是步态庄重的"贞洁"女郎，头上的冰锥状小冠像燃烧的小塔，她的眼睛亮如星星，手指碰到你会令你觉得冰寒入骨。紧随其后的是我们的"恭谨"女郎，躲在两位威严姐姐的影子中，柔弱而美丽，半遮半露的羞容如云间的一弯纤纤新月。她们三人来到房间中央，奥兰多仍在沉睡。我们的"纯洁"女郎以迷人而又威严的姿态先开了口：

"我是这沉睡的小鹿的守护神。我喜欢白雪，还有升起的月亮和银色的海。我用袍子遮盖带斑点的鸡蛋和有斑纹的贝壳，我遮盖邪恶和贫穷。我的面纱会落下盖住所有脆弱、黑暗或可疑之物。所以，别说话，别透露。哦，放过他，放过他吧！"

这时，银号响了起来：

"走开，'纯洁'！快走开！"

接下来，"贞洁"女郎开了口：

"我能让我触摸之物冻成冰，让我看到之物变成石头。我能让起舞的星星和汹涌的波涛静止不动。高高的阿尔卑斯山是我的栖居之地。我行走时头发会放射闪电，我的目光所向披靡。与其让奥兰多醒来，我宁可把他彻底冻住。哦，放过他，放过他吧！"

话音一落，银号又响了起来：

"走开，'贞洁'！快走开！"

这回我们的"恭谨"女郎开了口，声音几乎低不可闻：

"我就是男人们所说的'恭谨'。我是处女，永远是处女。我不喜欢果实丰饶的田野和葡萄园。我讨厌增多。每当枝头结满果实或羊群里又添小羊，我就会逃，拼命地逃，斗篷掉下来也不管。我的头发遮住我的眼睛。我看不见。哦，放过他，放过他吧！"

同样，银号又响了起来：

"走开，'恭谨'！快走开！"

三姐妹神情哀伤，拉着手，缓缓起舞，边掀面纱边唱道：

"真相啊，别从你讨厌的窝里跑出来。藏得再深一点儿，可怕的真相。光天化日之下，你炫耀那些见不得人和不该做的事情。你暴露无耻，揭示黑暗。快藏起来！藏起来！藏起来！"

这时候她们做出一个动作，似乎要用她们的袍子将奥兰多遮盖起来。与此同时，银号仍在厉声高喊：

"真相，只要真相！"

三姐妹闻声想用她们的面纱去堵号嘴，但并不奏效，因为这时候所有银号同时高喊起来：

"真烦人，快走开！"

三姐妹心神不宁，仍然转着圈，掀动着面纱，一起悲叹道：

"以前可不是这样啊！如今男人不再需要我们，而女人又恨我们。我们走，我们走。（'纯洁'说）我去鸡窝。（'贞洁'说）我去没人践踏过的萨里高地。（'恭谨'说）我去满是常春藤和窗帘的舒适角落。"

"因为在那里而不是这里（她们手拉手齐声说，对躺在床上昏睡的奥兰多绝望道别），在安乐窝和闺房，在办公室和法院，仍然有人爱我们，尊重我们——那些处女和职员，律师和医生，有权禁止和否决的人，糊里糊涂地敬畏和赞美的人，依然为数众多的正派的人（谢天谢地），不闻不问甘于无知的人，那些人依然崇拜我们，也有理由这样做，因为是我们给了他们财富、成功、舒适和安逸。我们离开你们，找他们去。走吧，姐妹们，我们走！这里不是我们待的地方。"

她们匆匆离开，边走边向头顶上方挥舞飘带，似乎要甩掉她们不敢看的某种东西，出去后关上了身后的房门。

现在，房间里只剩下我们、沉睡中的奥兰多和号手们。号手们站成一列，举着银号同时大喊：

"真相！"

奥兰多醒了。

他伸展一下身体，然后下了床，直直地站在我们面前，身上一丝不挂。此时银号又在齐声高喊——真相！真相！真相！我们别无选择，只能承认：他是个女人。

号声渐渐弱下去，奥兰多赤身裸体站在那儿。自天地开创以来，从未有人看上去如此摄人心魄。他的形体结合了男人的力量和女人的柔美。他站在那里，而银号拖长了音，仿佛不愿离开它们唤醒的美丽形象。刚才出去的"纯洁""贞洁"和"恭谨"三姐妹，想必是受到"好奇"的诱惑，在门口偷偷往里看，然后向那个赤裸的身体扔浴巾似的扔过去一件衣裳，可惜那衣裳落在了离他几英寸的地方。奥兰多对着穿衣镜打量了自己一番，并未表现出丝毫不安，之后便沐浴去了。

我们不妨利用这个叙述中的间歇做几点声明。奥兰多变成了女人，这已是无可否认的事实，但除此以外，他还是跟以前完全一样。性别的改变虽然改变了奥兰多的未来，但丝毫没有改变他的特性。他的容颜基本没变，有画像为证。他的记忆——照习惯，我们以后得把"他"和"他的"改成"她"和"她的"——她的记忆，丝毫不受影响地回顾了她以往生活经历中的所有重要事件。某些地方会有点儿模糊，仿佛几个浑浊的水滴掉进了清澈的记忆之池，有些事情变得有点儿晦暗不明，但仅此而已。这个变化的发生悄无声息，干净彻底，连奥兰多自己对此都未表现出任何的惊奇。很多人认为这样的性别改变有违自然法则，而奥兰多的反应也让他们感到不可思议，因此他们竭力想证明：一、奥兰多一直就是女人；二、奥兰多此时此刻仍是男人。这个悬案还是让生物学家和心理学家来决断吧，我们只需要陈述一个简单事实：奥兰多三十岁之前是男人，之后变成了女人，此后一直是女人。

让别人去讨论性别和性的问题吧，我们可要尽快放下这种讨厌的话题。奥兰多这会儿已沐浴完毕，穿上了不分性别的土耳其外套和裤子。现在她不得不要考虑一下她的处境。一直心怀同情、关注她的故事的读者，首先想到的肯定是她目前极度危险而尴尬的境地：年轻而美丽高贵的她，醒来后发现，自己处于一个对年轻贵族女子来说极为棘手的处境。此时即便她摇铃叫人、大声尖叫或是昏厥过去，也算情有可原。但奥兰多没有表现出这样的惊慌不安。她的所有举动都从容不迫，甚至让人觉得带有某种程度的处心积虑。她先是仔细检查了桌上的纸张，拿起那些写了诗句的，把它们藏到怀里。然后，她把塞琉西亚猎犬叫到身边，这么多天以来，它一直守在她的床边，已经饿得半死。她喂饱了它，给它梳了梳毛，然后把两支手枪插进腰带中。最后，她戴上几串精美的东方翡翠和珍珠，它们曾是她大使行头的一部分。做完这些事情，她向窗外探出身子，轻轻吹了声口哨，然后走下血迹斑斑的破损楼梯，楼梯上到处是废纸篓里滚落出来的东西，还有各种条约文书、急件、印章和封蜡，等等。下了楼梯，她来到庭院里。一棵巨大的无花果树的树荫下，有个骑驴的吉卜赛老人正等着她，手里还牵着另一头驴。奥兰多一骗腿骑上了这头驴。就这样,在一个吉卜赛老人和一条瘦狗的陪同下,大不列颠驻土耳其苏丹王国大使,骑着驴离开了君士坦丁堡。

他们骑驴走了几天几夜,经历了许多危险,有人祸,有天灾,奥兰多总是表现得很勇敢。不到一星期,他们到达了布鲁萨[1]城外的高地,那里是奥兰多投靠的吉卜赛部族的主要露营地。她以前经常从大使馆的阳台上眺望那些山,常常渴望去那里。对于一个爱沉思的人来说,发现自己终于来到了一直心向往之的地方,其实是颇值得思索的。不过有相当一段时间,她因为很喜欢这种生活的变化,不愿去多想,免得破坏这种感觉。不用再盖印、签署各种文件,不用再写繁复的花体字,不用再去拜访什么人,有这些快乐就够了。吉卜赛人逐水草而居,草被牛羊吃光了,他们就接着走。奥兰多若想沐浴就去溪里洗。这里没人给她送红色、蓝色或绿色的文件盒,整个营地里没有一把钥匙,更别说什么金钥匙了。至于"拜访",这里没人知道这个词。她给山羊挤奶,捡柴火,时不时偷个鸡蛋,但总是在搁鸡蛋的地方留下一枚硬币或一颗珍珠。她放牛,修剪葡萄藤,踩葡萄榨汁,把葡萄汁灌入羊皮袋里喝。她想起自己以前每天大概到了这个时候,

---

1　现称布尔萨,是土耳其西北部城市,14世纪时为宗教和文化中心,17世纪时是奥斯曼帝国三京之一。

都得用空杯子和没放烟草的烟管假装喝咖啡和抽烟，不禁大笑起来。她给自己又切了一大片面包，跟老鲁斯图姆讨烟管抽一口，尽管他的烟管里装的是牛粪。

显然，奥兰多一定是在革命之前就跟吉卜赛人有秘密来往。而吉卜赛人似乎也把她看作自己人（这向来是一个民族能给予的最高赞誉），她的黑头发和深肤色让他们深信，她生来就是他们中的一员，肯定是某个英国公爵在她还是个婴儿的时候把她从一棵坚果树边偷走，带到了英国那个野蛮之地，那里的人都病病歪歪弱不禁风，所以只能住在房屋里。因此，虽然她在很多方面不如他们，他们还是愿意帮助她，让她变得更像他们。他们教她做奶酪和编藤条篮子，教她怎么偷窃，怎么捕鸟，甚至想让她跟他们的人结婚。

但奥兰多在英国养成的某些习惯或毛病（你说是什么就是什么），似乎难以去除。一天傍晚，众人围着篝火坐了一圈，落日在塞萨利[1]山头上燃烧，奥兰多欢呼道：

"多好吃啊！"

（吉卜赛人的语言里没有"美"这个字，"好吃"是最接近的说法。）

吉卜赛的小伙子们和姑娘们都哄然大笑起来。天空居然可

1　位于希腊中部，周围群山环绕，14 世纪晚期成为土耳其的势力范围，后回归希腊。

以吃！然而，比年轻人见过更多异邦人的老人起了疑心。他们注意到奥兰多经常一坐就是几个小时，什么也不做，只是看看这里看看那里。他们会在某个山顶上看到她在那里眼睛直直地盯着前方，也不管她的羊群是在吃草还是走散了。他们开始怀疑，她有自己的信仰，和他们的不一样。老人们认为，她有可能是落入了最邪恶最冷酷的神灵之手，那个恶灵就是大自然。他们的猜疑其实倒也不无道理。迷恋大自然，是一种英国病，她生来就有。这里的大自然比英国的要壮阔得多，强大得多，她以前从未像现在这样受其摆布。这种病众所周知，而且有许多对它绘声绘色的描述，已经无须再从头说起，至多就是在这里简单提一提。这里有山，有峡谷，有河溪。她去爬那些山，在峡谷中漫步，坐在溪流边。她把这些小山比作堡垒、鸽子的胸脯和母牛的侧腹，把花朵比作珐琅，把草皮看作是磨薄了的土耳其地毯。树是枯槁的老女巫，羊是灰色的大卵石。每样东西似乎都是别的什么。她在山顶上发现了一个冰斗湖，差点儿要跳进去找她认为藏在里面的智慧。她从山顶上极目远眺，视线越过马尔马拉海和希腊平原，辨认出了（她的视力极好）雅典卫城，那上面的一两道白色条纹一定是帕特农神庙。这时候，她的灵魂随着她的目力而扩展，她祈愿自己像所有信仰大自然的人那样，可以分享山峦的雄伟，懂得平原的宁静，如此等等。往下看，红色的风信子和紫色的鸢尾花令她欣喜万分，她忘形地大声赞叹大自然的善和美。她抬起头，看到鹰在高空翱翔，她在想象它的快乐的同时也在感受着那种快乐。回去的路上，她向每颗星星、每座山峰和每堆营火致意，仿佛它们只跟她一个人交流。最后，当她终于回到吉卜赛帐篷，一下扑到她的垫子上时，她又情不自禁地大声说，多好吃啊！多好吃啊！（很奇怪，虽然人类的交流有缺陷，比如想说"美"却只能说"好吃"，或者反过来，但他们宁可忍受嘲笑和误解也要把自己的经历说出来。）所有吉卜赛年轻人又大笑起来，但鲁斯图姆·艾尔·萨迪，就是那个用驴子把奥兰多从君士坦丁堡带过来的老人，坐在那里一言不发。他鼻如弯刀，脸上沟壑纵横，看上去饱经风霜。他皮肤呈褐色，目光锐利，坐在那里一边抚弄着水烟筒，一边仔细打量奥兰多。他满心怀疑她信仰的神是大自然。有一天他发现她在流眼泪。他认为是她的神惩罚了她，跟她说他并不感到惊讶。他给她看他左手的手指，它们被霜冻得都已萎缩；他又给她看他的右脚，那是被掉下的岩石砸坏了的脚。他说，这就是她的神对人做出的事情。她用英语说"但大自然多美啊"，他摇了摇头，当她再重复一遍时，他生气了。他看得出，她不信他的信仰。虽然他是个睿智的老人，但这一点足以令他大为恼火。

这个信仰上的差别令奥兰多感到不安，此前她一直都很快乐。她开始想，大自然是美的还是残酷的呢？然后她问自己，这种美是什么？它是存在于事物本身，还是只存在于她自己心中？她又思考起现实的本质，这又使她思考真相，进而又使她思考爱情、友谊和诗歌，正如她曾在自家庄园的小山顶上思考这些问题一样。她无法将这些思考说出来，于是前所未有地渴望有笔和墨水。

"哦! 要是能写下来该多好啊! "她感叹道。（跟很多作家一样，她也有这种奇怪的念头，认为文字写出来便可以分享。）她没有墨水，也没什么纸。她用莓果和葡萄酒制成墨水，然后在《老橡树》的手稿边上和空白处用简写法写了首长长的无韵素体诗，描绘了大自然的景色，并简短地记下了关于美和真的一段自我对话。为此她开心了好几个小时。但吉卜赛人起了疑心：首先，他们注意到她挤奶和做奶酪的时候不像先前那么灵巧；其次，她回话之前经常犹豫不决。有一次，一个吉卜赛男孩一觉醒来惊恐地发现她在看着他。有时候，部落里几十个男男女女都会感觉到这种不自然。他们会有这样一种感觉（他们的感觉异常敏锐，大大强过他们的语言），不管他们手里在做什么，都会化为灰烬。比如，一位老妇人在编篮筐，一个小伙子在剥羊皮，他们边干活边高兴地唱着歌或哼着小调，这时候奥兰多进了营地，在篝火边坐下，怔怔地盯着火苗看。甚至不用她看他们一眼，他们就能感觉到，这里坐着一个什么都不相信的人：（我们不妨在这里对吉卜赛语做个将就的翻译）这个人做什么看什么都心不在焉，她对羊皮和篮筐没兴趣，而是看到了别的什么（这时他们不安地打量帐篷四周）。一种说不清而又极不愉快的感觉影响了小伙子和老妇人。他们弄折了柳条，割破了手指，胸中都升起一团怒气，希望奥兰多离开帐篷并且永远不再靠近他们。不过他们承认，她性情开朗，乐于助人，而且她拿出一颗珍珠就足以买下布鲁萨城里最好的羊群。

　　渐渐地，奥兰多也开始感觉到自己和吉卜赛人之间有某种隔阂。有时候她拿不准是否要嫁个吉卜赛人，从此以后生活在他们中间。起初，她试图为自己的犹豫找个理由，毕竟，她来自一个古老而文明的种族，而这些吉卜赛人愚昧无知，与野蛮人相差无几。一天晚上，吉卜赛人问起她关于英国的情况，她情不自禁地带着几分自豪说起她出生的庄园大宅，告诉他们她的家族在那座宅子里已经住了四五百年，里面共有三百六十五个房间。她还补充说，她的祖先中有伯爵甚至公爵。这时，她又注意到吉卜赛人现出不自在的神情，但不像以前她赞美大自然时那样愤怒。这会儿，他们显得很有礼貌，但表现出一种不安，仿佛出身高贵的人碰上一个陌生人，而后者不得已暴露了自己的低贱或困顿。鲁斯图姆独自跟她出了帐篷，跟她说，尽管她父亲是公爵，拥有她所说的那么多房间和家具，她也不必担心，他们之中没人会因此而看不起她。这时，她突然产生了一种前所未有的羞耻感。显然，鲁斯图姆和其他吉卜赛人都认为，四五百年的家族实在不值一提，因为他们的家族至少都有两三千年的历史。吉卜赛人的祖先早在基督诞生的几个世纪前

110

就建造了金字塔，对于他们来说，霍华德和金雀花家族在血统上并不比史密斯和琼斯家族[1]好多少或坏多少，反正都不值一提。此外，在一个连牧羊娃都有古老宗亲，流浪汉和乞丐都说得出自己老祖宗的地方，家世悠久也就没什么好稀罕的。吉卜赛人出于礼貌没有明说，但显然认为，拥有几百个房间是再庸俗不过的野心，因为整个大地都属于他们。（此时正值夜晚，他们在一个山顶上，四周群山环立。）奥兰多明白，在吉卜赛人眼里，所谓公爵不过是巧取豪夺他人土地和钱财的投机者和强盗，他们无所事事，就让人建造三百六十五个房间。（实际上有一间就好，甚至一间没有更好。）她不能否认，她的祖先积累了很多土地、宅邸和荣誉，但他们中没有一个是圣人或英雄，或是人类的造福者。她也反驳不了这样一个看法（温和的鲁斯图姆不会逼她承认，但她明白）：任何人现在若是做了她祖先三四百年前做的事，都会被谴责为暴发户、投机者、粗俗的新贵，而她自己的家族会斥责得尤为大声。

　　对于以上看法，她试图以她熟悉的旁敲侧击的方式回应，那就是暗示吉卜赛人的生活粗俗而野蛮。于是，没多久他们之间就产生了很多嫌隙。事实上，这种观念上的分歧甚至会招致流血和革命。多少城镇因为小小的争端而遭洗劫，多少殉教者宁肯被烧死

1　霍华德和金雀花家族都是英格兰贵族和王族，史密斯和琼斯均为英国普通姓氏，属平民阶层。

在火刑柱上，也不愿在争辩中退让半步。人们心中最强烈的欲望莫过于要别人信奉自己所信，最令人恼火和败兴的事莫过于自己所珍视的却遭别人鄙视。不管是辉格党还是托利党，自由党还是工党，他们相互争斗不休，除了争名夺权还能为了什么呢？他们的争斗不是出于对真理的热爱，而是为了胜过对方，搞得地区之间势不两立，教区之间相互倾轧。他们追求的是自己的心安和别人的屈从，而非真理的胜利和道德的升华。但这些道德问题如沟中的死水一般沉闷，这是历史学家的事，还是留给他们去说吧。

"四百七十六个房间，对于他们竟然如同草芥。"奥兰多叹道。

"她竟然更喜欢落日，而不是羊群。"吉卜赛人说。

奥兰多想不清楚该怎么办。离开吉卜赛人，重新回去做大使，这个念头她似乎接受不了。但永远留在他们中间也同样不可能——这里没有纸和墨水，这里的人对塔尔博特家族[1]毫无敬意，也不稀罕拥有多少房间。一个晴朗的早晨，在阿索斯山的山坡上，她一边放羊，一边想着这些念头。这时候，她所崇信的大自然，不是跟她开了个玩笑，就是展现了一个奇迹——同样，在这件事上也是众说纷纭，莫衷一是。奥兰多闷闷不乐地看着眼前的陡坡。时值盛夏，假如我们非得把眼前的景象比作什么的话，那应该是干枯的骨头、羊的骸骨、被上千只秃鹫啄食后剩下的巨大

1　1171 年随诺曼人来到英国的古老家族。

头骨。天很热，奥兰多躺在一棵小无花果树下，树叶仅仅能在她轻薄的阿拉伯式斗篷上投下几片绿荫。

突然，一片阴影凭空出现在对面光秃秃的山腰上。影子很快变得更深，不一会儿，在原先荒山野石的地方出现了一个绿茵茵的山谷。她看过去，山谷显得又深又宽，山的侧面展现出一大片园林绿地。她能看到里面波浪般起伏的草坪，草坪上有星星点点的橡树，能看到画眉鸟在树枝间跳跃，小鹿优雅地在树荫下走动，甚至能听到小虫的嗡嗡低鸣，以及英格兰夏日轻柔的叹息和战栗。她出神地看了一阵之后，空中飘起了雪。很快，整个山景褪去了金色的阳光，蒙上了一片紫罗兰的色泽。她看到路上走着几辆沉重的载货马车，车上堆满了树干，她知道那是运去锯开作木柴的。接着，她看到了自家宅邸的屋顶、钟楼、塔楼和庭院。雪还在下，她能听到积雪滑下屋顶落到地上时发出的噗噗声。无数烟囱在冒烟。一切如此清晰而具体，连一只寒鸦在雪地里啄食蠕虫她都能看见。渐渐地，紫色的阴影变深，遮蔽了马车、草坪和她家的大宅。一切都被吞没了。现在绿茵茵的山谷什么都不剩了，没有草坪，只有炽热的光秃秃的山坡，如同被上千只秃鹫啄食过。看到这里，她的眼泪夺眶而出。她快步回到吉卜赛人的营地，告诉他们她第二天必须动身回英国。

幸好她这样做了。因为一些吉卜赛年轻人已经在谋划要杀了她。他们说，为了吉卜赛人的名誉，必须这样做，因为她和他们想的不一样。不过他们其实并不愿意去割她的喉咙，听说她要走倒也高兴。正好港口里有艘英国商船已经升帆，准备返回英国。奥兰多从她的项链上取下一颗珍珠，用它不仅付了船资，还余下一些钱。她本想把这些钱给吉卜赛人，但她知道他们鄙视金钱，于是只能跟他们拥抱告别。不管怎么说，她的拥抱是真诚的。

第四章

奥兰多用她项链上的第十颗珍珠换了一些基尼金币，用其中一部分买了一整套时髦的女装。此刻，她穿着这身英国贵族淑女装坐在多情淑女号的甲板上。一直到现在，她几乎没有想过她的性别问题。这事有点儿奇怪，但确实如此。也许是由于她一直穿土耳其裤，因而想不到这方面的问题。吉卜赛女人的衣着，除了一两个关键部位，跟吉卜赛男人穿的没什么两样。总之，直到她感觉到裙子裹在腿上，以及船长礼貌地要为她在甲板上支起遮阳篷时，她才惊诧地意识到她的性别会带来什么优待和弊端。但她的惊诧不是那种意料中的。

就是说，她的惊诧不仅仅是因为她想起了贞节和如何保护它。一般情形下，年轻美貌的女子孤身一人时，除了贞节不会顾虑别的。贞节，是女性道德大厦的基石，是她们的珍贵之物，是她们最重要的东西，她们会拼命保护它，如果遭到强暴会不惜以死明志。但假如一个人身为男子三十多年，又做过大使，曾经搂抱过女王和几位贵妇（如果传闻确实的话），娶过一个叫罗西娜·佩皮塔的女人，那么这个人的反应也许不会大惊小怪。奥兰多惊诧的原因非常复杂，一下子说不清。的确也没人说过她是那种脑子快、一下就能把事情搞清楚的人。整个旅途她都在想她怎么会如此惊诧，以及其中的道德意味。下面就让我们跟着她的思绪走吧。

"哦，这倒是一种舒服惬意的生活。"她想，此时她已回过神来，在遮阳篷下舒展着身体。"可是，"她踢了踢腿，"这裙子一直拖到脚后跟，实在烦人。不过这印花的丝裙真是漂亮。我从来没见过自己的皮肤（她把手放在膝上）像现在这样看上去那么好。可是，我能穿着这样的衣服下船游泳吗？不行！所以还得靠水手来保护我。对此我会反对吗？我会吗？"她这样问自己，这是她目前思绪中遇到的第一个结。

晚餐送来时她还没解开这个结。随后，仪表堂堂的船长尼古拉斯·本尼迪克特·巴托鲁斯，亲自为她切了一片腌牛肉，同时帮她解开了这个结。

"来一点儿肥的吗，夫人？"他问，"我来给您切一小片，就跟您的指甲那么大的一小片。"听到这话，她感到浑身一阵酥酥的颤动。鸟儿在唱歌，船下激流奔涌。此情此景勾起了她很久以前初见萨莎时，那种难以言说的愉悦。那时候的她在追求，现在的她想逃避，哪种感觉更好呢？作为男人的还是女人的？或许都一样？不，她应该拒绝，看他皱眉头，她觉得这个感觉最好（感谢船长但要拒绝）。还是算了吧，如果他这样期待，她就来一片最小最薄的。顺从他，然后看他微笑，这种感觉才是最美妙的。她回到甲板上的躺椅里，继续思忖道："有什么比那种半推半就、欲迎还拒的感觉更美妙呢！这种精神上的快感是别的事情带不来的。因此我说不准，也许我会跳下船，仅仅是为了享受被水手救上来的快乐。"

（我们要记住，此刻的她就像一个刚进游乐园或得了一柜子玩具的孩子。成熟女人不会对她的这些想法感兴趣，因为这种事她们经历得太多了。）

"可是，对于那种跳船就是为了让水手救的女人，当年我们在玛丽·露丝号上的小伙子们是怎么说的来着？"她自问道，"我们有个词形容她们，啊，我想起来了……"（但我们必须略去这个词，太不雅了，而且从一个淑女嘴里说出来会很奇怪。）"哦，上帝啊上帝！"她感叹道，"难道以后我必须尊重男人的看法，哪怕我认为那看法很荒谬吗？如果我穿裙子，如果我不会游泳，必须靠水手救，上帝啊，那我就只能如此了！"想到这里，她心头一阵黯然。她生性率直，讨厌拐弯抹角和撒谎。在她看来，这样做就是一种曲里拐弯的方式。不过，她想，如果穿印花丝裙或者被水手救起的快乐只能通过曲里拐弯的方式得到，那就得采取这种方式。她记得自己身为男人的时候，曾经认为女人必须顺从，保持贞洁，身上要熏香，衣着打扮要精致优雅。"现在，轮到我自己为这些要求付出代价了，"她反思道，"女人（从我自己短暂的女性体验来说）并非天生就顺从、贞洁、体有馨香、衣着优雅，她们只有通过单调乏味的训练才能获得这种迷人风度，而没有这种风度她们就无法享受生活的乐趣。光是上午梳理头发，就要花去我一个小时。照镜子，又是一小时。还要穿束胸衣，系带，沐浴施粉，试衣服，从真丝的换到蕾丝的，又从蕾丝的换到条纹绸的。还有始终要保持贞洁……"想到这里，她不耐烦地蹬了蹬脚，露出了一段小腿。船桅顶上有个水手此时正好往下看，惊得脚下一踩空，险些掉下来。"如果我露腿差点儿要了一个有妻儿的老实人的命，那我出于人道，一定要严严实实地把腿遮住。"奥兰多想。可她身上最美的就是她的腿啊。为了防止一个水手从桅顶上掉下来，一个女人就得把她的美遮掩起来，这事多么荒唐啊。"见他们的鬼去吧！"她说。她第一次意识到，如果她生来就是女的，童年时代受到的教导必定是关于女人的神圣责任。

　　"一旦踏上英格兰的土地，我就再也不能这样随便诅咒了。"她想，"我再也不能敲哪个男人的头，斥责他信口胡说，或者拔剑刺穿他的身体；再也不能跟贵族同僚们同坐一圈，或者戴着头冠跟他们并肩而行；再也不能下令处死谁，率领军队骑着战马昂首阔步地走过白厅大道[1]，胸前佩戴七十二枚勋章。一旦踏上英格兰的土地，我能做的就是给男人倒茶，问他们是否喜欢。您要加糖吗？您要加奶油吗？"她拿腔拿调地说着这些话，突然惊恐地发现，她对男性的看法竟然如此糟糕，而她曾经为自己属于那个性别而感到骄傲。"差点儿从船桅顶上掉下来，"她想，"就因为看见了女人的腿；穿得跟盖伊·福克斯[2]一样招摇过市，就为了博得女人的赞美；不让女人接受教育，就为了不被她们嘲笑；一面对小丫头低三下四、大献殷勤，一面又摆出一副造物主的架势——天哪！他们就是这样愚弄我们，"她想，"我们多傻啊！"这里，她有些含糊其词，似乎在同时指责男人和女人，仿佛她本人既不属于男性也不属于女性。的确，她现在似乎有些摇摆不定。她是男人，也是女人，她知道其中的秘密，也知道两个性别各自的弱点。这是一种极其令人困惑和眩晕的心理状态。她似乎彻底失去了懵懵懂懂时的无忧无虑。她成了狂风中的一片羽毛。这种情形下，我们当然不难理解她何以把两个性别对立起来，发现它们各自都有很多非常糟糕的缺点，而她也不清楚自己到底属于哪个性别。同样不足为奇的是，当船锚轰然沉入海中，风帆落

1　伦敦的一条著名宽街大道，从特拉法加广场一直到议会大厦，为众多英国政府部门所在地。

2　一个英国天主教徒，"火药阴谋"的策划者，1605 年企图在议会大厦炸死英王詹姆斯一世，失败后被处死。在英国，每年 11 月 5 日是"盖伊·福克斯日"，人们燃篝火放烟花庆祝"火药阴谋"的失败。

到甲板上时，她才发现船在意大利海岸附近抛锚了（她一直陷于沉思，好几天什么也没看见）。这时，她差点儿喊出声来，说想返回土耳其，要再回到吉卜赛人中去。船长很快派人来问，她是否愿意跟他一起坐船载大艇上岸。

第二天上午她回到了船上，她在遮阳篷下的躺椅上舒展身子，同时端庄得体地用裙摆遮住脚踝。

"尽管跟男人比，我们无知而贫穷，"她顺着前一天中断的思绪接着想，"尽管他们坚甲利兵，还不让我们认字（从这里的话可以看出，前一天晚上显然发生了什么事，把她推向了女性一边，因为她现在更像是作为一个女人在说话，而且还带着某种满足感），但他们还是得从船桅顶上摔下来。"她打了个大大的哈欠，然后睡着了。醒来时，船正在轻风中驶近海岸。已经能看见那些悬崖峭壁上的小镇，如果没有巨大的岩石或是交错盘杂的橄榄树老根的阻挡，它们似乎要滑入大海。大片的橙树上结满了沉甸甸的果子，橙子的香气一直飘到她所在的甲板上。二十来条蓝色的海豚扭动着尾巴，不时高高地跃出水面。她伸展了下胳膊（她已经知道，胳膊没有腿那样的致命诱惑），庆幸自己没有骑着战马神气活现地走过白厅大道，也没有下令处死过谁。"还是安于贫困和无知为好，它们是女性的深色外衣，"她想，"把统治世界的事情留给别人吧。丢掉好战逞勇的野心、对权力的迷恋和男人的种种欲望吧，也许只有这样你才能充分享受人类心灵最高尚的喜悦，那就是，"这里她大声说道（每当她深深感动时就会这样），"沉思，独处，爱情。"

"感谢上帝，我是个女人！"她大声说。就在她为自己的性别骄傲得有些忘乎所以的时候（无论男人还是女人，到这种地步都显得愚蠢而可怜），一个词突然让她停顿下来。尽管我们竭力想让这个词待在它自己的位置上，它还是偷偷地溜到了刚说出的那句话的最后，这个非同一般的词就是：爱情。"爱情。"奥兰多说。顷刻间，爱情以人的形态展现出来，她是如此骄傲而又急不可耐。其他念想都可以满足于抽象的存在，唯独爱情不能，她得有实在的血肉之身，得有头纱披巾和丝裙，得有长筒袜和无袖紧身装。奥兰多先前所爱的都是女人，尽管现在她自己就是女人，但无奈人们对习规的适应往往滞后，所以她爱的仍然是女人。如果说意识到自己同样身为女性对她有什么影响的话，那就是加深了她对身为男性时的那些情感的体验。因为过去许多对她来说朦胧不清的暗示和秘密现在都变得清晰起来。两性之间的朦胧感，那种让无数不洁的念头在黑暗中流连的暧昧不明，现在消失了。倘若诗人所说的真与美能对我们有所教益的话，那就是，爱在虚假中所失去的，在美之中得到了成全。最后，她喊叫出来，她终于明白了萨莎是怎么回事。这一发现令她欣喜不已，她追寻的宝藏现在都已显露出来，她完全沉浸在心驰神迷的喜悦之中，以至于一个男人的一句"请允许我，夫人"就像是炮弹在她耳边炸响。一个男人伸手扶她站了起来，他举起手朝地平线指去，他的中指上文了一艘三桅帆船。

"那是英格兰的海崖，夫人。"船长说，他举起刚才指向地平线的手，朝着那边敬了个礼。奥兰多此时又是一惊，这次的程度比前一次还要厉害。

"天哪天哪！"她惊叫道。

幸好，她的吃惊和惊叫，可以被看作是因为重见久违了的故乡，否则她会陷入一种难堪，因为她不得不向巴托鲁斯船长解释此时在她心中剧烈翻腾和冲突的情感。怎么跟他说，现在扶着他胳膊颤抖的她，曾经是公爵和大使？怎么跟他解释，如百合花一样裹在棱纹丝裙中的她，曾经砍过人的脑袋，曾经在沃平老台阶那里，在郁金香盛开、蜜蜂嗡嗡叫的夏夜，跟放荡女人睡在海盗船里的珍宝麻袋上？她甚至没法向自己解释，当船长坚定的右手指向英伦三岛的海崖时，她为什么会那么惊诧。

"拒绝，而后服从，多么愉快啊；"她喃喃自语，"追求，而后征服，多么威严啊；感知，而后推理，多么超凡啊。"在她看来，这些词这样放在一起并无不妥。然而，当白色的海崖越来越近时，她开始感到负疚、羞耻和不贞洁，这种感觉对一个从未有过这方面念头的人来说很是陌生。他们离海岸越来越近，肉眼就能看到悬在海崖峭壁上采海蓬子的人。看着那些人，她感到身体里仿佛有个促狭的幽灵在上蹿下跳，马上就要拾起她的裙子，挥舞着跑个没影。这是她失去的萨莎，她记忆中的萨莎，刚才她还出人意料地证实了萨莎的真实性——她感觉到，萨莎在做鬼脸，在冲峭壁上采海蓬子的人做出各种无礼的手势。当水手们唱起"别了，别了，西班牙女郎"，歌词在奥兰多伤感的心中回响。她觉得，尽管上岸意味着舒适、富有、权势和地盘（因为她肯定可以嫁个王公贵族，作为他的妻子，统治半个约克郡），但如果那同时也意味着安分守己、任人奴役和欺骗，意味着没有爱情和自由，意味着闭上嘴巴管住舌头，那么她宁愿跟着船掉转方向，再次启程回到吉卜赛人那儿去。

然而，在这些急匆匆的思绪中，一个像光滑的白色大理石穹顶的东西浮现出来。不管是真有其物还是幻象，这东西深深地吸引了她狂热的想象，她的思绪落在了它上面，就像我们见过的一群嗡嗡振翅的蜻蜓，带着满足的样子落在了保护鲜嫩蔬菜的玻璃罩上。在想象的作用下，这东西的形状，勾起了那段挥之不去的记忆：在特薇琪特的屋子里，那个大脑门的男人坐在那里写东西，或者在怔怔地看着什么，当然不是在看她，因为他似乎从没注意到衣着华丽、静静站在一边的她——那会儿她可是个翩翩美少年，这点不能否认。每次想起他，她的思绪就会围绕那段记忆蔓开，像升起的月亮照在动荡的海面上，铺洒出一片银色的平静。她的手伸到胸前（另一只手仍然搭在船长的胳膊上），她的怀里藏着她的诗稿，那里原本也许是放护身符的地方。性别问题

（她算哪种性别？其中有什么意味？）引起的心烦意乱渐渐平息，她现在满脑子想的都是诗歌的辉煌。马洛、莎士比亚、本·琼生和弥尔顿的伟大诗句开始在她耳边深沉地回荡起来，犹如大教堂塔楼上的金钟里金色的钟舌在击打，而那金钟就是她的头脑。事情的真相是，她最初隐约看到的那个大理石穹顶，先是让她联想到一位诗人的大脑门，然后又引发了一连串不相干的念头，而那个穹顶实际上并非幻象，而是真实之物。当船乘风驶入泰晤士河时，那个引起种种联想的形象渐渐露出了真面目，它真真切切就是一座巨大教堂的穹顶，矗立在一群刻有精致浮雕的白色塔尖之中。

"那是圣保罗大教堂，"站在她旁边的巴托鲁斯船长说，"那是伦敦塔，"他继续说，"格林尼治医院，是已故的威廉三世陛下为纪念他的妻子玛丽王后而建造的。西敏寺。议会大厦。"随着他的话音，这些著名的建筑纷纷显露出来。这是 9 月里一个晴朗的早晨，无数小船在两岸之间往来穿梭。在一个重归故里的游子眼中，很少有比这个更欢快有趣的景象了。奥兰多倚在船头栏杆上，沉浸在惊喜之中。她的眼睛看野蛮人和大自然看得太久了，眼前突然出现的城市繁华景象怎能不令她心动神摇呢？那就是圣保罗大教堂的穹顶，大教堂是她不在英国期间雷恩先生[1] 设

1　克里斯托弗·雷恩爵士（1632—1723），英国建筑设计师，伦敦大火后设计了包括圣保罗大教堂在内伦敦的五十多座教堂建筑。

计建造的。近处，一根石柱上迸出一簇浓密的金发[1]。她身旁的巴托鲁斯船长告诉她那是纪念碑，她不在期间伦敦城里发生了瘟疫和一场大火。虽然她竭力克制，泪水还是涌上了眼眶，她想起女人哭不丢人，才任由泪水夺眶而出。她记得，这里，曾经是嘉年华的所在地。这里，在这水波轻快拍打的地方，曾经立着皇家大帐亭。这里，她第一次与萨莎邂逅。大概就在这里（她俯看着波光粼粼的水面），人们曾经能透过冰面看到下面那个在小船上冻住的女人，膝上兜着一堆要卖的苹果。当年的辉煌和堕落都已不复存在。那个黑暗的夜晚、那骇人的滂沱大雨、那汹涌狂暴的洪水，也都不复存在。当年，黄色的冰山在这里打着转儿冲过，冰山顶上趴着一些惊恐万状的可怜人，现在这里漂浮着一群天鹅，高傲，婀娜，美极了。伦敦城自她上次离开后也彻底改变了面貌。她记得，当年的伦敦城就是一大堆哭丧着脸的黑乎乎的小房子。坦普尔栅门的尖头上戳着龇牙咧嘴的叛乱分子的头颅。砾石铺的步道散发出垃圾和粪便的臭味。如今，当船驶过沃平时，她看到那里宽阔整齐的大道，一辆辆富丽堂皇的马车由膘肥体壮的马儿拉着，它们停驻门前的那些房子，有着圆弧形的凸窗，大面的窗玻璃和光亮的铜门环，表明里面的主人富有、尊贵而又不过度炫耀。（她把船长的望远镜举到眼前）人行道上走着穿印花丝

1　即下文所说的伦敦大火纪念碑，纪念碑顶端是金色球形的火苗造型。

裙的淑女们。穿绣花外套的男人们在街角灯柱旁吸着鼻烟。各式各样的招牌在微风中摆动，她一下就能从上面的画看出那些店卖什么东西：烟草、杂物、丝绸、金器、银器、手套、熏香，等等。船驶入伦敦桥旁的泊位时，她看到咖啡馆的窗子，大概是天气好，咖啡馆的阳台上悠闲地坐着很多体面的市民，他们面前的桌上放着瓷碟，手边是陶制烟斗。他们中有人在读报纸，不时被其他人的哄笑和评论打断。那里是酒馆吗？那些人是不是很会说俏皮话？他们是诗人吗？她问巴托鲁斯船长。船长殷勤地告诉她，他们正在经过可可树咖啡馆，如果她的头稍稍转向左边，顺着他的食指看过去，对，就在那里，可以看见艾迪生先生[1]在喝咖啡。另外两位绅士——"那边，夫人，在那个灯柱右边一点儿，一位有点儿驼背，另一位跟你我一样"——他们是德莱顿先生和蒲柏先生[2]。"可怜的家伙，"船长说，言下之意是他们是教皇党人[3]，"不过都是放荡的家伙。"他加了句，说完匆匆走向船尾，去指挥船靠岸。

1　约瑟夫·艾迪生（1672—1719），英国散文家、诗人、剧作家。

2　船长一定是搞错了，因为任何一本文学教科书都会证明这一点，不过这个错误不乏善意，我们就这样保留它吧。——作者注

约翰·德莱顿（1631—1700），英国桂冠诗人、剧作家、文学批评家。亚历山大·蒲柏（1688—1744），英国诗人，擅长讽刺，对"英雄双韵体"的运用登峰造极。他因幼年患病而成驼背。作者注中所谓"搞错"，是指德莱顿和蒲柏年岁相差太大，不可能如朋友一般一起出现。

3　新教教徒对天主教教徒的蔑称。

"艾迪生，德莱顿，蒲柏。"奥兰多不停地念叨着，仿佛这些名字是咒语。刚才她还看着布尔萨的高山，下一刻就踏上了故乡的岸。

但奥兰多很快就要领教到一个事实：面对冷酷的法律，狂暴的冲动和激情都无济于事。铁面一般的法律比伦敦桥上的岩石更硬，比大炮的炮口更森严。她刚回到布莱克法尔的家，登门的人就接二连三，这些人是弓街的警察和法庭派来的一脸严肃的信使。他们告知她，她卷入了三桩大的讼案及无数跟它们有牵连的小讼案，那三桩大案是她不在英国期间对她提起的诉讼。对她的主要指控是：一、她已死亡，因此不能再拥有任何财产；二、她是女人，意即她同样不能拥有任何财产；三、她曾经是英国公爵，娶了名叫罗西娜·佩皮塔的舞女，跟她生了三个儿子，现在这三个儿子都宣称他们的父亲已去世，要求继承他名下所有财产。应对如此严重的指控，当然需要时间和钱。在讼期间，她的所有财产都由大法官监管，她的头衔暂时取消。现在她是死了还是活着，是男人还是女人，是公爵还是平民百姓，都成了不确定的事。在这种极不明朗的局势下，她匆匆回到了她的乡间庄园。法律允许她在法庭判决出来之前，埋名隐姓地住在庄园里。至于她在此期间是何性别身份，要看案子最后怎么判定。

那是 12 月的一个美丽傍晚，她回到自己的庄园，空中正飘着雪，营造出斜斜的淡紫色阴影，就像她从布尔萨的山顶上看到的那样。庄园看起来不像宅子，更像一座小镇，在雪中呈现出它的褐色、蓝色、玫瑰色和紫色。一个个烟囱在冒烟，显得很有生气。看到坐落在草地上的庄园，安静，宏伟，她情不自禁地喊出了声。黄色的马车进入林园，在林荫车道上轻快地行驶。路边的赤鹿伸长脑袋，似乎在期盼什么，它们没有露出天生的胆怯，反而跟着马车跑了起来，直到马车在庭院里停下，它们才驻足而立。马车的踏板放下来，奥兰多下了车，这些鹿有的甩茸角，有的用蹄子刨地。据说有一头鹿还跪在了她面前的雪地上。她还没来得及用手去敲门环，大门便豁然打开，格里姆斯蒂奇太太、达普尔先生，以及一大班仆人都高举着烛灯和火炬过来迎接她。但整齐的队伍很快就被搅乱了，先是那条性急的挪威猎鹿犬克努特，它热情地扑向主人，险些把她撞倒在地。接着是乱了方寸的格里姆斯蒂奇太太，看着像是要行屈膝礼，却激动得只是一味喘着气说，我的爵爷! 我的夫人! 我的夫人! 我的爵爷! 奥兰多亲切地在她两颊上吻了吻，她才平静下来。然后，达普尔先生拿出羊皮纸念了起来，但是狗在叫，猎人在吹号角，混乱中跑进庭院的牡鹿在对着月亮叫，扰得他念不下去。众人围在他们的女主人身边，用各种方式表达着对她归来的喜悦。之后大家散开，各自回屋。

没人表现出哪怕瞬间的怀疑，怀疑这个奥兰多不是他们以前认识的奥兰多。如果人们心中真有什么怀疑，那些鹿和狗的反应就足以打消那种疑虑了，因为人们都知道，这些不会说话的生灵在识别身份和特征方面可比我们强得多。那天晚上，格里姆斯蒂奇太太喝着瓷杯里的茶，对达普尔先生说，即便他们的主人真是一位夫人，那她也没见过比奥兰多更可爱的女人，他们根本不必考虑主人是男的还是女的，反正都是一根枝上结的桃子。格里姆斯蒂奇太太压低声音说，其实她一直就有这样的怀疑（她神秘地点了点头），所以这并不让她吃惊（她又狡黠地点了点头）。对她来说，这是好事，因为好些毛巾要缝缝补补，小教堂会客厅的帘子边被虫蛀了，现在正是需要一个女主人的时候。

"以后还会有小男主人和小女主人。"达普尔先生加了句，他觉得自己担任圣职，有权对这种微妙的事情说出他的看法。

仆人们在下人房里说着闲话的时候，奥兰多又拿起银烛灯在大宅里巡视起来，走过一个个大厅、走廊、方庭和卧室。她又看到了先人们昏暗的脸，其中有掌玺大臣和宫务大臣，他们从上方看着她。有时她在贵宾椅上坐一坐，有时在休闲榻上倚一倚。她观察那些挂毯，看它们晃动，看上面追猎的骑手和奔逃中的达芙妮。月光透过窗上盾徽中的豹身照进屋里，她把手浸在照进来的黄色光线中，就像她小时候喜欢做的那样。走廊铺了厚厚的木地板，它们背面粗糙但面上打磨得很光滑，她可以在上面轻松滑行。她摸摸这边的丝绸、那边的缎子，想象着那些雕刻的海豚在游动。她用詹姆斯国王的银发刷梳梳自己的头发，把脸埋在干花中，这些干花的制作方法是征服者威廉好几百年前传授的，用的是同样的玫瑰。她看着花园，想象着里面睡着的番红花和休眠中的大丽菊。她看到柔弱的仙女们在雪中闪烁着白光，她们身后是一片杉木树篱，黑黑的，跟房子一样厚。她看到橘子园和巨大的欧楂果树。她看到的这一切，正如我们这里粗粗记下的，每一个景象和每一种声音，都让她的心充满了强烈的欲望和欢愉的抚慰。最后，疲惫的她走进了小教堂，坐进那把古旧的红色扶手椅里，她的先人曾经坐在上面听布道。她点燃一支方头雪茄（这是她从东方带回的习惯），翻开了祈祷书。

这是一本用金线装订的丝绒面小书，苏格兰的玛丽女王曾在断头台上手握这本书。信徒的眼睛能发现书上一个褐色的斑渍，据说是一滴王室的血迹。在所有的交流中，与神的交流是最神秘的，谁能说出这本书在奥兰多心里引发了什么样的虔诚之念，又催眠了什么样的邪恶激情呢？小说家、诗人和历史学家都不甚了了，即便信徒也不能给我们多少启示，难道他比别人更愿意去死，更想与别人分享他的财产吗？难道他不也像其他人一样喜欢拥有侍女和马车吗？不过他说，在拥有这一切的同时还要有信仰，而信仰使财产变成无谓的虚荣，使死亡值得向往。在这本女王的祈祷书里，除了血迹之外，还有一缕头发和一丁点儿饼屑，奥兰多现在又在这些纪念品里添加了一小片烟叶。她翻着祈祷书，吸着雪茄，感动于这些留有人的气息的混杂物——头发、饼屑、血迹、烟草，沉浸于静思默想之中。她的这种虔诚神情倒是适合小教堂的氛围，虽然据说她并没有和我们平常所说的上帝发生交流。最傲慢也最流行的一种看法是，天底下只有一个神，宗教也只有信徒口中的那一种。但奥兰多似乎有她自己的信仰。她现在以最强烈的宗教热情，反省着自己的罪愆和她精神世界的种种缺陷。她想，字母"S"代表诗人笔下伊甸园中的蛇（Serpent），虽然她努力避免，但《老橡树》的头几节中仍然有太多这样的邪恶之蛇。不过在她看来，"S"比起词尾的"ing"真不算什么。她想，这个以"ing"结尾的分词形式简直就是魔鬼自身（既然我们现在生活在一个相信魔鬼的世界上）。她得出的结论是，逃避这种诱惑是诗人的第一要务，因为耳朵是灵魂的入口，诗歌无疑比淫欲更有腐蚀性，比火药更有破坏力。如此说来，她想，诗人的职责至关重要，诗人的语言能到达其他事物到不了的地方。莎士比亚的一首打油诗对穷人和恶人的影响，比世上所有传教士和慈善家的都要大。因此，为了避免表达我们思想的形式发生扭曲，付出再多的时间和精力也不为过。我们要不断锤炼词句，直到它们变成一层薄薄的外壳，将我们的思想天衣无缝地包裹起来。思想是神圣的。显然，她又回到了她自己的宗教界域，而她离开英国的那段时间更强化了她的这一宗教，于是她对自己信仰的偏执油然而生。

"我在成长，"她想，同时拿起了蜡烛，"我正在失去一些幻想，"她边说边合上玛丽女王的祈祷书，"也许是为了生出别的幻想。"她朝地下墓室走去，那里躺着她先人的遗骨。

但是，自从那天晚上在亚细亚山峦中鲁斯图姆·艾尔·萨迪摆了摆手之后，她的先人，比如迈尔斯爵士、杰维斯爵士和其他人，他们的遗骨似乎失去了某种神圣感。仅仅三四百年前，这些遗骸的主人在这个世界上投机钻营，他们就像现代的暴发户，广置地产，一心谋求功名利禄。而诗人，以及心灵高尚和有教养的人，则更喜欢乡村田园的宁静。他们也为这种选择付出了代价，很多人不是在斯特兰德大街叫卖报纸，就是在野地里放羊，生活窘迫不堪。想到这些，她心头充满自责。此刻她站在地下墓室里，想起了埃及的金字塔，想着那下面埋着的骨骸。此时此刻，马尔马拉海那边荒凉辽阔的群山，似乎是一个更令人神往的栖居之地，胜过这拥有数百个房间的庄园，虽然这里每一张床都铺有锦被，每一个银盘都配有银罩。

"我在成长，"她心里说，又拿起了蜡烛，"我正在失去一些幻想，也许是为了生出一些新的幻想。"她顺着长长的走廊缓缓地向她的卧室走去。她想，这是一个不愉快的过程，让人烦恼，但令人惊奇的是，这也是个有趣的过程，她一边这样想着一边把腿伸向烧着原木的壁炉（现在没有水手偷看她的腿）。她回顾起自己以往的经历，感觉就像是走在一条宽街大道上，两边是各式宏伟的建筑。

她还是个小男孩的时候就特别喜欢声音，觉得嘴唇吐出的一连串热闹音节是天底下最美妙的诗歌。也许是受萨莎和她带来的幻灭的影响，她的狂热转为阴郁，变得疲弱而倦怠。慢慢地，她内心有某种东西打开了，那东西精致繁复，而且有很多密室，得举着火把去探索，得用散文而不是诗歌去描摹。她记得曾经满腔热情地研究那位诺里奇的布朗恩医生，他的书就在手边。跟格林的那段交往之后，她在孤独中养成了，或者说试图养成，一种反抗精神，天知道这个过程有多么漫长。"我要写我想写的"，她曾经说过，于是就写出了二十六卷作品。不过，虽然她有过很多旅行和冒险，深刻地思考过，选择过不同的方向，她仍然只是在自我形成的过程中。未来会是什么样子只有天知道。变化持续不断，而且也许永无休止。思想的高高城垛，如岩石般顽固的习惯，一碰到另一种思想，便如暗影落地，颓然瓦解，只剩下裸露的天空和闪烁的新星。她走到窗前，外面虽然冷，她还是忍不住打开了窗。她探出身子，感受夜晚潮湿的空气。她听到林子里有狐狸在叫，一只野鸡在树枝间穿行，发出扑簌杂乱的声音。她听到雪从屋顶上滑到地上。"我以生命发誓，"她大声说，"这里比土耳其好上一千倍。鲁斯图姆，你错了！"她喊道，仿佛她在跟那吉卜赛老人争论（她有了个新的本事，那就是先在心里酝酿一个观点，然后跟一个不在场因而也反驳不了的人争论，这种本事再一次显示了她心灵的成长），"这里比土耳其好得多。头发、饼屑、烟叶——我们就是由这样一些零零碎碎的东西构成的啊。"
她说，脑子里想着玛丽女王的祈祷书。"我们的头脑真是变幻莫
测，是隐秘情感的交汇之地！刚才还在哀叹自己的出身和处境，
渴望苦行带来灵魂升华，而下一刻我们就会陶醉于古老花园小径
的气息，为画眉鸟的歌唱而泪流满面。"纷繁世事依然令她困惑
不堪，它们需要解释，但它们只呈现表象，不留下任何关于其内
在含意的暗示。她把雪茄扔出窗外，上床睡去了。

　　第二天早上，她拿出笔和纸，随着最新的所思所想，又改起
了《老橡树》。她曾经用莓果汁当墨水，在手稿的边边角角上写
东西，而现在这些东西唾手可得，这种快乐简直难以想象。就这
样，她一会儿无比沮丧地删去一个词，一会儿又喜不自禁地添上
一个词，正写着，一道阴影投在了纸面上，她赶紧收起了手稿。

　　她屋里的窗子对着庭院的正中间。她吩咐过不见任何人，她
不认识任何人，法律上讲也没人认识她，所以见到影子她先是一
惊，然后有些恼怒，然后（她抬起头，发现了影子的来头）又喜
出望外。这是一个熟悉而怪异的影子，影子的主人正是罗马尼
亚属地内的芬斯特－阿尔霍恩和斯堪多普－布姆的女大公哈莉
特·格丽泽尔达。她像以前一样，穿着那身黑色的骑马装，披
着斗篷，正快步走过庭院。她模样一点儿没变，哪怕是一丝头
发。这就是那个追得她逃出了英国的女人！这里就是淫邪的秃鹫
的巢，而她就是那只致命的秃鹫！想到当初为了逃避这个女人的

勾引（现在想想不过尔尔）竟逃到了土耳其，她不禁大声笑了出来。眼前的情景有一种说不出的荒诞。她长得像一只硕大的野兔，奥兰多以前就这么觉得。她有兔子那种直勾勾的眼睛，瘦长的脸颊和高高的兔耳朵似的头饰。她停下来，像兔子直挺挺地蹲坐在玉米地里，以为没人看见它。她盯着奥兰多看，奥兰多也从窗子里看着她。她们就这样相互盯着对方看了一会儿，奥兰多没办法，只好请她进屋来。很快，两个女人开始相互恭维起来，女大公同时掸着斗篷上的雪。

"女人真该死，"奥兰多自言自语，走向橱柜去倒葡萄酒，"从来不给人片刻安宁。就数她们烦人，喜欢到处打听，好管闲事。我就是为了躲这个女人才离开的英格兰，现在——"她转过身子，向女大公递上托盘里的酒，可是，天哪——眼前站着的是个穿一身黑的高个子绅士，壁炉的围罩上搭着一堆衣服。她现在是和一个男人单独在一起。

奥兰多突然意识到自己是女的，刚才全然忘了这一点。她同时也意识到了他的性别，这巨大的反差令她同样感到不安，她突然觉得一阵眩晕。

"啊！"她大叫一声，一手扶在腰上，"你吓死我了！"

"亲爱的，"女大公说，同时单膝跪下，把一杯酒举到奥兰多的唇边，"请原谅我骗了你！"

奥兰多抿了一口，大公跪在她面前，吻她的手。

总之，他们十分投入地扮演各自的性别角色，十分钟之后，才开始正常地交谈起来。女大公（以后必须称大公了）讲了他的故事，说他其实是男人，从来都是，在看到奥兰多的一幅肖像画后，不可救药地爱上了他。为了达到目的，他扮成女人，在那家面包店的楼上住下。得知他逃往土耳其后他万分沮丧，后来他听说了她的变故，于是赶紧跑过来想为她做点什么。（说到这里，他发出了让人受不了的嘻嘻笑声。）哈里大公说，在他眼里，她一直而且永远是女性中独一无二的玫瑰、珍珠和典范。要不是他说几句就发出怪异的嬉笑声，那一连三个赞美词本来可以更打动人。奥兰多以女人的眼光看着壁炉那一边的大公，心里想，"如果这就是爱的话，可太荒唐了。"

哈里大公此时双膝跪地，热烈地向她求爱。他告诉她，他的城堡里有一个结实的大箱子，里面大概有两千万达克特[1]。他比任何一个英格兰贵族拥有更多的土地，那里是狩猎的好地方，他可以保证有很多的雷鸟和松鸡可以打，没有哪个英格兰或苏格兰的猎场能比得上。没错，他不在家的这段时间，很多野鸡得了口疫，母鹿流产，但这些问题可以解决，等他们一起在罗马尼亚住下后，有她的帮助，他们会解决这个问题的。

他说着，泪水充满他鼓突的眼眶，顺着他浅褐色的瘦长脸颊

1　达克特是旧时欧洲通用的金币名。

流了下来。

奥兰多凭她曾经身为男人的经历知道，男人跟女人一样，也会经常哭，无缘无故地哭。但她开始意识到，男人在女人面前流露情感时，女人应该表现出震惊的样子，因此她表现出了震惊。

大公表示歉意，冷静下来后说，现在他要离开她，明天会来听她的答复。

那一天是星期二，星期三他来了，接下来的三天也都来了。每次来，他从头至尾都是表白爱意，但过程中也有不少沉默的时间。他们分别坐在壁炉两边，有时候大公会不小心碰倒火钩或火钳，奥兰多就把它们拾起来。大公会回忆他在瑞典射杀一头麋鹿的经历，奥兰多问他，那是一头很大的麋鹿吗？大公说，没有他在挪威射杀的那头驯鹿大。奥兰多问他，打过老虎吗？大公说，他射杀过一只信天翁。奥兰多问（半掩哈欠），信天翁和大象一样大吗？大公说……反正肯定是合情合理的话，但奥兰多没听见，因为她正看着她的书桌、窗外、屋门。这时候大公说"我崇拜你"，而就在这同一时刻奥兰多说"瞧，下雨了"，于是两人都觉得很尴尬，脸通红，谁也想不出接下来说什么好。的确，奥兰多已经想不出再说什么。幸好，她想起了一个叫"飞蝇"的赌博游戏（玩这种游戏可以输掉很多钱但不费神），要不然她觉得自己简直非得嫁给他不可了，她不知道还有什么别的办法能打发他。玩这个游戏可以消除他们交谈中的尴尬，避免再提到结婚。

游戏很简单，只要有三块糖和几只苍蝇就行。大公押五百镑，赌一只苍蝇会落在其中某一块糖上。就这样，他们可以一整个上午看着苍蝇（到了这个季节，苍蝇都懒洋洋的，常常一个多小时就在天花板上转圈子），直到最后某只漂亮的青蝇选择落在哪块糖上，谁输谁赢便有了结果。玩这个游戏，他们输赢过手已有上千镑，生性好赌的大公发誓说，这游戏跟赌赛马一样好玩，他可以一直玩下去。但奥兰多很快就厌倦了。

"如果整个上午都得用来陪一个大公看青蝇，一个女人正值年轻美貌又有什么好？"她自问。

她开始讨厌看到糖，飞蝇令她头晕。肯定有什么办法能摆脱这个麻烦，她想，但在女人的手腕方面她仍然有些稚嫩。现在再也不能像以前那样给男人当头一击，或用剑刺穿他的身体，所以她能想出的就是这一招了：逮住一只青蝇后，温柔地压死它（其实它本来就已经半死不活，否则她对动物的仁慈之心是不容许她这样做的），然后用一滴阿拉伯树胶把它粘到一块糖上。在大公盯着天花板的时候，她敏捷地用粘了青蝇的糖替换掉她押了钱的那块，然后喊"中了，中了"宣布自己是赢家。她想，以大公对赛马和竞技游戏的精通，必然能看出她在作弊，而赌博中的欺诈是最可恶的，有人因此被逐出人类社会，在热带雨林中与猿猴为伍，她估计大公会为了男子汉的面子与她绝交。但她想错了，这位亲切友善的大公其实很单纯。他对飞蝇没什么特别的判断力。

对他来说，一只死了的苍蝇看起来和活的没什么两样。她对他要了二十次这样的小花招，他输给了她一万七千二百五十镑（相当于我们现在的四万零八百八十五镑六先令八便士）。到后来奥兰多作弊太明显，连大公都骗不过去了。待他最终明白是怎么回事时，痛苦的场面出现了：大公站起来，脸涨得通红，眼泪扑簌扑簌地流了下来。她赢了他一大笔钱没什么，他很乐意；欺骗他则有点儿问题，一想到她竟然能做那样的事情他就伤心；但最不可原谅的，是赌博中的欺骗。他说他不可能爱一个赌博作弊的女人。这时候，他彻底崩溃了。稍稍平复一下后他说，幸好没有别人在场。她毕竟只是个女人，他说。总之，他准备表现出骑士风度，原谅她，并恳求她原谅自己语言粗暴。当他低下高傲的脑袋准备发言时，她突然把一只小蛤蟆塞进了他贴身穿的衬衣里面，迅速终止了这一切。

说实话，她绝对是更想用剑。一上午在身上藏个黏糊糊的蛤蟆肯定不舒服，但既然不允许用剑，就只好用蛤蟆了。另外，蛤蟆和笑声有时能起到刀剑起不到的作用。她大笑起来。大公脸红了。她大笑。大公诅咒起来。她大笑。大公甩门而去。

"谢天谢地！"奥兰多说，仍大笑不止。她听到马车轮狂暴地驶出庭院，一路上发出嘎嘎的响声。马车的声音渐渐远去，最后彻底消失。

"就我一人了。"奥兰多大声说，因为没人会听到。

据说喧闹之后的静默更深沉，这个说法还需要科学来证实。但很多女人都可以发誓说，刚刚受到求爱之后，孤独感会更明显。马车的声音渐渐远去，奥兰多感到离她远去的，不仅仅是大公、财富、显赫的头衔和安逸的婚姻生活，这些她都不在乎；她听到离她而去的，是生活，是恋人。"生活和恋人"，她喃喃自语着走向书桌，提笔蘸了蘸墨水写道：

　　"生活和恋人。"——这不太像诗句，跟前面写的也不相关，前面写的是怎么给羊洗药浴，防止它们生癣。她读了一遍，脸红了，又重复道：

　　"生活和恋人。"她放下笔，进了卧室，站在镜子前，整了整脖子上的珍珠项链。珍珠在印有碎花的棉质晨袍上显不出光彩，于是她换了件鸽子灰的塔夫绸，又换了件带桃花图案的，然后又换了件酒红色的锦缎袍。也许该扑点儿粉，刘海儿梳到眉毛，这个样子可能更适合她。她穿上尖头鞋，戴上一枚祖母绿戒指。"现在好了。"她说。一切收拾停当，她点亮了镜子两边的壁式银烛台上的蜡烛。哪个女人不想点亮蜡烛，看看奥兰多所看到的雪中火光呢？镜子里是白雪般的草坪，而她像一团火，一丛燃烧的灌木，她的头周围烛焰摇曳，如银色的树叶。又或者，镜子里碧波粼粼，她是戴着珍珠的美人鱼，是洞里的塞壬海妖，用歌声诱惑桨手跳下船，投入她的怀抱。她如此幽暗，如此明亮，如此坚硬，如此柔软，又是如此美艳迷人，只可惜没人在场用大白话痛快地说一句："我的天，夫人，你太美了！"这话没错，就连不算自恋的奥兰多自己也知道这一点，她不自觉地露出了笑容，这是女人在镜子里突然发现自己的美像晶莹欲滴的露珠或是喷涌的泉水时露出的笑容，她们甚至会觉得这样的美仿佛不属于自己。她这样微笑着，侧耳聆听了一会儿，只听到树叶在飞舞，麻雀在啁啾。她叹了口气说："生活，恋人。"随后她迅速转过身，从脖子上摘下珍珠项链，脱下缎子衣裙，换上贵族男子常穿的黑色丝绸宽松裤，挺直地站在那儿，然后摇铃叫来仆人，吩咐他立即去备好一辆六马马车，她有急事要去伦敦。大公走了不到一小时，她也乘车而去。

趁着她在路上——反正沿路就是那种平常的英格兰风光，没什么好写的，我们不妨利用这个机会，特别提请读者注意叙述中时不时插进来的一两句话。比如，大家也许已经注意到，奥兰多受到打扰时会藏起她的手稿。再比如，她会对着镜子专注地看很长时间。现在，她正在去伦敦的路上，人们也许注意到，当马跑得太快的时候，她感到惊悸，但竭力克制着不让自己喊出来。她对自己写作的羞怯、对容颜的虚荣、对安全的担心，所有这些都暗示：我们前面说奥兰多无论作为男人还是女人都没什么变化，其实不完全正确。她像很多女人那样，对自己的心智有点儿不自信起来，对于外表变得更虚荣。某些敏感性在增强，有些则在减弱。有的哲学家会说，这跟换装有很大关系。他们说，衣服看似无足轻重，其实它们不仅仅能御寒，还有更重要的作用。它们会改变我们对世界的看法，也会改变世界对我们的看法。比如，当巴托鲁斯船长看见穿裙子的奥兰多时，会立刻命人为她支起遮阳篷，殷勤地劝她多吃一片牛肉，邀请她跟他乘大艇上岸。如果她穿的不是飘逸的裙子，而是裤腿收紧的马裤，那么她也许不会得到这些礼遇。我们受到恭维时，自然是要回报的。奥兰多行了屈膝礼，顺从了船长的请求，夸这位殷勤的男人有幽默感。同样，假如船长穿的不是马裤而是女人的裙子，穿的不是带穗饰的制服而是女人的缎面紧身胸衣，奥兰多也不会这样做。因此，这种看法其实很有道理：不是我们穿衣服，而是衣服穿我们；我们可以让衣服的形状贴合我们的胳膊和胸脯，但衣服可以按照它们的喜好塑造我们的心、我们的头脑和我们的语言。既然奥兰多穿裙子已有相当一段时间，当然也就会出现某些变化，如果读者去翻看奥兰多的画像，便不难发现这种变化甚至发生在她的脸上。把奥兰多身为男性和女性时的画像比较一下，我们会发现，虽然画的是同一个人，但它们之间还是有某些不同。画上的男人自在地握着剑，女人则双手护着肩膀上的绸缎披巾，以免它滑下去。男人直面世界，仿佛世界就是为他而创造，要满足他的意愿。女人则侧眼看着世界，眼神微妙，充满疑虑。男女如果穿的是同样的衣服，对世界的看法也许就相同了。

以上说的是某些哲学家和智者的看法，但总体而言，我们倾向于另一种看法，即两性之间的差别其实非常深刻，衣服只是象征了某种深藏不露的东西。促使奥兰多选择女性服装和女人这个性别的，是她自身的一种变化。或许，她只是通过这种方式更开放地（而开放的确是她的天性）表达了某种感受，很多人有同样的感受但却没有如此直白地表达过。这里，我们又碰到了一个两难困境。两性之间虽然有差别，但它们相互交融，在每个人身上都会发生从一种性别到另一种性别的游移不定。通常只是衣服让我们看起来像男人或像女人，而这种性别的表象往往与其内在正相反。我们每个人都体验过由此产生的混乱和迷惑，不过现在我们不谈这个普遍问题，只关注这种现象对奥兰多本人所产生的怪异影响。

正是她身上这种男性和女性的混合，以及两者之间的相互较劲，使得她的行为经常出人意料。女性中就有人会好奇地问：如果奥兰多是女人，她怎么穿衣服从来都用不了十分钟？她穿衣服难道不是很随便，有时候穿得实在差劲吗？接着她们又会说，但她身上又完全没有男人那种拘泥于礼节的刻板和对权力的热衷。她心肠软，看不得驴挨打或小猫淹死。不过，她们注意到，她很不喜欢家务事，经常天没亮就起床，夏日里太阳还没出来就去田野。没有哪个农夫比她更了解庄稼。她能和酒量最好的人一起豪放痛饮，并且喜欢玩骰子游戏。她是个骑马好手，也能驾六马马车在伦敦桥上飞驰。然而，尽管她像男人一样勇武，据说她看到别人处于危险时也会像女人一样惊颤不已，一点儿触动就能让她泪水涟涟。她对地理所知甚少，讨厌数学，有时候任性古怪，比如把往南走当成往山下走，而这些在女人身上更普遍。所以，奥兰多到底是更男人还是更女人，这个问题很难回答，到现在也无法判定。她的马车在卵石路上跑得咯咯作响。她来到了她伦敦城里的家。马车的踏板放下来，铁门打开，她走进了父亲在布莱克法尔的宅子。虽然城市的这一带已经时尚不再，宅子本身还是宽敞宜人，花园一直延伸到河边，还有一片赏心悦目的坚果树林，可以漫步其中。

她在这里住了下来，开始寻找她来这里寻求的东西——生活和恋人。生活，还是个疑问；而恋人，她来这里两天之后就轻而易举地找到了。她到伦敦城的那天是个星期二，星期四她在林荫大道[1]上散步，这是当时上流人士的习惯。她在大街上刚拐过一两个弯就被一群小市民看到了，这些人来这里就是为了看上流人士。奥兰多走过他们身边时，一个抱着孩子的粗俗女人走上前，无所顾忌地盯着她的脸看，然后大喊道："哎呀，这不是奥兰多小姐嘛！"她的同伴一拥而上，奥兰多发现自己被一帮市民和商

1　林荫大道（The Mall），从白金汉宫直通特拉法加广场。

贩婆娘围了起来，他们饶有兴致地盯着这位闹得沸沸扬扬的讼案中的女主角。可见这桩案子在平民百姓中引发了多大的兴趣。她忘了有身份的女人是不该一个人在公共场所散步的，若不是此时有一位高个绅士上前伸出臂膀保护她，她真的会招架不住挤上来的人群。这位绅士正是大公。她很烦恼，但同时又为眼前这一幕感到好笑。宽宏大量的大公不仅原谅了她，而且为了表明他欣然接受她的那个蛤蟆恶作剧，他还设法搞到一件做成蛤蟆模样的首饰。他在扶她上马车的时候再次向她求婚，并把那件首饰塞给了她。

因为围观的人群，因为大公，因为那件首饰，她在糟糕透顶的情绪中乘车回了家。难道出去散个步都要被人挤得喘不过气，还得接受大公的求婚和一个祖母绿蛤蟆？第二天，她对这件事有了更宽容的看法，因为她在早餐桌上发现了一些柬帖，它们来自英国最显赫的贵妇们，比如萨福克夫人、索尔兹伯里夫人、切斯特菲尔德夫人和塔维斯托克夫人等。她们在信中很客气地重申她们的家族和她的家族之间由来已久的联盟，希望有幸结识她。转天，也就是星期六，那些贵妇竟然亲自登门拜访她来了。星期二，大约中午时分，她们的仆人带来了请柬，邀请奥兰多参加近期的各种晚会、晚宴和聚会。就这样，奥兰多迅速地被拉进了伦敦社交场，在这个池子里溅起了一片水花和泡沫。

忠实地描写当时或者任何时候的伦敦社交场，都不是传记作家或历史学家力所能及之事。只有那些不需要事实也不尊重事实的人才能做这种事，比如诗人和小说家，因为在这件事上不存在真相。什么都不存在。整个伦敦社交场就是一团瘴气，一个幻影。让我们说得再直白一点儿，奥兰多凌晨三四点钟从这些社交晚会回到家，脸颊灿烂得如同圣诞树，眼睛亮得好比星星。她解开一条蕾丝带，在房间里来回走十几次，再解开一条蕾丝带，接着在房间里来回走。常常是太阳明晃晃地照在南沃克区的烟囱上方时，她才勉强上床去睡。她躺在床上，翻来覆去，又是笑又是叹气，折腾一个多小时才终于入睡。这翻来覆去的折腾到底为了什么呢？社交场。那社交场中谁说了什么做了什么，让一个理智的女人如此兴奋呢？老实说，什么都没有。不管她多么努力回忆，到了第二天她一句话都记不起来，什么都说不清。那位O勋爵很殷勤，A勋爵很文雅，C侯爵很迷人，M先生很风趣。但当她试图回想他们到底是怎样表现殷勤、文雅、迷人和风趣，她就只能怪自己的记忆出了问题，因为她什么也想不起。每次都这样。到了第二天什么也不记得，只是当时的兴奋感依然很强烈。由此我们只好得出这样的结论：社交场就像能干的主妇在圣诞节端上的热饮，口味全在于将十几种不同的成分恰当地加以混合和搅动，拿出其中任何一种，本身都没什么味道。把O勋爵、A勋爵、C勋爵和M先生各自分开，每个人都无足称道，但把他们搅和在一起，就会产生令人陶醉的味道，散发出诱人的香气。

然而这种陶醉，这种诱惑，我们完全分析不出名堂来。因此，社交场可以说什么都是，也什么都不是，它是世上最烈性的混合酒，同时又空无一物。这样的怪物只有诗人和小说家能对付，有了这种似有若无的东西，他们的作品便能洋洋洒洒，蔚为大观，我们乐意以最大的善意将社交场留给他们去写。

因此，我们以前辈为榜样，只说安妮女王时代的伦敦社交场光艳夺目，无与伦比。能进入那个圈子是每个出身优渥的人的目标。优雅的风度是最重要的。父亲这么教育儿子，母亲这么教育女儿。无论对于男性还是女性，完整的教育都必须包括行为举止的规范，比如怎样得体地鞠躬和行屈膝礼，怎样用剑和扇子，怎样护理牙齿，腿该怎么摆放，如何让腿膝显得柔韧灵活，如何优雅地出入房间，以及社交场上的老手能立刻想起的种种其他礼仪。少年奥兰多曾因向伊丽莎白女王献上一碗玫瑰花水的仪态而得到女王的赞赏，因此，我们认为她在礼仪这方面应该是游刃有余的。不过有一点，她经常心不在焉，有时候会笨手笨脚。本该考虑穿什么衣服的时候她却常常想着诗歌。对于一个女人来说，她走路的步子也许有点儿大。有时她会冷不丁地做个动作，一不留神就会碰翻茶杯。

不管这点小小的毛病是否足以抵消她的迷人风度，也不管她是否从她家族血脉中多继承了点阴郁的性情，可以确定的是，在参加了十来次那样的社交活动后，她就开始问自己（要是有谁听到的话，那就只有她的西班牙猎犬皮品了）："我究竟是怎么啦？"那是1712年6月16日，星期二，黎明时分她从阿灵顿公馆的一个盛大舞会回到家，脱去长筒袜，大声说："这辈子就算再也碰不到另外一个人，我也不在乎！"说着，泪水夺眶而出。她有过不少恋人，但却失去了生活，而生活才是不可或缺的。"难道这就是，"她问道，但没人回答她，"难道这就是人们所说的生活吗？"她还是把话说完整了。那只西班牙猎犬举起一只前爪，算是表示同情，然后用舌头舔她。她也抚摸它，亲它。总之，她和这条西班牙猎犬有一种女主人和狗之间最真挚的惺惺相惜。但是动物不会说话，这极大地妨碍了我们和它们的深入交流。它们会摇尾巴，前趴后撅，打滚儿蹦跳，用爪子刨地，它们会哀叫咆哮流口水，它们有各种各样自己的表达方式和小花招，但所有这些都是徒劳，因为它们终究不会说话，而这是最重要的。这正是她和阿灵顿公馆的那些显贵们不合的地方，她想，一边轻轻地把狗放到地板上。那些人也是摇尾哈腰，打滚儿蹦跳，爪子东挠西抓，嘴巴流着口水，但一到交谈就不行了。"在那个花花世界抛头露面的几个月里，"奥兰多一边说着一边把一只长筒袜扔到房间另一头，"我听到的尽是些我的皮品会说的那种话：我冷。我开心。我饿了。我抓到一只老鼠。我埋了一根骨头。快来亲亲我的鼻子。"而这些，远远不够。

　　在短短的时间内，她是怎么从陶醉到厌恶的呢？要解释这一点，我们得设想这个我们称之为社交场的神秘合成物本身并无绝对的好坏，它含有酒精，容易挥发，但效力很厉害。当你像奥兰多那样觉得它令人愉悦时，它会让你陶醉；当你像奥兰多那样觉得它令人厌恶时，它会让你头痛。这两种情况是否和说话的能力有很大关系，我们这里暂且存而不论。通常来说，沉默无语的那段时间是最美妙的，舌绽莲花有时令人厌烦至极。我们还是把这个话题留给诗人，继续讲我们的故事吧。

奥兰多又扔了另一只袜子，心情极其沮丧地上了床，暗暗发誓以后再也不进社交场。然而事情有了变化，她的这个决心下得早了点儿。就在第二天早上，她醒来后发现，桌上的那些请柬中有一张来自赫赫有名的贵妇——R伯爵夫人。前一天刚下决心再也不进社交场，可这会儿她已派人急急前往R公馆送信，说她无比荣幸地接受R夫人的邀请。对奥兰多的这种行为，我们只能这样来解释，那就是她仍然念念不忘在多情淑女号甲板上，尼古拉斯·本尼迪克特·巴托鲁斯船长在她耳边提起的三个迷人的名字：艾迪生、德莱顿、蒲柏。当时船正在泰晤士河沿岸行驶，船长向她指出了可可树咖啡馆里的那三个人，从那之后，艾迪生、德莱顿、蒲柏这三个名字就像咒语一样在她头脑里回响不止。谁能相信这样的荒唐事呢？可事情就是这样。她跟尼克·格林的交往并没有让她吸取什么教训。这几个名字依然对她有着极大的诱惑。也许，我们必须有所信仰。我们之前说过，奥兰多不信通常意义上的神灵，但她迷信伟大人物。当然也有区别，比如元帅、军人和政治家之类的，她毫无兴趣，但只要一想起哪位伟大作家她就会激动得不能自已，甚至相信那位作家如神一样不可见。她的直觉其实很对，或许只有看不见的东西我们才能完全相信。她在船上匆匆一瞥看到的那几位大作家，实质上是一个幻象。咖啡馆的杯子是瓷的吗？阳台上那人读的是报纸吗？她不能确定。有一天 O 勋爵说，前一天晚上他跟德莱顿一起共进晚餐，她听了根本就不信。这位 R 伯爵夫人的客厅很有名，里面有个天才显灵堂，受邀的男女宾客聚集在那里，手执焚香，对着壁龛中的天才半身像一齐高唱颂歌。有时候上帝也会在此地幸临片刻。只有智慧之人才能进入这里，据说里面谈笑风生，妙语连珠。

奥兰多正是怀着这样的惶恐走进了 R 夫人的客厅。她发现已有一些客人聚集在壁炉周围。R 夫人已经上了年纪，肤色有些黑，头上披着黑色的蕾丝纱巾，坐在客厅中央的一个大扶手椅里。她耳朵有点儿聋，但能兼顾她两边的谈话。她两边坐着显赫的男男女女，据说男的都当过首相，女的——有人悄悄说——都做过国王的情妇。当然，他们个个才华卓越，名闻遐迩。奥兰多怀着景仰之心默默地坐下来……三个小时之后，她起身行了个深深的屈膝礼，然后离开了。

这三小时里到底发生了什么？读者也许会不无恼怒地提出这样的疑问。那三个小时里，这样一群人一定是说了最睿智、最深刻、最有趣的话。好像的确如此，但事实又好像是他们什么也没说。这种怪异的特点是世界上所有光鲜耀眼的社交场所共有的。老德芳侯爵夫人[1]和她的朋友们谈了五十年，留下了什么呢？也许就三句有趣的话吧。所以我们可以假设，或者那些人什么也没说，或者没说什么有意思的话，或者就那三句妙语应付了一万八千二百五十个夜晚，到现在已没剩多少智慧了。

真实情况似乎是——如果我们在这里敢用"真实"这样的字眼的话——所有都中了魔。沙龙女主人就是我们当今的西比尔[2]，是对她的客人施魔法的女巫。客人们因此会在这样的客厅里觉得自己很快乐，很睿智，很高深。这些都是幻象（这里并无贬义，因为幻象很珍贵、不可或缺，能创造幻象的人是这个世界的伟大恩主），但众所周知，幻象一旦遭遇现实就会破碎，因此幻象盛行之处容不得真正的快乐、智慧和高深。这可以解释为什么德芳侯爵夫人在五十年的时间里只说了三句机智妙语。假如她说得更多，她的圈子就毁了。那些妙语会破坏正在进行的交谈，就像炮弹落到了紫罗兰和雏菊的花丛中。当她说出那句著名的"圣丹尼妙语"[3]时，萋萋芳草顿时化为焦土。幻象破灭了，只剩一片废墟。众人沉默不语。"看在上天的分上，夫人，别再说这样的话

1　德芳侯爵夫人（1696—1780），法国贵妇，著名沙龙女主人，与伏尔泰等文豪通信交好。

2　西比尔，古希腊拥有预言能力的女巫。

3　即"距离不是问题，最关键的只是第一步"。

了！"她的朋友们突然异口同声地对她说。她听从了他们，在接下来的十七年间，她再也没有说过什么令人难忘的话，于是一切太平。美丽的幻象完好无损地罩着德芳侯爵夫人的朋友圈，也同样罩着R夫人的朋友圈。客人们觉得自己很快乐，很睿智，很高深。当他们这样想的时候，别人更是信以为真。于是话就传开了：没有什么比R夫人的聚会更令人愉快的了。人们羡慕那些得到邀请的，得到邀请的也羡慕他们自己，因为别人羡慕他们，如此等等。但是下面我们要讲的事是个例外。

　　大概是奥兰多第三次去R夫人家的时候，发生了一件事。那会儿她仍然觉得自己是在聆听世上最精彩的锦言妙语，而实际情形是，年迈的C将军唠叨地说他的痛风如何从左腿转移到了右腿，而L先生每当有人提到某个名字时就会打断别人："您是说R吗？哦，我太了解比利·R了，就跟了解我自己一样。您是说S吗？那是我最好的朋友。是说T吗？我跟他在约克郡一起待过两星期。"幻象就有这样的魔力，让这些话听起来好像机智风趣，妙不可言，是洞悉生活的感悟之语，总是令在场的人开怀大笑。突然，门打开了，进来一位小个头绅士，奥兰多没有听清他的名字。很快，一种奇怪的不舒服的感觉向她袭来。从其他人的表情看，他们也有这种感觉。在场的一位绅士说有风钻进来。C侯爵夫人说沙发下面恐怕有只猫。这情形好比一场好梦之后他们的眼睛慢慢睁开，映入他们眼帘的只有一个廉价的脸盆架和肮脏的床罩；好比美酒的香气正在慢慢散去。年老的将军仍在喋喋不休，L 先生仍在回忆，但将军的脖子看上去越来越红，L 先生的脑袋愈发显得光秃。至于他们说的话，真是想象不出还有什么比那些话更无聊琐碎的了。所有人都有点儿烦躁不安，手里有扇子的人都躲在扇子后面打哈欠。最终，R 夫人用她的扇子敲了敲她坐的那张大椅子的扶手。两位绅士住了嘴。

这时候，小个头绅士说，

接下来他说，

最后他说，[1]

不可否认，这些话的确风趣，的确睿智，的确深刻。在场的人都陷入了彻底的沮丧之中。一句这样的话就已经够人受的了，可他竟然说了三句，一句接一句，而且是在同一天晚上！哪个社交场受得了这个啊？

"蒲柏先生，"R 夫人说，颤抖的声音里带着讥讽和愤怒，"您一定为自己的机智很得意吧。"蒲柏先生一下子脸红了。众人一言不发地坐在那里，沉默了大约二十分钟，然后纷纷站起来，悄悄溜出了屋子。这次经历之后，很难说他们是否还会再来这里。

1　这些都是耳熟能详的名言，在此无须重复，再者，在他出版的著作中都可以找到。——作者注

整个南奥德利街上，都能听见打着火把的仆人招呼马车的声音。车门砰砰地关上，马车纷纷开走。奥兰多发现自己在楼梯上，离蒲柏先生很近。他瘦削畸形的身体因情绪激动而颤抖。他的目光中有怨恨、愤怒、得意、睿智和恐惧（他像树叶一样在打战）。他看起来像某一种蹲着的爬行动物，脑门上有块闪闪发光的黄晶。与此同时，不走运的奥兰多突然被一阵怪异而剧烈的情绪占据。不到一小时前遭受的彻底的幻灭感，使她内心动荡不宁。一切看上去都光秃而荒凉，前所未有。这是人类精神面临最大危险的时刻。这种时刻，女人会去做修女，男人会去当牧师。这种时刻，富人会放弃财富，快乐的人会割断自己的喉咙。这些事奥兰多本来也会乐意去做，但她还有一件更轻率的事可做，而她竟然做了。她邀请蒲柏先生一起回她的家。

如果说赤手空拳进狮子的洞穴是鲁莽，在大西洋上划小船是鲁莽，单脚站在圣保罗大教堂顶上是鲁莽，那么独自与一位诗人回家就更是鲁莽了。诗人既是大西洋又是狮子，前者淹死我们，后者咬死我们。就算躲过了狮子的利牙，我们也会葬身于滔天波浪之中。一个能毁掉幻象的人是洪水猛兽。幻象之于灵魂，一如大气层之于地球。卷起那层柔软的空气，植物就会死亡，颜色就会消褪，我们脚下的土地就会变成烤焦了的煤渣。我们将踩着泥灰岩，炽热的砾石灼烤我们的双脚。真相会毁了我们。人生是一场梦，梦醒之时便是我们的终结。谁夺走了我们的梦，谁就夺走了我们的生命……（你可以这样写上六页纸，但这种风格太枯燥乏味，我们还是就此打住为好）。

照上面的说法，马车在布莱克法尔的家门口停下时，奥兰多应该已经被烧成煤渣了。她当然很疲惫，但依然完好，血肉无亏，这完全是因为我们前面提请大家注意的一个事实：我们看到得越少，就越是相信。那时候，梅费尔[1]和布莱克法尔之间的街道，到了晚上依然很昏暗。不错，跟伊丽莎白时代比，照明已经有了很大改善。在伊丽莎白时代，夜行人只能靠星光或守夜人的火把才不至于跌进帕克街的碎石坑里，或是误入托特纳姆宫路附近的橡树林，那里常有野猪出没觅食。但即便照明有了改善，奥兰多的时代仍远远比不上我们的现代社会便捷。煤油灯灯柱每隔二百来码才有一根，中间有相当一段距离漆黑无光。因此，奥兰多和蒲柏先生要经过漆黑的十分钟后，才能见到半分钟的光。如此一来，奥兰多产生了一种非常奇怪的心理。当灯光逐渐变暗时，她感到怡人的馨香袭遍全身。"一个年轻女人能跟蒲柏先生一起坐马车，真是莫大的荣幸，"她这样想，一边看着他的鼻子轮廓，"我算是最有福的女人了。离我半英寸——我真的能感觉到他膝带上的结碰到我的大腿——就是女王陛下的国度里最睿智的人啊。后世的人想起我们时会充满好奇，他们会对我羡慕之

1　梅费尔，伦敦的上流社会住宅区。

极。"这时候街灯又出现了。"我真是个可怜的傻瓜！"她想,"名声和荣耀都是浮云,未来的时代根本不会留意我或蒲柏先生。说真的,'时代'是什么？'我们'又是什么？"马车穿过伯克莱广场,马车上的他们就像两只瞎蚂蚁,没有共同关心的利害,却暂时被命运抛到一起,摸索着爬过黑暗的荒漠。她打了个冷战。现在又到了黑暗之地,她的幻觉再度活跃起来。"他的额头看上去多么高贵啊,"她想（黑暗中她把座位靠垫上的鼓包当成了蒲柏先生的额头）,"那里面是多么了不起的天才啊！才学、智慧、真理,这些都是多么珍贵的财富,多少人甚至不惜用生命来换取它们！你的智慧之光是唯一永不熄灭的光。要不是因为你,人类的朝圣之旅只能在彻底的黑暗中进行。"（马车在帕克街陷入了车辙,猛地倾斜了一下）"若没有天才,我们会六神无主,只是一团散沙。神圣的光,明睿的光啊——"她正对着靠垫上的鼓包默默地赞颂着,马车驶到了伯克莱广场的一盏街灯下,她这才意识到自己搞错了。蒲柏先生的额头并不比别人的大。"可恶的家伙,"她想,"你真把我骗了！我竟然把那个鼓包当成你的额头了。当人们看清楚你时,你是多么猥琐,多么丑陋啊！你畸形孱弱,没有什么值得尊敬的,倒是有很多地方叫人可怜和鄙视。"

　　他们又进入了黑暗,她的愤怒立刻缓和下来,除了诗人的双膝什么也看不见。

　　"其实我才是个可恶之人,"她反省道,这时他们又处于彻底的黑暗之中，"如果说你卑鄙的话，那我岂不是更卑鄙？是你滋养和保护我，是你吓跑野兽，镇住野蛮人，给我用蚕丝做衣裳，用羊毛编地毯。我想崇拜神灵时，不正是你提供了你的形象并显现于天上吗？你的关怀无处不在。因此，我不是应该谦卑、感恩和顺服吗？我要侍奉你，服从你，为你增添荣耀，这将是我最大的快乐。"

此时，他们来到了现在的皮卡迪利广场一角的那根大灯柱下。她的眼睛闪着莹莹泪光。除了几个沦落风尘的女人之外，她看到有两个可怜的小矮人在一个偏僻角落里，他们光着身子，孤单无依，彼此谁也帮不了谁。她正脸看着蒲柏先生，心想："你觉得你能保护我，我以为我会崇拜你，其实这样想都是枉然。真实之光照在我们身上，不留任何影子，可恨的是，真实之光对我们俩都不合适。"

当然，他们一路上都在愉快地交谈，就像出身优越、受过良好教育的人会做的那样，谈女王的脾气和首相的痛风。马车从亮处驶入黑暗，经过秣市街、斯特兰德大街和舰队街，最后到达她在布莱克法尔的家。有一段时间，街灯之间的黑暗地带变得越来越亮，而灯本身的光亮却越来越弱，也就是说，太阳正在升起。夏日的清晨里，一切都能看见但又隐约模糊，就是在这样平和而又暧昧的光线中他们下了马车。蒲柏先生扶奥兰多下马车，奥兰多则竭尽礼仪，请蒲柏先生走在前面进入她的家。

然而，我们不能根据上文就以为天才会不停地燃烧（不过这种病现在已在英伦绝迹，据说有这种天才病的最后一人是已故的丁尼生爵士[1]），因为那样我们就会把一切看个清清楚楚，而且也许会在这个过程中被烧死。天才更像是工作中的灯塔，先发出一束光，再停止一段时间，只是天才任性得多，可以连续不断地发出六七次光束（就像蒲柏先生那天晚上的表现），随后就是长达一年甚至是永久的黑暗。因此，靠这样的灯塔来指引是荒唐的。而天才一旦处于黑暗期，据说和常人也并无两样。

虽然一开始有些令人失望，事情到此对奥兰多来说并不坏，因为她现在开始经常和一帮天才男人朝夕相处。他们并不像我们想象的和旁人有多大不同。她发现，艾迪生、蒲柏和斯威夫特[2]都喜欢茶。他们喜欢藤架凉亭，喜欢收集彩色玻璃，尤其喜欢石窟岩洞。他们并不讨厌权贵，爱听赞美之言。衣服今天穿紫红色，另一天穿灰色。斯威夫特先生有一根漂亮的马六甲白藤手杖。艾迪生先生在自己的手帕上洒香水。蒲柏先生有头痛的毛病。他们喜欢小道传闻，也不无嫉妒之心。（我们这里草草记下奥兰多头脑里一些杂乱无章的想法。）最初，她为自己注意到这样一些琐碎的事情而恼火，她准备了一个本子，要记下他们令人

1　阿尔弗雷德·丁尼生（1809—1892），维多利亚时代的桂冠诗人，诗歌极富音乐性。

2　乔纳森·斯威夫特（1667—1745），英国作家，擅长讽刺，代表作为《格列佛游记》。

难忘的妙语，但本子上依然是空白。不管怎样，她又振作起了精神。她撕掉那些邀请她参加晚会的请柬，把晚上的时间空出来，期盼着蒲柏先生、艾迪生先生和斯威夫特先生这样一些人的来访。假如读者去查阅一下《秀发劫》《旁观者》[1]和《格列佛游记》，就会明白这些神秘的字眼说的是什么。的确，如果读者听从这一建议，那么传记作家和文学批评家就省事多了。因为当我们读到这样的诗句：

> 是少女欲违背戴安娜律法[2]，
>
> 还是易碎的瓷罐有了疵瑕，
>
> 玷污的是她的名节，还是她的裙袂，
>
> 是忘了祷词，还是错过了假面舞会，
>
> 舞会上丢失的是心，还是项链。

我们仿佛听到了蒲柏先生的声音，我们知道他的舌头像蜥蜴的舌头一样在闪烁颤动，他的眼睛在放光，他的手在颤抖，他爱过，撒过谎，痛苦过。总之，作家的所有秘密、人生经历和思想品质

---

1 《秀发劫》是蒲柏的一首著名长篇讽刺诗，讲的是一位年轻贵族偷偷剪下了一位宫女的一绺头发。蒲柏仿英雄史诗描述这样一件微不足道的琐事，讽刺英国上流社会的无聊生活。《旁观者》是艾迪生与友人创办的一份文学刊物。

2 戴安娜为月亮和狩猎女神，戴安娜律法指女性的贞洁和美德。

都在他的作品中，而我们却要评论家来解释这个，要传记作家来说明那个。之所以会滋生评论和传记这些怪胎，唯一的解释就是，闲极无聊而打发时间。

既然我们已经读了一两页《秀发劫》，就明白为什么那天下午奥兰多会感觉那么开心又那么惊恐，为什么她会容光焕发，目光炯炯。

奈丽太太敲门说，艾迪生先生求见夫人。蒲柏先生听了，露出一丝讥讽的笑容，他起身告辞，一瘸一拐地走了。随后，艾迪生先生进来。在他坐下后，让我们读一读下面这段《旁观者》上的文字吧。

"我认为女人是美丽而浪漫的动物，应该用兽皮、羽毛、珍珠、钻石还有其他各种宝石和丝绸来装扮她们。猞猁应该把自己的皮毛留在她脚边，给她做披肩，孔雀、鹦鹉和天鹅应该为她的暖手笼贡献自己的羽毛。大海要献出珠贝，岩石要亮出其中的宝石，大自然的每个部分都要贡献自己的精华来装饰这一尤物，她是大自然最完美的杰作。我纵容女人尽情拥有这些奇珍异宝，但我不能也不会容忍衬裙这种东西。"

这位戴三角帽、衣冠楚楚的绅士现在被我们握在了手心。让我们再看一下水晶球吧。他在我们面前不是纤毫毕现吗？他袜子上的皱褶，他连绵不断的才思，他的慈祥，他的怯懦，他的文雅，他将娶一位伯爵夫人为妻并最终体面地离世。一切清楚可见。艾迪生先生刚说完话，外面就有人在急促地敲门，接着一向不拘小节的斯威夫特先生不经通报就自己闯了进来。等等，《格列佛游记》放哪里了？啊，在这里！让我们来读一段游历慧骃国的文字吧：

"我享受着身体的健康和内心的安宁，没有朋友背叛我或对我不忠，也没有什么隐秘或公开的敌人要伤害我。我无须通过贿赂、谄媚和告密来讨好任何大人物和他手下的宠臣。我无须提防欺骗与压迫，这里没有医生伤害我的身体，没有律师令我倾家荡产，没有密探监视我的言行，见利忘义地诬陷我。这里没有人恶意讥讽，动辄呵斥，背后中伤。这里没有扒手、强盗、窃贼，没有律师、鸨母、小丑、赌徒、政客，没有卖弄聪明的才子，没有脾气不好喋喋不休的话匣子……"

但是停下，停下你这连珠炮，免得我们还有你自己连口气都喘不上来！这个鲁莽的男人可以说一览无余。他那么粗鄙，又那么单纯；那么粗暴，又那么和善；他睥睨一切，却又用婴儿的语言跟姑娘讲话，最后死在了疯人院——这点难道我们会怀疑吗？

奥兰多为他们沏茶，天气好时会带他们去她的乡间庄园，在圆形会客厅里盛筵款待他们。客厅里挂了一圈他们的画像，这样蒲柏先生就不好说艾迪生先生排在他前面，反过来也一样。他们都是聪明绝顶的人（但他们的聪明都在他们的作品里），他们教导她，风格中最重要的是说话的时候自然地运用声音。除非亲耳聆听过，否则这种本事是学不像的，就算是颇具才艺的格林也未必做得到，因为这种声音在空气中流动，碰上客厅家具会像波浪一样粉碎，翻转，退去，再也无法捕捉到，而半个世纪之后那些竖着耳朵听的人就更是无从如愿。他们只是通过自己说话时的节奏就教会了她这一点。于是，她的风格有了变化，她写了一些非常风趣的诗篇，并用散文体来描写人物。她拿出美酒招待他们，把银行券放在他们的餐盘下面，他们都欣然笑纳，而她也接受他们在作品中对她的献词，认为这种交换对于她是一种莫大的荣幸。

时间就这样流逝，有人经常听到奥兰多自言自语："天哪，这算什么生活啊！"（她仍在寻找生活这种东西。）她加重的语气多少会让人心生疑窦。但眼下的情形迫使她更仔细地考虑这个问题。

一天，她为蒲柏先生斟茶，他坐在那里，两眼炯炯有神，似乎能够明察秋毫，那种样子任何人都可以凭我们前面所引的诗句想象出来。因为驼背，他看上去像是整个人都窝在她旁边的椅子里。

"上帝啊，"她心里说，一边夹起糖块，"未来的女人该会多么羡慕我啊！可是——"她停下，因为蒲柏先生需要她的关注。可是——让我们来替她把那话说完——谁如果说"未来的人会多么羡慕我"，那他现在肯定过得极不安稳。这种生活果真像回忆录作者所写的那么激动人心，那么讨人喜欢，那么幸福美好吗？
首先，奥兰多其实很讨厌喝茶。其次，才智这东西，尽管神圣而令人崇拜，却习惯寄宿于最丑陋的身体，而且，我的天，它还经常戕害其他官能。因而，在头脑发达的身体里，情感、感觉、慷慨、慈悲、宽容、善良，凡此种种，几乎没有呼吸的空间。因而，诗人自命不凡，对他人轻蔑不屑，他们的敌意、伤害、嫉妒，他们惯用的巧辩，他们的口若悬河，他们对同情的贪求——所有这些，都让斟茶这个平常的动作成为一件如履薄冰、极费心机的事。这种话我们只能悄悄地说，免得让那些绝顶聪明的人听到。此外（我们又得悄声说，以免女人会听到），男人之间有个小秘密，切斯特菲尔德勋爵[1]曾悄悄地告诉过他儿子，并要他对此守口如瓶："女人不过是长大的孩子……聪明的男人只是跟她们玩玩，哄她们，逗她们开心而已。"这话也许已经传了出去，因为孩子总是听到他们不该听到的话，有时候，他们甚至会长大。于是，斟茶这个仪式就成了一个试探的过程。女人很清楚，虽然诗人会向她献诗，称赞她的鉴赏力，请她批评指正，还喝她的茶，但这绝不代表他尊重她的意见，钦佩她的理解力，不会用他的笔刺穿她的身体（反正剑他是使不了）。说这些，我们是小声再小声，但怕是已经走漏风声。因此，斟茶的女主人即便已经

1　切斯特菲尔德勋爵（1694—1773），英国政治家，也是当时著名的文人。

端起奶油壶，夹起糖块，还是有点儿心不在焉，看看窗外，打个哈欠，就像奥兰多现在的样子，于是夹子上的糖块就咕咚一声掉进了蒲柏先生的茶里。从来不会有人像蒲柏先生这样，立刻怀疑这是对他的无礼，并且急于还以颜色。他张口就给了奥兰多一句，这话成了《女人的品德》中的著名诗句。虽然这句诗后来多有润色，但即便是最初的样子也已不同凡响。奥兰多屈膝行礼，算是领受。蒲柏先生鞠了一躬，扬长而去。奥兰多脸颊发热，因为她真的感觉像是被这小矮个男人打了一耳光。于是她来到了花园尽头的坚果小树林，习习的凉风很快让她平静下来。她惊讶地发现，自己一个人时感到如释重负。她看着满载的船欢快地在河上划行。这个景象无疑让她想起了一些往事。她坐在柳树下，陷入沉思，一直到满天亮起星星才站起来，转身朝家里走去。回到家后，她径直走进卧室并锁上了门。她打开一个柜子，里面仍然挂着许多她身为年轻男子时穿的衣服，她挑了一身镶着华贵的威尼斯花边的黑丝绒套装。这身衣服现在看确实有点儿过时，但却非常合身，穿上后，她俨然就是一位高贵的爵爷。她在镜子前转了两下，想看看之前总穿着衬裙有没有让她的腿不再灵活。然后，她悄悄地溜出了屋子。

　　这是 4 月初一个怡人的夜晚，天上繁星闪烁，弯月皎皎。星月的交融之光，加上街灯的光亮，映衬了人的面容和雷恩爵士设计的建筑物。一切都呈现出最柔和的形状，仿佛就要化了似的，而一点儿银光把它们点染得分外生动。谈话就该是这样，奥兰多想（她正沉浸在呆呆的幻想中），社交场就该是这样，友谊和爱情就该是这样。天知道为什么，就在我们对人类交流失去信心之时，谷仓和树，或者马车和干草垛这样的随意组合，为我们呈现出一个完美的象征，象征的是某种难以企及的东西。于是我们又开始了追寻。

她一路看着想着，来到了莱斯特广场。这里的建筑有一种白天时没有的轻盈和形状上的对称。夜幕中的天空澄澈如洗，衬托出屋顶和烟囱的轮廓。广场中间有棵法国梧桐，树下的座椅上坐着一个神情黯然的年轻女人，她的一只胳膊垂在身边，另一只搭在膝上，宛如优雅、单纯和忧伤的化身。奥兰多脱帽向她致意，就像绅士在公共场所向时髦女士献殷勤那样。年轻女人抬起了头，那是多么秀美的轮廓啊。她抬起眼睛，奥兰多看到那双眼睛里有一种光泽，这种光泽有时候能在茶壶的瓷釉上看到，但极少出现在人的脸上。这个年轻女人看着他，眼睛里闪着银色的光泽（因为她看到的是一个男人），目光中似有恳求、期盼、战栗和害怕。她站起身，挽住了奥兰多伸出的胳膊。因为（我们有必要强调这一点吗？）她属于那样一族，到了晚上她们会把自己的货品擦拭得光亮可人，整齐地摆在柜台上，等待出价最高的顾客。她带奥兰多来到她在杰拉德街的住处。奥兰多感到她轻轻地吊着自己的胳膊，像是带着乞求的哀婉，于是油然生出男人的种种情愫。她像男人一样在看，在感觉，在说话。但因为她自己不久前还是个女人，她不由得怀疑，这姑娘是为了满足她的男人气概才故意表现出一副怯生生的样子，说话的时候迟迟疑疑，拿钥匙开门时手忙脚乱，不安地抚弄斗篷上的褶子，垂着娇弱无力的手腕。她们上了楼，奥兰多一眼就看出，这个可怜的女人在房间的装饰上煞费苦心，竭力想掩饰她没有别的房间这一事实。奥兰多鄙视欺骗，但这女人的实情又让她心生怜悯。两种情形彼此纠缠，让奥兰多心里产生出一种奇怪而复杂的感觉，她不知道自己该笑还是该哭。这时候，这位自称奈尔的姑娘解开手套上的扣子，小心地藏起左手大拇指上的一处破洞，然后躲到屏风后面，也许是为了在脸上扑点儿腮红，整整衣服，或者在脖子上系一条新的方巾。这个过程中，她一直絮絮叨叨，就像很多女人为了哄情人高兴而做的那样，不过奥兰多可以发誓，从姑娘的声调中可以听出她的心不在焉。一切收拾停当，她从屏风后面出来，准备——但这时候奥兰多受不了了，在一番交织着愤怒、喜悦和怜悯的奇异折磨下，她终于丢开所有伪装，承认自己是个女人。

奈尔顿时大笑起来，声音大得路对面的人都能听到。

"好吧，亲爱的，"她稍稍收敛后说道，"其实我一点儿也不遗憾。因为说实话（让人惊奇的是，发现奥兰多也是女人后，她的言行举止立刻变了样，原先的哀伤乞求神情顿然不见），说实话，我今晚没心情陪男人玩。我现在的情况够糟的了。"她生了火，调制了一碗潘趣酒，给奥兰多讲起了她的人生遭遇。既然现在我们讲的是奥兰多的故事，就没必要在这里说另一个女人的种种经历，但有一点可以肯定，奥兰多以前从未感觉到时间过得如此之快，并且如此开心，虽然奈尔小姐一点儿也不聪明，听到蒲柏先生的名字时还傻乎乎地问：他跟杰明街上那个做假发的蒲柏是不是有什么关系？不过对于奥兰多，这种随意和自在别具魅力，美妙迷人。这个姑娘的话里虽然夹杂了不少街头的粗俗用语，但习惯了文雅词句的奥兰多却能从中品尝出美酒的滋味，她只能得出这样一个结论：在蒲柏先生的讥讽里，在艾迪生先生降尊纡贵的态度中，在切斯特菲尔德勋爵的秘密中，有某种东西让她对文人雅士倒了胃口。尽管如此，她还得一如既往地尊重他们的作品。

她了解到，这些可怜女人——奈尔叫来了普露、普露·基蒂和基蒂·露丝——有她们自己的一个小圈子，现在她们把她也拉了进来。每个人都会讲是什么样的生活经历让她们变成了现在的自己。她们中有的是伯爵的私生女，有一个还曾经与国王过从甚密。她们虽然穷困潦倒，但都还有个戒指或手帕什么的，这些东西算是她们的身世证明。奥兰多慷慨地向她们供应潘趣酒，她们围坐一圈，奥兰多专司倒酒。她们讲了很多精彩的故事，也有不少逗人乐的评论。不能否认，当女人们凑到一起时——嘘——她们总是小心地检查门有没有关好，以防她们说的话被传出去。她们的全部欲望就是——嘘——楼梯上有男人的脚步声吗？她们的全部欲望——我们正要说下去，有个男人把话接了过去，他走进奈尔的房间说：女人没有欲望，她们只是假装有，因为没有欲望（她已经伺候过他，他走了），她们之间的交谈不可能有任何趣味。"大家都清楚，"S.W. 先生说，"没有男人的刺激时，女人之间就无话可说。她们自己待在一起时，彼此不说话，只是互相撕扯。"既然她们在一起时不说话，撕扯又不可能没完没了，而大家都清楚（T.R. 先生已经证明了这点），"女性之间没有爱，只有对彼此的厌恶"，那么，当女人凑到一起时，我们觉得她们会做什么呢？

这样的问题不可能让一个有头脑的人感兴趣，那就让我们跳过去（我们跟所有的传记作家和历史学家一样，不用在性别问题上大费周章），只是说，奥兰多表明了她跟同性在一起时的极大快乐。让那些男士去证明这是不可能的吧，他们最热衷于做这种事。

不过，要准确而具体地描述奥兰多这一时期的生活，困难越来越大。那个时候的杰拉德街和德鲁里巷，多是些灯光昏暗、地面不平、通风不良的院子，我们在这样的院子里寻找她的踪迹，她的身影总是一会儿出现一会儿消失。让我们的描述任务难上加难的是，那时她发现不停换装其实很方便。因此，在当代的回忆录里她经常以"某某勋爵"的身份出现，而那位勋爵实际上是她的堂兄。她的慷慨被算到了他头上，她写的诗也被归到了他的名下。她似乎轻而易举地扮演着不同的角色，她的性别变换之频繁，不是那些只穿过一种性别衣装的人所能想象的。毫无疑问，通过这种方式她也得到了双倍的收获，生活的乐趣和经验大大增多。她喜欢裤子的耿直，也喜欢裙子的诱惑，她同等地享受着两个性别的爱。

于是，我们可以大致这样描述一下她的生活：她上午看书，身穿性别不分的中式长袍；之后穿着这身长袍会见一两位访客（很多人上门求她帮助）；然后在花园里转一圈，修剪一下坚果树（做这事时穿到膝盖的短裤比较方便）；然后换上塔夫绸印花长裙，这种打扮最适合坐马车去里奇蒙，听某个显赫贵族向她求婚；然后回到城里，换上律师穿的那种黄褐色袍子，去法院打听一下她的讼案，因为她的财富每个小时都在流失，而案子似乎跟一百年前一样没有什么进展；最后，夜晚来临，她多半会从头到脚变成一个贵族绅士，走上街头去冒险猎奇。

关于她的那些游历，当时有很多传闻，比如她跟人决斗，在一艘国王的船上当船长，被人看见在阳台上裸着身子跳舞，跟某位夫人私奔到低地国家[1]，被那个女人的丈夫一路跟到那里。至于这些传闻是真是假，我们在这里不做评论。游逛后的归途中，她

1　指欧洲大陆西北部海岸地势低的地区，主要有比利时、荷兰和莱茵河三角洲一带。

有时会特意来到某家咖啡馆的窗下，在那里她可以看见那些文人雅士，而他们看不见她。她听不见他们说话，但从他们的手势可以想象他们在说什么有意思或恶毒的话，这也许更好。有一次，她在伯尔特方庭街[1]一栋房子的窗下站了半小时，看映在百叶窗上的三个喝茶的人影。

没有哪出戏能比这一幕更引人入胜。她想大声喝彩，好啊！太好了！的确，这是多么精彩的一出戏啊，简直就是从人类生活这部最厚的剧本上撕下的一页！你瞧那个小个头，噘着嘴，指手画脚，在椅子里挪来挪去，看上去焦躁不安。再瞧那个弯着身子的女人身影，她勾着手指在杯子里试探茶有多深，因为她的眼睛瞎了。还有那个长得像罗马人的身影，坐在大扶手椅里的身体在起伏，他怪异地扭着手指，脑袋不时转向两边，大口大口地喝茶。那三个身影是约翰逊博士、鲍斯韦尔先生和威廉姆斯夫人[2]。她为眼前的一幕深深吸引，全然意识不到其他时代的人会怎样嫉妒她，而此时此景很可能会让他们嫉妒万分。她就这么出神地看着，感到很满足。最后，鲍斯韦尔先生站了起来，冷冷地对老妇

---

1 伦敦街道，离小说中奥兰多伦敦居所的所在地布莱克法尔很近。下文中提到的约翰逊博士曾在这条街上住过。

2 塞缪尔·约翰逊博士（1709—1784），英国作家，文学评论家，英语词典编纂家。詹姆斯·鲍斯韦尔（1740—1795），苏格兰传记作家，以《约翰逊传》著称。威廉姆斯夫人是指陪伴约翰逊博士长达30年的红颜知己安娜·威廉姆斯（1706—1783）。她写诗，后来视力变弱，终至失明。据说，住在伯尔特方庭街那段时间里，她每天晚上都陪约翰逊博士一起喝茶。

人行礼告辞，但面对那个罗马人模样的身影，他又是如此谦卑恭逊。约翰逊博士也站了起来，身子有点儿摇晃，嘴里却依然妙语连珠，机智无比。这是奥兰多当时的想象，因为实际上这三人坐在一起喝茶时说的话她一个字也没听见。

有天夜里，在外面游逛之后她终于回到家，上楼进了卧室。她脱下镶花边的外套，穿着衬衣和裤子来到窗边，向外面看去。空气中有某种撩人的东西，让她无法上床入睡。缥缈的白色雾气浮在城市上空，这是仲冬时节的一个寒霜之夜，映入她眼帘的是一幅十分壮观的景象。她能看见圣保罗大教堂、伦敦塔、西敏寺，城里各色教堂的尖顶和穹顶，平缓的河岸，以及大楼和议事厅富丽的轮廓。北边是平缓而光秃的汉普斯特德高地，西边灯火集中而明亮的一片是梅费尔一带的广场和街道。无云的天空中，群星闪烁，肯定而专注地俯瞰着这宁静而秩序井然的景象。在清冽无比的空气中，每一个屋顶的线条，每一个烟囱上的通风帽都清晰可辨，甚至街道路面上的卵石都能一颗颗看得分明。看着这井然有序的景象，奥兰多不禁想起了伊丽莎白女王时代伦敦城的杂乱和拥挤。她记得，从她在布莱克法尔的家中往外看去，当时的伦敦城，如果能被称作城市的话，就是一大堆挤在一起的房子。街道坑坑洼洼，积水能映出天上的星星。在通常有小酒铺的街角，如果发现地上有团黑影的话，很有可能是哪个被谋杀者的尸体。她记得自己还是小男孩的时候，夜晚的大街上传来斗殴的声音，保姆抱着她走到菱形的玻璃窗前，她听到很多人受伤后的惨叫声。她看到成群结队的无赖暴民，有男有女，勾肩搭背东倒西歪地走在大街上，兴高采烈地唱着下流小曲，珠宝在他们的耳朵上闪亮，手上的刀透着寒光。曾经在这样一个夜晚，海格特和汉普斯特德高地上浓密的森林会显出轮廓，在天空下诡谲地起伏蠕动。伦敦城的某座小山上，竖着一具具森然可怖的绞刑架，钉在十字架上的尸体已经腐烂或干枯。伊丽莎白时代的伦敦城，充满危险和恐惧，淫欲和暴力，诗歌和下流话，它们在曲折的大道上成群结队，在逼仄的房间和小巷中嗡嗡营营，散发出阵阵腐臭——奥兰多至今都记得它们在炎热夜晚里的气味。此时，她身子探向窗外，眼前的一切明亮、整洁、宁静。马车在砾石路面上驶过，发出轻微的咯吱声。她听到远处守夜人的叫喊声——"子夜 12 点，有霜喽。"他话音刚落，子夜的第一声钟声敲响了。奥兰多第一次注意到，圣保罗大教堂的穹顶后面聚集了一小片云。随着一次次钟声的响起，她看到那片云也在积聚，变黑，而且以超乎寻常的速度扩展开来。同时，起了一阵轻风。子夜的钟声敲到第六下时，整个东边的天空中飘浮着乌云，西边和北边的天空依然清澄。随后，那片乌云又扩展到北边，吞没了城市的一个个高地，只有灯光中的梅费尔区显得愈发明亮璀璨。钟声敲响第八下时，急匆匆移动的云块纷纷飘到皮卡迪利的上空，聚集起来，又迅速向西挺进。钟声继续响着，第九下，第十下，第十一下，一片巨大的乌云在整个伦敦城上空蔓延开来。第十二下的子夜钟声敲响时，天空彻底黑暗了。黑云汹涌翻滚，笼罩了整个城市。一切都是黑暗，一切都是怀疑，一切都是混乱。18 世纪已然过去，19 世纪开始了。

第五章

19世纪的第一天，笼罩在伦敦城乃至整个英伦三岛上空的大片乌云并没有很快就走，当然，准确地说，也没有待着不动，因为它不断地遭到狂风的冲击。这片乌云逗留的时间，长到足以对生活在其阴影之下的人们产生非同寻常的影响。英格兰的气候似乎发生了变化。雨下得很频繁，但只是随着间隔极短的强风而来。当然，太阳也有出来的时候，但总是被一团团云围着，而且因为空气中充满了水分，射出的光都褪了色，那种黯淡而沉闷的紫色、橙色和红色取代了18世纪明快的风景。在这瘀紫的阴沉天幕下，甘蓝菜少了几分鲜绿，白雪像是沾了泥污。更糟糕的是，潮湿开始侵入每一座房子。潮湿，是最阴险的敌人，因为强烈的阳光可以用百叶窗遮挡，寒冷可以烤火抵御，而潮湿却在我们睡觉的时候偷偷溜进来，它无声无息，难以察觉，又无所不在。潮湿使木头肿胀，水壶长毛，铁器生锈，石头腐烂。这个过程缓慢而不易察觉，直到有一天，我们拉开抽屉柜或拎起煤斗时，它们在手中顷刻化作碎片，我们才会怀疑是该死的潮湿搞的鬼。

就这样，英格兰的气质悄然发生了变化，没人察觉到这点，更别说注意到变化是从哪天或哪个时辰开始的。变化产生的影响到处都可以感受到。从前，壮实的乡绅坐在具有古典气派的餐厅里（设计师或许是亚当兄弟[1]），高兴地喝麦芽酒，吃牛肉，而现在，他却感到阴冷。他把小毛毯盖在膝上，留长胡子，系紧裤腿。很快，他把腿上的寒冷感转移到了屋子上，他开始给家具蒙上布，把墙面和桌面都盖住，直到屋子里再也找不出一样东西是不加遮盖的。然后，吃的方面也得有变化。松糕和烤饼出现了，咖啡替代了饭后的波尔特甜酒。因为喝咖啡，便出现了客厅，客厅带来了玻璃展示柜，玻璃柜带来了假花，假花带来了壁炉台，壁炉台带来了钢琴，钢琴带来了客厅演唱，客厅演唱（这里跳过几个阶段）带来了数不清的小狗、垫子和各种瓷器装饰品。家，已经变得无比重要，被彻底地改变了。

房子外面，长满了繁茂的常春藤，这是潮湿的另一个后果。以前光秃秃的石头房子现在全淹没在绿色的草木中。所有的花园，不管原本设计得多么整齐有致，如今灌木丛生，野草遍地，

1　指罗伯特·亚当和詹姆斯·亚当兄弟，英国18世纪著名建筑师和设计师。

宛若迷宫。于是，光线照进婴儿出生的卧室，自然就变成了暗淡的绿色。若要照进成人的起居室，则先要穿过褐色和紫色的长毛绒窗帘。但变化不仅止于外在之物，潮湿也侵入了我们的身体。男人们感到了内心的寒冷和头脑的潮湿，为了让自己的情感得到温暖的抚慰，他们尝试了种种花招。爱情、生育、死亡，都被包裹在各种漂亮的辞藻中。男女之间的隔阂越来越大，连公开的交谈都已无法容忍，彼此都小心翼翼地躲避对方，隐藏自己的内心。就像屋外的常春藤在潮湿的泥土中蔓延疯长，屋里的人也有了同样的繁殖力。普通女人的一生就是不停地生孩子，十九岁嫁人，到三十岁就已经生了十五或十八个孩子，因为孪生的情况很常见。于是，大英帝国诞生了。于是（因为潮湿无孔不入，它侵入木头，也会钻进墨水瓶），句子膨胀起来，形容词越来越多，抒情小诗变成了史诗，区区报纸短文可以写成十到二十卷的皇皇百科全书。这种情形对敏感而又无能为力的人的心灵所产生的影响，尤西比乌斯·查布[1]可以为我们见证，他在其回忆录将近结尾的一段中做了这样的描述：一日上午，在写了三十五页"空洞无物"的文字后，他拧上墨水瓶盖子，去外面花园走走。没一会儿他就发现自己陷入了深密的灌木林，无数叶子在他的头上方簌

1　这是一个虚构的人物，是对19世纪浪漫主义作家的想象力所作的夸张讽刺，其结局隐约有诗人雪莱的影子。

簌作响，闪着水莹莹的光，他觉得自己"踩到了无数的霉菌"。花园尽头燃着一堆篝火，潮湿的木柴冒着浓烟。他想，世间没有什么火能烧尽这么大片累赘的杂草灌木。不管他往哪里看，都是疯长的野生植物，黄瓜藤"爬过草地，一直把瓜结到他脚边"。巨大的花椰菜一层层地往上长，在他杂乱无章的想象中，它最后一直长到高可比肩老榆树。母鸡们不停地下着苍白的蛋。他想起自己旺盛的生育力，想起可怜的妻子简正在屋里忍受第十五次分娩的痛苦，不禁叹气自问，他凭什么责备那些鸡呢？他仰望天空。天国本身，或者说作为天国门面的天空，不就意味着对这种神圣等级的赞许甚至鼓励吗？在那里，无论冬夏，年复一年，天上的云翻来滚去，像鲸鱼，他想，或者说更像大象。但是不对，那万里长空怎么看都摆脱不了这样一个比喻：英伦三岛之上的整个天空就是一张巨大无比的羽毛床，花园、卧室和鸡窝不过是对它的繁殖力的低级模仿。他回到屋里，写下上面这段话，然后将头凑向煤气灶[1]，被人发现时，他已一命归西。

英格兰的每一个地方都在发生变化，奥兰多当然可以躲在布莱克法尔的家中闭门不出，只当一切跟从前一样，想说什么说什么，由着自己的性子穿短裤或裙子。后来，她自己也不得不承认，时代变了。19 世纪初的一个下午，她坐着自己那辆老式镶

板马车穿过圣詹姆斯公园，突然，平日里不常见的阳光竟有一束透过云层穿出来，把周围的云染上了大理石一般五光十色的奇异花纹。18世纪碧蓝如洗的天空消失之后，这样的奇景足以让她拉下车上的窗子去观赏。紫褐色和火红色的云彩让她想起了爱奥尼亚海里濒临死亡的海豚，她的思绪中有一种掺杂着快感的痛苦，这证明她在不知不觉中也已受到了潮湿的侵袭。当阳光照到地面上时，它似乎变幻出或者说照亮了一座金字塔，一场百牲祭，或一堆战利品（因为有某种盛筵的氛围），总之是形形色色的东西混杂在一起，堆在一个巨大的土墩上——如今这里立着的是维多利亚女王的塑像！一个带黄金浮雕和花饰的巨大十字架上，挂着寡妇的丧服和新娘的婚纱。水晶宫、摇篮、军用头盔、纪念花圈、裤子、连鬓胡子、婚礼蛋糕、加农炮、圣诞树、望远镜、灭绝的怪兽、地球仪、地图、大象、数学仪器——所有这些东西混杂在一起，就像一个巨大的盾徽，在它右边扶持的是一位白衣飘飘的女子，左边却是一位身穿长礼服和条纹裤的胖绅士。毫不相干却被堆在一起的物品，衣冠楚楚与半遮半露的组合，如同格子呢图案排列在一起的艳俗色彩，所有这些都令奥兰多大倒胃口。她这辈子从未见过如此粗俗同时又如此丑陋和庞大的东西。这也许是，事实上一定是，阳光作用于潮湿的空气产生的效果，轻风一吹，这个景象就会消失。尽管如此，她坐车经过时，这景象看起来似乎永远也不会消失。她从车窗边又坐回到位子上，觉得没有任何东西能消除这个俗艳的幻景，无论是风雨雷电，还是太阳。塑像的鼻子会变得斑斑点点，军号会生锈，但它们都会留下来，永远指向各个方向。马车驶到宪法山时，她回头望去，是的，那景象还在，仍然平静而满足地在阳光下（她掏出怀表，当然是正午 12 点的阳光）闪耀。那景象乏味之极，它面无表情，对黎明或日落无动于衷，又似乎处心积虑地要永远留在这世上。她决意不再看它。她已经感觉到自己的血流慢了下来。但更为奇异的是，经过白金汉宫时，她的眼睛仿佛受到一种超凡力量的驱使，目光落在了自己的双膝上，她的脸上顿时泛起生动而罕见的绯红。她惊讶地发现自己穿的是黑色的马裤。她一直红着脸，直到马车来到她的乡间庄园。想想四匹马拉着车跑三十英里需要多长时间，我们应该可以把她的脸红看作是她贞洁的明证吧。

一到家，她就从床上抓起一条锦缎被子，把自己裹得严严实实，这已经成为她天性中最迫切的需求。她对寡妇巴塞洛缪太太（她接替好心的老格里姆斯蒂奇太太成为新管家）说，她感到冷。

"我们都觉得冷，夫人，"新管家说，深深地叹了口气，"墙面都出水了。"她说，语气里带着一种奇怪和悲哀的满足。确实，她只要把手放在橡木墙板上，那里就会出现她的手印。屋外的常春藤长得太猛，把许多窗子都封住了。厨房里很黑，几乎分不清哪是水壶哪是锅。有只可怜的黑猫曾经被当作煤铲进了火里。虽然才是 8 月，许多女仆都已经穿上了三四条红色法兰绒衬裙。

"夫人，真有这事吗？"这虔诚的女人问，她抱着自己的双肩，金色的十字架在她胸前起伏，"听说女王——上帝保佑她——穿上了那个……叫什么来着？"这虔诚的女人迟疑着，脸红了起来。

"裙撑。"奥兰多帮她说了出来（因为这个词已经传到布莱克法尔了）。巴塞洛缪太太点了点头，眼泪顺着脸颊流了下来，但她微笑着擦掉了泪水。哭其实是舒服的。她们不都是脆弱的女人吗？穿裙撑不过是能更好地掩盖一个事实，一个重大、独一无二，但也是可悲的事实，每个传统的女人都会竭力掩盖这个事实，直到无法掩盖为止。这个事实就是，她即将生孩子。难道不是这样吗？一个女人若是生十五到二十个孩子，那么她的一生差不多就是在不停地掩盖这个事实，而每年中至少有一天是瞒不住的。

"松糕还热着呢，"巴塞洛缪太太说，一边擦着眼泪，"放书房里了。"

奥兰多裹着锦缎被子，坐下来吃盘子里的松糕。

"松糕还热着呢，放书房里了。"奥兰多学着巴塞洛缪太太改进了的伦敦土腔夸张地重复道。她喝了口茶，哦不，她讨厌这淡而无味的液体。她记得，就是在这个房间里，伊丽莎白女王叉着腿站在壁炉边，手里捧着一壶啤酒，当伯利勋爵[1]不小心用词不敬时，女王猛地将手里的酒壶朝桌上砸去。奥兰多能听到她在说："小子，小子，'必须'这样的词是对君主说的吗？"酒壶砸在桌上的痕迹至今仍能看到。

仅仅是想到那位伟大的女王就让奥兰多一跃而起，可锦缎被子绊住了她，她骂了一声又跌回扶手椅里。明天得去买二十码长的黑棉布，好做条裙子，她想。然后（这里她脸红了），去买个裙撑，然后（她又脸红了）去买个摇篮，然后再去买裙撑，就这样重复不断……她脸上不时地泛起一阵阵红晕，可以想象羞怯和羞耻在她内心剧烈地交织反复。我们可以想象，时代风气忽冷忽热地吹在她的脸上，这风吹得有点儿不均衡，让她还没嫁人就先为裙撑而脸红。不过鉴于她暧昧不明的处境（甚至关于她的性别仍有争议），以及以前非同寻常的生活，她的表现也就情有可原。

终于，她的脸色恢复了正常，时代风气——如果真有所谓时代风气的话——似乎也暂时平息下来。奥兰多伸手在怀里掏着什么，似乎在找项链的吊坠小盒，或是某段失落爱情的信物。她没找到这种东西，而是拿出了一卷纸，上面有海水、血渍和旅行留下的痕迹。那是她的诗稿，是她的《老橡树》。这么多年来她一

1　伯利勋爵本名为威廉·塞西尔（1520—1598），伊丽莎白一世在位期间的主要顾问，担任过财政大臣，是英国历史上著名的政治家。

直把诗稿带在身边，经历了种种危险，现在很多纸页上都有污迹，有的纸页已经破损。跟吉卜赛人在一起时，她没有可以写作的纸，只好在诗稿的页边和行与行之间的空白处写得密密麻麻，最后手稿看起来就像是一件针脚细密的织物。她翻回到第一页，上面的日期是 1586 年，是她少年男儿时的笔迹。她在这部作品上写写改改快有三百年了，该结束了。她翻阅起手稿来，有的地方浏览，有的地方跳过，有的地方细细读，一边读一边想，这么多年下来她真是没有多少变化。她曾经是个忧郁的男孩，跟其他男孩一样，沉湎于死亡的幻想。后来她风流多情，再后来她活泼伶俐。她写过散文，也写过戏剧。但仔细一想，不管怎样，她觉得自己根本上始终没变，她依然喜欢沉思冥想，依然喜爱动物和大自然，而乡野田园和四季美景，依然令她激情澎湃。

"一切终究都没改变，"她想，站起身，走向窗边，"这宅子，这花园，跟以前一模一样。没有挪动过一把椅子，没有卖掉过一件小饰品。还是同样的走道，同样的草坪，同样的树木，同样的池塘，我敢说，连池里的鲤鱼都没变。没错，现在坐在王位上的不是伊丽莎白女王，而是维多利亚女王，但这又有什么分别呢……"

这个想法刚冒头，门就打开了，仿佛是要把这念头压下去。进来的是总管巴斯克特，后面跟着管家巴塞洛缪太太，他们要进来收拾一下，把茶具端走。奥兰多刚刚将笔蘸上墨水，正要写一写她对万物恒久不变的思考，却恼怒地发现纸上有一团墨迹正在笔端周围化开，使她无法写下去。应该是鹅毛笔的问题，她想，也许是裂了或是脏了。她又蘸了蘸笔，墨迹在扩大。她试图顺着思路继续想，可是头脑里出不来词。于是她开始给那个墨团画上翅膀和连鬓胡，最后把它画成了一个圆脑袋的怪物，像蝙蝠，又像毛鼻袋熊。至于写诗，有巴斯克特和巴塞洛缪在房间里，那是不可能的。她刚在心里说了"不可能"，令她惊愕的事发生了：她手中的笔开始在纸面上顺滑流畅地游走起来，以漂亮的意大利斜体写下了她平生见过的最乏味的诗句：

> 在疲倦的生活之链中
> 我只是无足轻重的一环，
> 但我说过神圣之言，
> 哦，不要说那是枉然！

> 年轻的姑娘，当她独自
> 在月光下闪着泪光，
> 思念远方和亲爱的人儿，
> 她会轻声细语——

她不停地写着。巴塞洛缪和巴斯克特在房间里咕哝抱怨着什么，给壁炉里添柴火，再收拾一下吃剩的松糕。

她又蘸了蘸笔，继续写道——

> 她改变了很多，那柔和的红云
>
> 曾经染了她的脸颊，就像傍晚
>
> 来临的天空，闪着玫瑰的粉红光泽，
>
> 如今已苍白失色，照亮它的唯有
>
> 燃烧的羞赧，墓穴中的火把

但写到这里，她猛然将墨水溅到了纸上，墨水吞没了上面的文字，她希望那些文字永远不会被人看到。她浑身颤抖，心烦意乱。让墨水在不受控制的灵感驱使下恣意横流，她想不出有什么比这更讨厌。她到底是怎么回事？是因为潮湿吗？是因为巴塞洛缪或巴斯克特吗？到底是什么原因呢？她想知道。但房间里空空的，没人回答她，除了雨点滴落在常春藤上的声音。

此刻，她站在窗前，全身感觉到一种轻微的刺痛和震颤，仿佛她的身体是由上千根金属丝构成，而轻风或轻佻的手指在上面试音。她一会儿感到脚指头刺痒，一会儿是她的骨髓，而大腿骨的四周有一种难以名状的奇怪感觉。她的头发似乎都竖了起来，胳膊里有一种麻酥酥的嗡嗡振动，就像是二十多年后电报机线路里的嗡嗡振动。所有这些刺痛和震颤，最后似乎都集中到了她的双手，然后是一只手，然后是那只手的一根手指，最终这种刺痛收缩成左手中指外围一圈发颤的感觉。她举起那根手指，想看看是什么造成它的颤动，可她什么也没看到，除了那枚伊丽莎白女王送给她的硕大的祖母绿戒指，孤零零地套在手指上。这还不够吗？她问自己。祖母绿的光泽无与伦比，至少值一万英镑吧。然而，手指上的振颤，似乎以一种非常奇怪的方式（注意，我们这里说的是人的灵魂最神秘的表现）对她说："不，这还不够。"而且这么说时还透着一种质问的口气，似乎在问，这又怎么讲呢，这个遗漏，这个奇怪的疏忽？可怜的奥兰多最后自己也不知道为什么会对她左手的中指感到羞愧。这时候，巴塞洛缪进来问晚餐时该给她准备哪套衣服。奥兰多此时的感觉很敏锐，她迅速瞥了眼巴塞洛缪的左手，立刻发现了她以前从未注意过的一个细节——巴塞洛缪的无名指上戴着一枚粗厚的黄色戒指，而她自己的无名指上空无一物。

"让我看看你的戒指，巴塞洛缪。"她边说边伸出手去摘戒指。

巴塞洛缪的反应好像是有个流氓向她胸口袭来。她惊得后退了一两步，攥紧那只手，一把挥开，一副很高贵的姿态。"不行。"她说，口气坚决而充满尊严。夫人愿意的话可以看，但要她摘下结婚戒指，就是大主教、教皇或是现在的维多利亚女王也别想强迫她这样做。这戒指是她的托马斯给她戴上的，到今天已经二十五年六个月零三星期了，她睡觉、干活、洗澡、祈祷都戴着它，将来死了也要戴着它下葬。她的声音因为情绪激动变得断断续续，但奥兰多能明白她在说什么。她是说，只有凭着这枚结婚戒指的光，她才能进入天使的行列，假如戒指和她分开哪怕片刻的时间，它的光泽就会永远黯淡。

"上天垂怜，"奥兰多说，她站在窗边看着外面嬉戏的鸽子，"我们生活在一个什么样的世界里啊！真的，这是一个什么样的世界啊？！"她对这复杂的世界感到惊异。在她眼里，现在整个世界似乎到处都是金戒指。她去餐厅，去教堂，目光所及，满眼都是结婚戒指。她乘马车出去，看到人人都戴着金或仿金的戒指，细的，粗的，朴素的，光滑的，在手上发着暗哑的光。珠宝店里也满是戒指，不是奥兰多记忆中镶着亮闪闪的人造珠宝或钻石的那种，而是简单的环，不带任何宝石。同时，她注意到城里的人养成了一个新习惯。以前，人们常常看到小伙子和姑娘在山楂树篱下调情，奥兰多曾用她的鞭梢轻轻撩他们，然后大笑着跑开。现在一切都变了。一对对男女偎依在一起，慢悠悠地走在路中间，女人的右手总是和男人的左手挽在一起，手指紧紧相扣。常常是马的鼻子碰到他们身上时他们才会让开，而即便往路边挪动时，他们也是两人黏在一起慢慢往边上挪。奥兰多只能猜想，关于人类有了新发现，那就是他们双双对对地被黏在了一起。可谁干的呢？又是什么时候呢？她无从猜测。似乎不是大自然干的。她观察那些鸽子、兔子和猎犬，看不出大自然有什么改变或是对它们做了什么，至少是从伊丽莎白女王时代以来，她没有看到在野兽中有什么牢不可破的联盟。那会不会是维多利亚女王，或者墨尔本勋爵[1]呢？关于婚姻的大发现是不是从他们的时代开始的呢？不过，她仔细回想，据说女王喜欢狗，而墨尔本勋爵喜欢女人。这种身体之间的难分难解很奇怪，令她反感，这里面有某种东西让她觉得不得体也不卫生。然而，她在想这些事情的时候，那根手指一直在刺痛振颤，使她几乎无法有条理地思考。头脑里的念头有如女佣的幻想，懒洋洋的，抛着媚眼。这些念头令她脸红。没别的办法，只有去买一个那种难看的戒指，像别人一样戴上它。她这样做了，在窗帘的暗影中悄悄地将戒指戴上手指，内心充满了羞愧。但是这并不管用，刺痛感反而更剧烈了。那一晚她彻夜未眠。第二天早上她拿起笔想写点儿什么，可想不出任何东西可写，手中的笔像流眼泪似的滴出一个又一个大大的墨水团。更惊人的是，那笔竟然自己游走起来，写下的东西都关于早逝和衰败。这比头脑里一片空白更糟，似乎我们不是用手指，而是用全部身心在写作，她的情形也证明了这一点。控制笔的神经缠绕着我们全身的纤维，牵着心，连着肝。虽然她的问题似乎出在左手，但她却感到像是全身中了毒。最后，她只好考虑最无奈的解困之策，那就是彻底顺应时代风气，给自己找个丈夫。

1　墨尔本勋爵（1779—1848），英国辉格党政治家，维多利亚女王时期曾两度出任首相。

如此想法大大有悖于她的天性，这一点毋庸置疑。当初大公的马车车轮声渐渐远去的时候，她脱口而出的话是："生活！恋人！"而不是："生活！丈夫！"正是为了这一目标，她才来到城里，频频亮相于伦敦时髦的社交圈，就像我们在前一章中所描述的那样。然而，时代潮流向来难以违逆，它会淹没任何试图抗拒它的人，只有屈从于它才不至于遭受没顶之灾。奥兰多天然服膺伊丽莎白时代、王政复辟时期和18世纪的时代精神，因此几乎没有感觉到从一个时代到另一个时代的转变。但她与19世纪的精神实在是格格不入，她被它征服了，打垮了，现在彻底地意识到她失败了。也许每个人的精神都各有其时间和空间的归属，有的人属于这个时代，有的人属于那个时代。奥兰多现在是三十来岁的成熟女人，性格基本定型，要她违背自己的本性，自然令她难以容忍。

　　她顺从地穿上了裙撑，悲哀地站在起居室（巴塞洛缪已经把它改称为书房）窗边，被裙撑的重量坠得直不起腰。这东西比她穿过的任何衣服都要沉重和无趣，而且特别妨碍行动。穿上它后，她再也无法和她的狗一起在花园里大步走，或是轻快地跑上高坡，躺在那棵老橡树下。她的裙子沾上了湿的树叶和麦秆，带羽毛的帽子在轻风中微微晃动，薄薄的鞋子很快湿透，沾上大块的泥巴。她的肌肉失去了弹性，她变得神经质起来，生怕护墙板后面藏着盗贼，平生第一次害怕走廊里会出现鬼。所有这一切，让她逐渐开始接受这个新发现，那就是，不管是在维多利亚时代还是在别的时代，每一个男人或女人都有一个注定要和自己相守一生的伴侣，他们相互扶持，至死不渝。她觉得，有个人能依靠、伴坐，和他一起躺下，甚至永远不再起来，都是一种安慰。不管她曾经多么骄傲，时代精神就这样影响了她。当她在情感上滑落到这个她不曾习惯的低位时，原先那些恼人不已的刺痛震颤现在竟转化成美妙动听的乐音，仿佛天使在用洁白的手指弹拨着竖琴，她的整个身心都沉浸在纯洁无比的和声之中。

　　但她能依靠谁呢？她问瑟瑟的秋风。现在已是 10 月，天气照例很阴湿。大公是不可能了，他已经娶了一位很有名的贵妇，这么多年一直在罗马尼亚打野兔。也不会是 M 先生，他已经皈依了天主教。不会是 C 侯爵，他在博特尼湾[1]编麻袋呢。也不会是 O 勋爵，他早已喂了鱼了。总之，不管是什么原因，她以前的那些密友现在都不在身边了。德鲁里巷的那些叫奈尔和姬特的姑娘们，虽然她很喜欢她们，却没法把她们当依靠。

　　"我到底能依靠谁呢？"她看着天边翻卷的云自问道。她双手合十，跪在窗台上，完全是女人恳求时楚楚可怜的模样。她的话自己就说出来了，她的双手自己就扣上了，不知不觉，正如她的笔自己写起来一样。说话的不是奥兰多，而是时代精神。但不

1　位于澳大利亚悉尼南部，19 世纪时是英国流放犯人的地方。

管是谁在问，没有人回答这个问题。白嘴鸦在秋天紫罗兰色的云彩间杂乱地翻飞。雨终于停了，天上出现了彩虹，她忍不住戴上羽毛帽，穿上她系带的小鞋子，想在晚饭前出去走一走。

"除了我，谁都有自己的伴。"她想着，惆怅地走过庭院。那些白嘴鸦，甚至猎犬克努特和皮品，虽说只是暂时凑到一起，但不管怎么说，至少今晚它们可以相依为伴。"而我呢，"奥兰多想，边走边看大厅里一扇扇绘有纹章盾徽的窗子，"这一切的女主人，却孤孤单单，孑然一身。"

以前她从未有过这种想法，现在这种想法令她沮丧，而又无可逃避。她没有一把推开大门，而是用戴手套的手轻轻敲门，让看门人替她打开。人总要有个依靠，她想，就算是个看门人也好。她有点儿想留下来，帮他在火红的炭上烤羊排，但终究没好意思说出口。她一个人来到了林园，一开始她有点儿畏缩，担心碰上偷猎者、猎场看守人甚至是差役，他们要是看到一个贵妇人独自在这里走，一定会觉得非常奇怪。

每走一步，她都紧张地四处张望，生怕金雀花树丛后面躲着个男人，或是有头凶暴的蛮牛低头准备用角来挑她。但她只看到白嘴鸦在天空中张扬地翻飞，其中有一只掉了片钢青色的羽毛，落到了石南丛中。她很喜欢野禽的羽毛，小的时候还收集过它们。她把那片羽毛捡起来，插到她的帽子上。风吹得她来了精神。白嘴鸦群在她头上盘旋，一片片羽毛从它们身上掉下来，在略带紫色的空气中微微地闪着光。她跟着鸦群疾走，身后飘起长长的斗篷，穿过一片荒草地，又上了一座小山，她已经多年没走过这么远的路了。她从草丛里挑了六片羽毛，用指尖把它们夹出来，贴到嘴唇上，感受它们的光滑。就在这时，她看到山坡上有一个闪着银光的水潭，神秘得就像贝德维尔爵士[1]将亚瑟王的剑掷入其中的那个湖。有一片羽毛在空中抖动，落入了水潭中央。一种奇特的欣喜传遍了她全身。白嘴鸦嘶哑的笑声在她上方回旋，她突然有了某种匪夷所思的念头，她要跟着这些鸟儿去世界的尽头，然后一头扑入松软的草地，啜饮遗忘的甘露。她加快脚步，跑起来，被粗硬的石南树根绊倒在地。她摔伤了脚踝，站不起身。但她躺在那里，觉得很满足。她的鼻子里有香杨梅和绣线菊的气味，耳朵里回响着白嘴鸦嘶哑的笑声。"我找到伴了，"她低声自语道，"就是这荒野，我是大自然的新娘。"她裹着斗篷在水潭边的一个低洼处躺下，纵情地投入荒草冰凉的怀抱。"这里将是我的栖息之地。（一片羽毛掉在她的额头上。）我在这里找到了翠绿的月桂树。我的额头将永远保持清凉。这是野鸟的羽毛，猫头鹰的，或是夜鹰的。我的梦将是荒野的梦。我的手上不会有结婚戒指，"她边说边从手指上退下戒指，"只有草木的根须会缠绕我的手指。唉！"她叹了口气，将头在松软的草枕上舒坦地靠

1　亚瑟王传奇中忠诚的圆桌骑士之一。

了靠，"这么多年过来，我一直在苦苦追寻。幸福，没找到。功名，错过了。爱情，不知为何物。生活——天哪，还是死了的好。我认识很多男女，但没有真正懂过谁。我还是在这里安息为好，头顶只有天空——这后半句是多年前吉卜赛人对我说的，那是在土耳其。"她望着天空，云在不停地搅动，泛出神奇的金色泡沫，接着她看到里面出现了一条路，一队骆驼正穿过红色尘雾中的戈壁。骆驼走过后，只剩一座座高山，到处是裂隙，顶上都是岩石，她仿佛听到山羊走在道上的铃铛声，看到羊圈里遍地都是鸢尾花和龙胆草。天空在变化，她的眼睛慢慢地往下看，直到被雨浸湿后发黑的大地映入眼帘，她看到南部丘陵[1]的大圆丘像波浪一样沿海岸起伏。陆地分开的地方是海，海里有船在通行，她仿佛听到远处海上传来的枪炮声，起先她以为，"是西班牙无敌舰队"，然后又觉得，"不对，是纳尔逊[2]"。随后她记起来，战争已经结束，海上那些船都是忙碌的商船。河道蜿蜒，上面的点点白帆都是游船。她还看到黑黑的田野里有些牛羊，农舍的窗户里点着灯，照明灯笼在牲畜中移动，那是牧人在巡夜。后来，灯火渐次熄灭，繁星升起，错落地布满夜空。她脸上沾着湿湿的羽毛，耳朵贴着地，昏昏欲睡之际听到大地深处有锤子在敲打铁

1　南部丘陵（South Downs），位于英格兰东南海岸一带的白垩岩丘陵地带。

2　纳尔逊（1758—1805），英国著名海军将领，1805 年在特拉法加海战中大败法国和西班牙联合舰队。

砧，或者那是心在跳动吗？咚咚，咚咚，大地深处，锤子在敲打铁砧，或者心在跳动，听着听着，她觉得那声音变成了马蹄在小跑。一、二、三、四，她数着，然后她听到马打了个趔趄，随着马蹄声越来越近，她能听见小树枝折断的声音和马蹄踩入泥沼发出的声音。马差点儿踩到她身上。她坐起了身。熹微的晨光划破天空，她看到一个骑在马上的男人高大的暗影，一群珩鸟在他周围上下翻飞。他一惊，勒住了马。

"夫人，"那男人惊叫，跳下马，"您受伤了！"

"我死了，先生！"她说。

几分钟后，他们订婚了。

第二天早上，他们坐在一起吃早餐，他告诉了她他的名字——马尔默杜克·邦斯洛普·谢尔默丁，贵族出身。

"我猜就是这样！"她说，因为他身上有某种特别的气质——浪漫、热情、有骑士风度、忧郁而又坚毅，与他那仿若黑羽毛的野性名字很符合。这个名字让她想起白嘴鸦羽翅上闪着的钢青色光泽、它们发出的嘶哑笑声、它们掉进银色水潭里的蛇一般扭动的羽毛，还有许许多多我们即将描述的其他事物。

"我叫奥兰多。"她说。他已经猜到了，并解释说，如果有一艘扬帆的船从南太平洋迎着太阳神气地横跨地中海，人们立刻会说"那是奥兰多"。

实际上，他们虽然刚认识，却像一对心照不宣的恋人，在最多两秒钟内就猜出了对方的所有重要事实。现在只剩下一些无关紧要的情况需要各自补充，比如叫什么名字，住在哪里，是穷光蛋还是有钱人。他告诉她，他在赫布里底群岛有一座城堡，但已经破败，宴会厅成了塘鹅聚食的地方。他当过军人和水手，曾去东方探险。他现在是在去法尔茅斯的路上，要在那里上他的双桅帆船，可是风停了，只有等到从西南边刮起大风，他才可以出海。奥兰多听了赶紧看窗外风向标上的镀金豹子，幸好，豹子的尾巴指向正东，并且稳稳地一动不动。"哦！谢尔，别离开我！"她说，"我太爱你了！"她的话刚一出口，两人心头同时冒出一个可怕的怀疑：

"你是女人，谢尔！"她惊叫道。

"你是男人，奥兰多！"他也惊叫起来。

接下来发生的一幕实在旷古绝今，他们都在指斥对方的怀疑，竭力要证明自己的性别。争辩平息后，他们重新坐了下来，她问他，之前说的西南风是怎么回事？他要去哪儿？

"合恩角 [1]。"他简短地答道，脸红了起来。（男人也会像女人一样脸红，只是为不同的事情而已。）经过一再的追问，加上她

1　位于南美洲大陆最南端，此地海流危险四伏，令水手充满敬畏。

的直觉，她终于了解了他多年舍生忘死的辉煌冒险经历，那就是顶着大风巨浪绕合恩角航行。船桅在狂风中折断，船帆被撕成布条（在她不停追问之下他才说出了这些）。有时候船沉了，就他一个幸存者，坐在筏子里，手里只剩一块饼干。

"一个男人如今能做的也就这些了。"他有些不好意思地说，然后取了满满几匙草莓酱。她头脑里这时候出现了一个景象：这个男孩（他就是个男孩）正吮着他特别喜欢的薄荷糖，突然船桅折断，天上的星星都摇晃起来，他吼叫着命令水手割离这个，把那个扔下海。这景象让她泪水涌上眼眶，她觉得这泪水的滋味比她以前流过的所有眼泪都要甘甜。"我是女人了，"她心里说，"我终于成了一个真正的女人。"她由衷地感激邦斯洛普给了她这样难得而意外的喜悦。要不是她左脚受了伤，她会坐到他膝上。

"亲爱的谢尔，"她又开口道，"告诉我……"他们就这样聊了两个多小时，也许说了合恩角，也许没有。其实把他们说的写下来并无意义，因为他们彼此太了解对方了，什么都可以说，其实也等于什么都没说。或者是说了一些无聊琐碎的事情，比如怎么煎蛋饼，或者伦敦哪儿可以买到最好的靴子。总之是那样一类的事情，它们离开了语境并无光彩，但其内在又有惊人的美。因为事实就是这样，大自然自有智慧的节约法则，我们的现代精神几乎用不着语言，既然没有任何表达能尽如人意，那就不如选择最普通的表达，因此，最普通的交谈常常是最有诗意的，而最有诗意的恰恰是不能写下来的。由于这些原因，我们在这里留下一个大大的空白，这个空白必须被理解为填得满满的。

他们又这样交谈了几天。

"奥兰多，我最亲爱的——"谢尔刚开口，外面传来一通忙乱的声音。总管巴斯克特进来禀报说，楼下有几个警察，带着女王签署的令状。

"带他们上来。"谢尔简短地说了句，仿佛是在自己船上的后甲板上。他下意识地站到了壁炉前，两手背在后面。两个穿深绿色制服、腰间别着警棍的警察走进房间，立正行礼，然后奉命将一份法律文书递交到奥兰多的手中。从文书的封蜡、丝带，以及宣誓和签字手续看，这份文件极为重要。

奥兰多把文件匆匆浏览了一下，然后用右手的食指指着，念出其中最关键的部分。

"判决出来了，"她大声说，"有些对我有利，譬如……有些对我不利。我在土耳其的婚姻被判无效（谢尔，那会儿我在君士坦丁堡当大使）。子女被认定为私生（他们说我和一个叫佩皮塔的西班牙舞女生了三个儿子），因此他们没有继承权，这倒也好……性别？啊！性别怎么说？我的性别，"她郑重其事地念道，"属于女性，该认定无可争辩，不容怀疑。（刚才跟你说什么来着，谢尔？）原扣押财产现在悉数归还，永世可传，继承者须为我所生之男性子嗣，或在未婚之情形下——"这时她开始对法律措辞不耐烦起来，便说，"我不会有未婚的情况，也不会有无嗣的问题，所以剩下的就不用念了。"于是她在帕默斯顿勋爵的签名下面签了自己的名字。从那一刻起，她可以安心地重新拥有她的贵族头衔、宅邸和其他财产了，只是由于诉讼费用惊人，她的财产已大为缩水，虽说她恢复了高贵的身份，但她却变穷了。

判决结果传出后（传闻可比现在的电报快多了），整个镇上一片欢欣。

［人们套好马车，只是为了出去跑跑。各式各样空载的四轮马车在主街上来来往往。有人从公牛酒馆里打招呼，有人从牡鹿酒馆里应答。镇上灯火明亮。玻璃柜里锁着金匣子，石头下面藏着钱币。医院办起来了，老鼠麻雀俱乐部[1]也成立了。很多丑化土耳其女人的肖像画在集市上被焚烧，被烧的还有乡下小伙的肖像，从他们嘴上耷拉下来的标示上写着"我是个卑鄙的王位觊觎者"。不久，人们看见街上跑着女王的白色矮种马，使者带来了女王邀请奥兰多去温莎城堡赴宴并过夜的谕令。像以前那样，她的桌上又开始堆满请柬，它们来自 R 伯爵夫人、Q 夫人、帕默斯顿夫人、P 侯爵夫人、W. E. 格莱斯顿太太和其他贵夫人们，她们殷勤相邀，重申她们各自的家族与她的家族之间有着世代交

---

1 在这种俱乐部里，乡村男人聚在一起，展示他们消灭危害农事的老鼠和麻雀的成果。

情，等等。] 以上这些内容被置于方括号之中，因为这只是奥兰多生活中一段无关紧要的插曲。她跳过了这一段，回到正题。当集市上的火堆熊熊燃烧时，她和谢尔默丁正在幽暗的树林里。天气特别好，树枝在他们的头顶伸展，一动不动。要是有一片树叶落下来，它会落得极慢，慢得能让人看到上面红色和金色的斑点，它可以在空中飘半个小时才落下来，落在奥兰多的脚上。

"跟我讲讲，马尔，"她说（这里得说一下，当她用他的名而非姓的前两个字称呼他时，她往往是处于一种梦幻、多情和特别乖巧的心境中，像居家的女主人，有点儿慵懒，宛如香木在燃烧。现在是晚上，但还不到梳洗换装的时候，外面也许有点儿湿，潮湿的树叶闪闪发光，但即便在这样的天气中，夜莺也会在杜鹃花丛中唱歌，远处的农场有三两条狗在叫，一只公鸡在打鸣——这里描述的一切，读者都可以根据她刚才说话的声音想象出来）——"跟我讲讲合恩角吧，马尔。"她说。谢尔默丁就用小树枝、枯叶和一两个空蜗牛壳在地上搭出个小小的合恩角。

"这里是北，"他说，"那里是南。风从这边刮过来。我们的双桅船在向西行驶，我们刚刚降下后桅的帆。你瞧，这里，就是有点儿草的这个地方，船在这里遇到了危险的洋流，你会看到这洋流被标了出来……水手长，我的地图和指南针呢？啊，谢谢，这就行。就在蜗牛壳那里。洋流撞上了船的右舷，所以我们必须拉起斜桅帆，否则我们都会滑到左舷去，就是那片山毛榉树叶的地方，因为你得明白，亲爱的——"他就这样讲着，她一字不漏地听着，领会了每个字的含义。也就是说，不用他给她讲，她也能想象那闪烁着粼光的波涛，冰柱与索具碰撞发出的叮当声；想象他在大风中爬上桅顶，在上边思考人类的命运；下来后喝杯加苏打水的威士忌；在岸上时受一个黑人女子的骗，然后忏悔，想清楚一些事情；读帕斯卡尔[1]，决心尝试哲学写作；买一只猴子，跟人辩论人生的真正目的；决定去合恩角冒险航行，等等。所有这些，以及他讲过的许多其他事情，她都能理解。当他告诉她饼干没有了的时候，她说，是啊，黑人女子很会勾引人是不是？他发现她居然能听出他话里的含义，不禁又惊又喜。

"你真的不是男人吗？"他会不安地问。

"你不是女人，这可能吗？"她也同样会问他。然后，他们迫不及待地就要诉诸验证。因为他们很惊讶彼此之间这么快就产生了共鸣，他们都发现，女人可以像男人一样宽容和坦率，男人也可以像女人一样难以捉摸，所以他们要立刻对此验证一下。

他们就这样继续交谈着，或者说彼此领会着对方的意思。在这样一个时代，领会，是重要的交谈之道。因为在这个时代，言词日益跟不上思想的发展，以至于"饼干没有了"这种话居然表示在黑暗中亲一个黑人女子。而同样在这个时代，有人已经第十

1　布莱斯·帕斯卡尔（1623—1662），法国数学家、哲学家。

遍读完贝克莱主教[1]的哲学著作。(从这个例子可以推断，只有最高明的风格大师才能道明真理，而遇上一位用词简单的作家，人们就会毫不怀疑地断定这个倒霉的家伙在胡说。)

他们就这样交谈着，直到奥兰多的脚几乎被斑斑点点的秋叶盖住。她站起来，独自一人走进林子深处，留下邦斯洛普坐在蜗牛壳旁边继续摆弄他的合恩角。"邦斯洛普，我走了。"她说。她叫他"邦斯洛普"时，就等于是在告诉读者，她只想一个人待着。她觉得他们只是沙漠中的两粒沙，她只想自己一个人去面对死亡。死亡每天都在发生，人们可能死在餐桌边，或者像这样，死在秋天的树林里。虽然篝火在燃烧，虽然帕默斯顿夫人或德比夫人每天晚上都邀请她赴宴，但是死亡的冲动仍然令她难以抵抗，所以当她说"邦斯洛普"时，她实际上是在说"我死了"。她像幽灵一样在苍白的山毛榉树林里穿行，渐渐隐入深深的孤寂之中，似乎连那一点儿微弱的声音和行动都已停止，现在她可以自由地上路了——这一切，在她说"邦斯洛普"时，读者都可以从她的声音中听出来。同时，读者还应该认识到，对邦斯洛普来说，这个称呼也神秘地意味着分离与隔绝，意味着他在双桅船的甲板上像幽灵一样游荡，下面就是深不可测的汪洋大海。这能更

---

1 乔治·贝克莱（1685—1753），爱尔兰哲学家，圣公会驻爱尔兰科克郡克洛因镇的主教，与约翰·洛克和大卫·休谟并称为英国近代经验主义哲学的三大代表人物。

好地揭示"邦斯洛普"的含义。

这样死一般的寂静过了几个小时，一只松鸦突然尖叫了一声——"谢尔默丁"。奥兰多弯下腰，摘了朵秋天的番红花，对于有的人，这种花就是"谢尔默丁"的象征。松鸦幽蓝的羽毛从山毛榉树叶中翻转着飘落下来，她把番红花和松鸦羽毛一起放到胸上，然后喊道："谢——尔——默——丁——"声音穿过树丛，在林间回响，传到他的耳朵里，他仍然坐在草地上，摆弄着那些蜗牛壳。他听到她向他走来，也看到了她，胸前有番红花和松鸦的羽毛，他大叫一声"奥兰多"——这首先意味着（我们知道，像蓝色和黄色这样鲜明的颜色在我们眼前混合时，会让我们思绪错乱）凤尾草在我们眼前低伏、摆动，仿佛有什么东西要穿过。接着我们发现一艘鼓满风帆的船，梦幻一般地在起伏颠簸，就像是航行了整整一夏。船在靠近，起伏，颠簸，一副高贵而慵懒的样子，时而被推上波峰，时而陷入波谷，就这样它突然耸现在你上方（你就像是从蛤蜊壳般的小舟里仰望它），船上的帆在抖动，接着，瞧，所有的帆一下子落下来，堆在了甲板上，就像奥兰多现在突然倒在他旁边的草地上。

八九天就这样过去了，但到了第十天，也就是10月26日，奥兰多正躺在凤尾草中，谢尔默丁在吟诵雪莱的诗句（他能背下雪莱所有的诗），这时，从树梢缓缓飘落的一片叶子突然翻飞起来，迅速掠过奥兰多的脚面。接着，第二片、第三片叶子也都跟着飞动起来。奥兰多打了个寒战，脸色变得苍白。起风了。谢尔默丁——这时候叫他邦斯洛普也许更合适——一跃而起。

"起风了！"他喊道。

他们一起在林子里跑了起来，风将卷起的枯叶贴到他们身上，他们向大庭院跑去，穿过它，又穿过一个个小庭院。受惊的仆人们放下扫帚和锅，也跟着他们跑到了小教堂，忙不迭地点亮四处的烛灯，手忙脚乱中，有人撞倒了长凳，有人弄灭了灯芯。钟声响了，人都被召了过来。终于，达普尔先生出现了，正了正白色的领结，问祈祷书在哪里。他们把玛丽女王的祈祷书塞到他手里，他一边急急翻着书一边说："马尔默杜克·邦斯洛普·谢尔默丁先生，奥兰多小姐，请跪下。"他们跪了下来，透过彩绘玻璃窗的光影交错迷乱，他俩身上一会儿亮一会儿暗。在不停的砰砰关门声和听起来像是敲铜壶的声响中，管风琴响了起来，低沉雄浑的琴声时强时弱。在嘈杂声中，年老的达普尔先生竭力想抬高嗓门，但人们听不到他在说什么。然后，出现了片刻的安静，于是就能听出什么"面对死神"之类的几个字。这时候，庄园的仆人不断地涌进来，手里还拿着耙子和鞭子，他们有的唱起来，有的在祈祷。一会儿有只鸟撞到窗玻璃上，一会儿有一声惊雷炸响，谁也没听到誓言中有"服从"这个词，也没看到交换戒指，除了那闪了一下的金光。管风琴仍在低沉地回响，外面电闪雷鸣，大雨如注。人们纷纷起身，走动起来，小教堂内一片嘈杂混乱。奥兰多身穿婚纱，戴着戒指，从小教堂出来，进了庭院。马已经套上辔头，侧腹上仍能看到汗水。她抓住晃动的马镫，等着她丈夫上马。他一跃而上，马腾蹄奔跑起来。奥兰多站在那里，大喊："马尔默杜克·邦斯洛普·谢尔默丁！"他也回喊："奥兰多！"他们的呼唤声像一群狂野的鹰隼在钟塔之间猛冲、盘旋，越来越高，越来越远，越来越快，最后相撞成碎片，阵雨一般落到地上。奥兰多回到了屋里。

第六章

　　奥兰多进了屋。一切都在静止中，寂然无声。

　　墨水瓶还在那儿，笔还在那儿，诗稿还在那儿。赞美永恒的诗句写到一半中断了，当时她正要写"一切都未改变"，就被进来收拾茶具的巴斯克特和巴塞洛缪太太打断了。然而，在三秒半的瞬间里，一切都改变了——她摔伤了脚踝，爱上了谢尔默丁，嫁给了他。

　　她手上有结婚戒指为证。没错，她在遇到谢尔默丁之前就戴上了它，但那样做显然有害无益。现在，她带着迷信般的敬意，小心翼翼地把戒指转过来转过去，唯恐它从手指上滑落下来。

　　"结婚戒指必须戴在左手的无名指上，"她说，像一个小孩子在认真地背课文，"否则就没有意义。"

　　她这样说的时候声音有些大，显得夸张反常，仿佛希望有人能听到她的话，而这个人的意见她会特别看重。现在她终于可以理清自己的思绪了，她在想，她的行为会对时代精神产生什么影响呢？她迫切地想知道，她跟谢尔默丁的订婚和结婚是否符合时代精神。她自己的感觉当然好多了，那次荒野邂逅之后，她的手指一次都没刺痛过，至少没有什么明显不舒服的感觉。然而她无法否认自己仍然心有疑虑。没错，她是结婚了，但如果她的丈夫总要出海去合恩角，这算婚姻吗？如果她喜欢他，这算婚姻吗？如果她喜欢上别人，这算婚姻吗？如果最终她最喜欢的事情仍然是写诗，这算婚姻吗？她有些怀疑。

但她想验证一下。她看了看戒指，又看了看墨水瓶。她敢吗？不，她不敢。但她必须这样做。不，她不能。那她该怎么办呢？那就晕过去，如果可能的话。可她现在的身体感觉比任何时候都好。

"管它呢！"她大声说，带着一点儿她以前的脾气，"我这就写！"

她把笔狠狠地插入墨水瓶中。令她惊奇的是，墨水居然没有溅出来。她抽出笔，笔尖很湿，但没有往下滴。她写了起来，词来得有些慢，但还是出来了。啊！可它们能让人明白吗？她有点儿怀疑，心头感到一阵恐慌，怕手中的笔又兀自搞起恶作剧来。她写道：

　　于是我来到一片田野，蓬勃的草

因为奄拉的贝母花盏，显得无精打采，

蛇一般的花，沉郁，落落寡合，

裹在暗紫色的头巾中，似埃及女郎——

她写的时候，感觉有个幽灵（别忘了，我们是在描述人类精神最隐晦的表现）在她背后偷看，当她写下"埃及女郎"时，那幽灵跟她说停下。幽灵似乎拿着一把家庭女教师用的戒尺，用它指回到诗句的开头说：草，写得还可以；奄拉的贝母花盏，很好；蛇一般的花，出自女人笔下，也许浓烈了点儿，但华兹华斯一定会赞赏；可是——女郎？用这个词有必要吗？你说你丈夫在合恩角？哦，那好吧，这样写可以。

时代精神，就这样通过幽灵得到了传递。

奥兰多如今对眼下的时代精神在心中（因为所有这些都发生在心中）表达了深深的敬意。我们不妨这样打个比方，一个旅行者，知道自己的行李箱里藏着一大包违禁的雪茄，因而会对在箱子上涂白色放行标记的海关官员心存感激。因为她很怀疑，如果时代精神仔细检查她头脑里的东西的话，会发现其中一些严重的违禁品，她将为此受到重罚。她只是侥幸逃脱了。她得以躲过检查，靠的是对时代精神表示敬意，戴上一枚戒指，在荒野中找到一个男人，热爱大自然，不讽刺挖苦，不愤世嫉俗，不当心理学家——这些如果是物品的话，立刻会被发现。她如释重负地松了口气，她的确也应该这样做，因为一个作家和时代精神之间的交易无比微妙，作家的作品的命运就取决于这两者之间达成的默契。奥兰多与时代精神达成了这样的默契，因而非常快乐，她无须跟她的时代作对，也不必臣服于它。她属于她的时代，但又能保持自己的独立。因此，她现在可以写作，她也的确在写。她写。她写。她写。

现在是 11 月。下面是 12 月。然后是 1 月、2 月、3 月、4 月。4月过后是 5 月，接着是 6 月、7 月、8 月。后面是 9 月。然后是 10 月，瞧，我们又回到了 11 月，一整年就这样过完了。

这种写传记的方式，虽然并非一无是处，但也许有点粗陋。如果我们继续这样写下去，读者可能会抱怨说，他们自己也可以背日历，因此会捂住口袋，不买这本书，不管霍加斯出版社 [1] 定的价格多么合适。但是，如果传主将传记作者置于窘境，就像奥兰多将我们置于窘境一样，那传记作者又能做什么呢？任何值得我们请教的人都会同意，生活是唯一适合小说家和传记作家的主题。这些权威人士认为，生活和安静地坐在椅子里思考毫无关系。思考和生活完全是两回事。因此——由于奥兰多现在所做的正是坐在椅子里思考——我们现在能做的就是背日历，数念

---

1 1917 年，伍尔夫夫妇创办了这家出版社，后成为现代主义文学的摇篮。

珠，做祷告，擤擤鼻子，整整壁炉火堆，看看窗外，直到她结束在椅子里的思考。奥兰多坐在那里如此安静，你都能听到别针掉到地上的声音。要是真的有别针掉下来就好了！那也是一种生活。或者，如果有只蝴蝶飞进窗，落到她的椅子上，我们也可以写这个。或者设想她站起来，打死一只黄蜂。那样，我们立刻可以掏出笔来写。因为会有血，即便只是黄蜂的血。哪里有血，哪里就有生活。即便打死一只黄蜂跟杀死一个人无法相提并论，它仍然是更适合小说家或传记作家的题材，总好过日复一日坐在椅子里，点上一支烟，守着纸笔和墨水瓶，胡思乱想。我们也许要抱怨（因为我们正在失去耐心），传主真该体谅一下传记作家！有什么比这种事更恼人呢？你为传主花了这么多时间和心血，却看到传主彻底摆脱你的掌控，沉湎于——听听她的叹气和喘气，看看她脸上的红晕和苍白，她的眼睛有时明亮如灯，有时暗若黎明……看到这种种生动情感的无声表演在我们眼前展现，同时又知道引发这一切的竟是无关紧要的思绪和想象，有什么比这更让人蒙羞呢？

但奥兰多是个女人——帕默斯顿勋爵刚刚证明了这一点。有一种普遍看法，我们写女人的生活时，可以不管她的行动，只谈爱情。诗人说过，爱情是女人生命的全部。如果我们看一下正在伏案写作的奥兰多，就必须承认，从来没有哪个女人比她更适合写作这个职业。当然，由于她是个女人，一个美丽的女人，一个正值华年的女人，她很快就会停止写作和思考这样的矫情之举，开始想男人，哪怕是个猎场看护人（只要她想的是男人，没人会反对女人思考）。然后她会给他写张小纸条（只要她写的是小纸条，也没人会反对女人写作），约他星期天黄昏时分幽会。星期天的黄昏会到来，猎场看守人会在窗下吹口哨——所有这些，当然都是生活本身，也是唯一可能的题材。那么，奥兰多一定也做了这样的事吧？可是，唉，让人叹息不止的是，那些事情奥兰多都没做过。那么我们是不是得承认，奥兰多是那种完全不懂爱的怪物呢？她对狗好，对朋友忠诚，对很多吃不上饭的诗人慷慨无比，钟爱诗歌。但是爱，就像男性作家所定义的那样——毕竟，谁说话能比他们更有权威呢？——爱与善心、忠诚、慷慨和诗歌都毫无关系。爱就是脱下衬裙——我们都知道爱是怎么回事。奥兰多那样做了吗？事实面前我们只能说，没有，她没有那么做。那么，假如一部传记的传主既不爱也不杀戮，而只是思考和想象，那我们可以认为他或她不过是一具行尸走肉，没必要再去理会了。

我们现在唯一的素材，就是窗外的景象。那里有麻雀，有椋鸟，有几只鸽子和一两只白嘴鸦，它们都以各自的方式忙活着。有的发现了一条蠕虫，有的找到了一只蜗牛，有的扑棱着翅膀飞到树枝上，有的在草地上小跑。一个穿着绿色粗呢围裙的仆人走过庭院，他想必是和厨房的某个女仆在搞什么名堂，但在这庭院里，我们看不到什么证据，只能希望平安无事。一团团云在天上飘过，有厚有薄，地上的草因此而忽明忽暗。日晷以它一贯的神秘方式记录着时光。关于这生活，我们的头脑懒懒地、徒劳地想着一两个问题。生活，我们的头脑唱道，或者说像炉子上的水壶低吟道，生活啊生活，你到底是什么？是光明还是黑暗？是仆人的粗呢围裙还是白嘴鸦在草地上的影子？

那就让我们出去探索一番吧，在这个大家都在观赏梅花和蜜蜂的夏日早晨。有只椋鸟在垃圾桶的边沿上嗯嗯呃呃地叫着，正从草棍堆里挑啄厨房仆人掉落的头发，让我们过去问问它有什么想法（这种鸟比云雀更容易亲近）。什么是生活？我们靠在农家院的大门上问道。生活，生活，生活！椋鸟叫起来，仿佛它已听到我们的话，知道我们在说什么，因为它很了解我们这种爱打听的讨厌习惯——在屋里有了问题就跑出来，东张西望，采一些雏菊，作家们写不出东西的时候常这样。椋鸟说，然后他们就来找我，问我什么是生活。生活，生活，生活！

我们沿着荒草地上的小径，缓缓爬上绛紫色的山顶，在那里躺下来，任由思绪飘游。我们看到一只蚱蜢正扛着一根稻草要搬进它的洞里。它说，生活就是劳动（如果它锯稻草也配得上劳动这样一个神圣而温暖的词的话），或者说，这句话是我们对它呛了土的喉道发出的咻咻声所做的翻译。蚂蚁和蜜蜂都同意这话。如果我们在这里躺到晚上，飞蛾会悄悄地从苍白的石南花丛中飞过来，我们可以问问它们，而它们会在我们耳边低声呓语，就像在暴风雪中听到的电报线发出的声音。嘻嘻，嘿嘿。生活是笑声，笑声！飞蛾说。

我们问了人，问了鸟，问了昆虫。那么鱼呢？我们这些曾经长年孤独地住在绿色洞穴里的人听说，鱼从来没开过口，所以它们也许知道生活是什么。能问的我们都问了，而我们并没有变得更明智，只是更世故冷漠了。（难道我们不曾祈盼能在一本书里写出真知灼见，人们读到后会发誓说这就是生活的真谛吗？）所以我们得回去，对于急切期待听到生活是什么的读者，我们要坦率地告诉他们——说真的，我们不知道。

就在此刻，刚好还来得及挽救这本书的时候，奥兰多推开椅子，伸展了下胳膊，放下笔，来到窗前，大声宣布："写完了！"

她差点儿因眼前的非凡景象而倒地。花园和鸟依旧在那儿，这世界一如平常。在她写作的时候，世界并没有消失。

"如果我死了，世界还会是老样子！"她惊叫道。

她的感受异常强烈，甚至可以想象自己在解体，也许她的确处于某种程度的晕眩中。有那么一会儿，她站在那里怔怔地看着这美丽而自在自为的景象。最后，她奇异地回过了神来。她怀中静静躺着的诗稿开始像一个有生命的东西似的抖动起来，更奇特的是，诗稿和奥兰多之间仿佛有一种特别的默契，奥兰多只要侧头倾听，就能分辨出诗稿在对她说什么。它想被人读。它必须被人读。如果没人读，它会死在她怀中。她平生第一次对大自然产生了强烈的敌意。她身边有的是猎鹿犬和玫瑰花丛，但猎犬和玫瑰都不能阅读。这是上帝一个令人惋惜的疏忽，这一点她以前从没想到过。只有人类才具有这种天赋。因此人类变得必不可少。她摇铃，命仆人准备好马车，她要立刻去伦敦。

"夫人，还来得及赶上 11 点 45 分的火车。"巴斯克特说。奥兰多都不知道这世上已经发明了蒸汽机，但此时她一心挂念着一个生命的痛苦，虽然这个生命不是她，却完完全全依赖她而存在，因为这份挂念，她第一次看到了火车。她在车厢里找到她的位子坐下，用小毯子裹住膝盖，心里完全不去想"这了不起的发明，因为它（有位历史学家说）彻底改变了过去二十年欧洲的面貌"（事实上，这种事情的发生比历史学家们推想的要频繁得多）。她只是注意到火车很黑很脏，轰隆隆的声响很可怕，车窗都卡在那儿动不了。沉思中，她被飞转的车轮送到了伦敦，时间不足一个小时。她站在查令十字火车站的站台上，不知该怎么走。

在布莱克法尔的那座老宅里，她曾经度过了 18 世纪的许多快乐日子，如今，这座宅邸一部分卖给了"救世军"[1]，一部分卖

1　基督教（新教）的一个社会活动组织，1865 年创立于伦敦，该组织以救济贫困为主旨，举办慈善活动，并广泛进行宗教宣传。

给了一家伞厂。她在梅费尔区又买了一处住所，房子干净舒适，地处时髦世界的中心，但她的诗会在梅费尔了却心愿吗？上帝啊，她想起了那些贵夫人亮闪闪的眼睛和贵族绅士匀称的腿，幸亏他们还没喜欢上阅读，否则就太糟了。她想起了 R 夫人的公馆，她相信，那里的谈话还是老一套。也许，那位将军的痛风已经从左腿转移到了右腿。L 先生也许跟 R 某人在一起待了十天，而不是跟 T 某人。她又想起了蒲柏先生。哦！可是蒲柏先生早已死了。现在的文人才子都有谁啊，她想知道。但这种问题显然不能去问脚夫，于是她继续前行。她耳朵里充斥着马头上的铃铛发出的叮叮当当声，大街上有数不清的马，数不清的铃铛。形形色色的马车停靠在人行道边上。她走进斯特兰德大街，那里更喧闹，大小不一的马车混杂在一起，拉车的马有纯种马也有驮马，有的马车里只坐着一位孤单的老贵妇，有的挤得车顶端都坐上了戴礼帽留络腮胡的男人。混杂在一起的四轮马车、两轮运货马车和公共马车，对于她久已习惯标准白纸的眼睛来说，显得极不协调。街上的喧嚣，对于她听惯了笔在纸上划动的耳朵来说，显得无比粗暴刺耳。人行道上都是人，熙熙攘攘的人流在缓缓行进的车马边上灵活地穿行，不停地向东向西涌去。人行道边缘站着一些男人，端着托盘在叫卖小玩意儿。角落里坐着一些女人，在叫卖她们身旁大篮筐里的鲜花。一些男孩抱着报纸在马鼻子下面跑来跑去，大声叫着："快看快看！出大事啦！"起先，奥兰多以为自己正赶上国家的一个什么重大时刻，但是好是坏，她说不上来。她急切地看人们脸上的表情，可她更困惑了。前面走来一个表情绝望的男人，嘴里自言自语，好像有什么可怕的伤心事。一个胖家伙从他身旁挤过，满脸兴冲冲的样子，仿佛全世界都在过节。最后，她想明白了，这一切都没来由，男男女女都在忙着自己的事。那么，她要去哪儿呢？

她继续走，脑子里什么也不想，走过一条又一条街，走过一个个巨大橱窗，里面堆着手提包、镜子、睡衣、花卉、钓鱼竿和午餐篮子，色泽、形状和大小各异的商品周围装饰着环圈、彩带和气球。她走过的那些林荫道两旁是一排排安静的大宅，上面标着清楚的号码，"一号""二号""三号"，一直排到二三百号。每幢房子看上去都一个模样，前面有两根柱子和六级台阶，每家都挂着整齐的对开窗帘，桌上放着家庭午餐，有只鹦鹉正从一扇窗往外看，一个男仆从另一扇窗往外看。看着如此单调的景象，她脑袋犯起晕来。然后她来到开阔的大广场，中间有很光亮的黑色雕塑，都是些纽扣绷得紧紧的胖男人和腾跃的战马，还有高耸的柱子、飞溅的喷泉和扑棱着翅膀的鸽子。她就这样在两边都是房子的步行道上走着，走到后来感觉很饿，胸口有东西在扇动，似乎在指责她完全忘了它。那是她的诗稿《老橡树》。

她对自己的这一疏忽大吃一惊，一下站在那儿怔住了。眼前看不到一辆马车，又宽又漂亮的街道奇怪地显得很空寂，只有一个上年纪的绅士正走过来。她觉得他走路的样子有点儿眼熟，待他走得更近时，她感觉自己确实在以前某个时候见过他，可是在哪里呢？这位先生，这位如此体面而富态的先生，拄着手杖，胸前的扣眼里插着一朵花，有一张粉红色的胖胖的脸，留着白色的八字胡，会不会是？啊，天哪，正是他！她的老朋友，很久很久以前的老朋友，尼克·格林！

与此同时，他也在看她，最后想起来并认出了她。"奥兰多夫人！"他喊道，他的大礼帽差点儿都挥到了地上。

"尼古拉斯爵士！"她叫出来。从他的举止她本能地感觉到，这个在伊丽莎白女王时代挖苦过她和许多其他人的下流穷酸文人，现在肯定是发了迹，混了个爵士什么的，而且毫无疑问还捞到了不少其他好处。

他又鞠了一躬，承认她的判断是对的，他现在的确是爵士，还是文学博士和教授，写了二十多本著作，总之，他现在是维多利亚时代最有影响力的批评家。

遇到这个多年前给她带来过很多痛苦的人，她内心掀起了巨大的情感波澜。这就是那个总是烦躁不安的讨厌家伙吗？没错，就是他，曾经把她的地毯烧出几个洞，用她的意大利壁炉烤奶酪，没完没了地讲马洛那帮人的逸闻，十个夜晚中有九个他俩聊到了天明。眼前的他穿着考究的灰色晨礼服，纽扣眼里插着一朵粉红的花，戴着一副跟衣服搭配的灰色绒面皮手套。她还在惊异中，他又深深地鞠了一躬，问她能否赏光跟他共进午餐。那个躬鞠得也许过头了点儿，但那种对好的教养的模仿还是值得称道的。她怀着惊奇跟他走进了一家豪华的餐馆，红色的长毛绒地毯，白色桌布，银质调味瓶，跟那种老旧的小酒馆或咖啡馆完全不一样。那种地方是粗糙的砂面地，长条板凳，用碗盛潘趣酒和巧克力，还有报纸和痰盂。他把手套整齐地放在身边的桌上。她仍然不太能相信他就是那个格林。他的指甲修剪得很整齐（以前有一英寸长），下巴刮得很干净（以前那里总有黑色的胡茬儿），袖口上别着金袖扣（以前他破烂的衣袖常常会沾上肉汤）。他点了葡萄酒，那副特别在意酒的样子，让她想起了很久以前他对马姆齐白葡萄酒的爱好。直到这时，她才确信他就是那个格林。

"唉！"他说，轻轻叹了口气，略有点儿不自在，"唉，我亲爱的夫人，文学的盛世已经过去，马洛、莎士比亚、本·琼生，他们是巨人，德莱顿、蒲柏、艾迪生，他们也很了不起。这些人都已不在了，现在还有谁呢？丁尼生、布朗宁、卡莱尔[1]！"说到后面这三人时，他的声音里充满了轻蔑。"实际情况是，"他边说边给自己倒了一杯酒，"现在所有的年轻作家都被书商收买了。他们净炮制垃圾来赚钱，好支付他们裁缝的账单。这个时代，"他说，一

1　阿尔弗莱德·丁尼生、罗伯特·布朗宁和托马斯·卡莱尔均为英国 19 世纪维多利亚时期著名作家。

边取了点儿开胃菜，"特别崇尚矫揉造作的奇喻和不伦不类的风格实验，这些都是伊丽莎白时代的作家们一刻也不能容忍的。"

"不，我亲爱的夫人，"他继续道，同时对侍者端上来的烤比目鱼点点头，"文学的伟大时代过去了，我们生活在一个堕落的时代。我们必须珍惜过去，尊敬那些师法古典的作家，这样的作家现在还有为数不多的几位，他们写作不为钱，而是为了——"这时候奥兰多差点儿喊出"荣佑"！她真的可以发誓她三百年前就听他讲过同样的话。提到的人当然不同，但话的意思没变。尼克·格林没有变，尽管他现在被封了爵士。不过，还是有那么点儿变化。他不停地在说把艾迪生当作自己的榜样（她记得以前是西塞罗），一上午躺在床上（他能这样，是因为那时候她每个季度付他津贴，她不无骄傲地想），动笔之前他会把最好作家的最好作品念上至少一个小时，这样也许能净化一下当今时代的粗俗和我们已经堕落的本族语（她相信他在美国生活了很长时间）——在他像三百年前一样喋喋不休地说着这些时，她问自己，他到底有什么变化呢？他胖了，可他是个快七十岁的人了。他变得时髦光鲜了，文学对于他显然是个有利可图的事业，但以前他身上那种躁动的活力不见了。他的故事依旧精彩，但却不再像以前那么随意而轻松。没错，他每隔一秒钟就会提到"我亲爱的朋友蒲柏"或"我著名的朋友艾迪生"，可他身上那种自命不凡的神气让人不舒服。他现在似乎更愿意谈她所属的那个阶层的人和事，而不是他以前津津乐道的诗人们的种种丑闻。

奥兰多感到一种无以名状的失望。这么多年来（她的隐居、她的地位身份和她的性别都可以是借口），她一直觉得文学像风一样狂野，像火一样炽热，像闪电一样迅疾，是一种离经叛道、不可预料和奇崛多变的东西，可现在呢，瞧，文学成了一个身穿灰色礼服的老绅士在喋喋不休地谈论公爵夫人。她的失望和幻灭令她的胸脯剧烈起伏，她上衣的某个搭扣突然崩开，怀里的《老橡树》诗稿落到了桌上。

"手稿！"尼古拉斯爵士说，一边戴上了金边夹鼻眼镜，"有意思，太有意思了！请允许我看看。"三百多年之后，尼古拉斯·格林再一次拿起奥兰多的诗作，把它放在咖啡杯和酒杯之间，读了起来。但现在他的评判和当年的很不一样。他一边翻页一边说，这让他想起了艾迪生的《卡托》[1]，和汤姆逊[2]的《季节》比也毫不逊色。他欣慰地说，她的诗作里丝毫没有现代精神的痕迹，而是关注真理、自然和人类心灵，这在一个寡廉鲜耻的怪异时代实在是很难得。这部作品当然应该尽快出版。

奥兰多真的不知道他是什么意思。她一向都是把自己的诗稿藏在胸间。这一点让尼古拉斯爵士颇有些莫名地心动。

1　艾迪生写的一部五幕悲剧，描写罗马共和时期一场维护自由的政治斗争。
2　詹姆斯·汤姆逊（1700—1748），英国诗人，作品歌咏自然，被认为开创了19世纪英国浪漫主义诗歌之先河。

"不过，你想要多少版税呢？"

奥兰多一下子想到了白金汉宫和几个肤色黝黑的君主[1]，他们正好在那里拜访。

尼古拉斯爵士被逗乐了。他解释说他刚才的意思是，如果他给那几位先生（这里他提到一家很有名的出版商）写信美言几句，他们会很乐意将这部诗作列入出版计划。他也许可以帮她谈一个版税，两千册以内百分之十，两千册以上百分之十五。至于书评，他会亲自写信给当今最有影响力的某某先生，他会夸夸某某主编妻子的诗，这样做总是有利无害，他还会去拜访某某人，如此等等。奥兰多对这些都不懂，根据以往经验，她也不能完全信任他的好心，但她也不知道能做什么，只好听他的，同时也是听从她的诗作本身的渴望。于是，尼古拉斯爵士将沾有血迹的诗稿摞整齐，小心塞进他胸口的内袋里，不让它影响礼服的熨帖。两人又客套一番后各自离去。

奥兰多走上了街。诗稿被拿走了，她觉得怀里空荡荡的，因为她早已习惯那里揣着她的诗稿。她无事可做，便思考起她喜欢想的问题，比如命运中非同寻常的机缘。她现在是个已婚女人，手上戴着婚戒，走在圣詹姆斯街上。曾经是咖啡馆的地方现在是一家餐馆。下午 3 点 30 分，太阳当头，三只鸽子，一条混血小猎犬，

1　英文中"版税"和"皇室"是同一个词"royalty"，所以奥兰多才有这样的联想。

两辆双轮马车和一辆四轮马车。什么是生活？这个念头从她头脑里猛地跳了出来，毫无来由（除非是老格林引起的）。每当有什么念头猛地从她头脑里跳出来，她就会立刻去最近的电报局给远在合恩角的他发电报。关于她跟丈夫的关系，我们或许可以把她的这个行为看作一种态度，是好是坏，取决于读者怎么看。巧的是，此刻附近正好有一个电报局。"我的上帝谢尔，"她在电报中写道，"生活文学格林讨好——"她不知不觉地写成了一种他们发明的暗语，寥寥几个词就能把一种极为复杂的心理状态表达出来，而电报局职员却无法明白。最后，她加上了"拉提根格拉姆福布"的字样，精妙地概括了电文要表达的意思。因为早上发生的事情给她留下了深刻印象，另外读者也不可能不注意到，奥兰多在变得成熟（这不一定是好事），而"拉提根格拉姆福布"传达了她的一种复杂的精神状态，读者如果运用智慧，也许可以发现其中的奥秘[1]。

有时候好几个小时过去了她都得不到电报的回复。她看了看天空中疾速流动的云，心想合恩角那边可能正刮着大风，她丈夫极有可能在桅杆的顶端，或是在砍破烂的桅帆，甚至有可能就他一个人在一条小船上，手里拿着仅剩的一块饼干。她离开电报

---

1 "拉提根格拉姆福布"在原文中是 Rattigan Glumphoboo，是作为暗语生造出来的词。所谓读者运用智慧可以发现其中奥秘，可能是说从这两个生造的英文词中能隐约辨出几个词，即 rat(老鼠，也喻指卑鄙小人) 或 ratting(背叛，告发，或许指格林对奥兰多的背叛)、glum （郁郁寡欢，阴沉的）和 phobia （憎恶，恐惧症），如此，读者可以根据这几个词想象那种"复杂的心理状态"。

局，走进邻近的一家店以打发时间。这家店若放到现在看实在是普通得没什么好说的，可从她的眼睛看来，这店奇怪极了，是一家书店。奥兰多有生以来只知道手稿，她的手里曾拿着那些粗糙的褐色纸页，上面是诗人斯宾塞[1]小而潦草的手迹，她也见过莎士比亚和弥尔顿的手稿。事实上，她还拥有相当数量的四开本和对开本手稿，里面常夹着一首赞美她的十四行诗，有时是一绺头发。可眼前这些数不清的小册子令她无比惊奇，它们光亮鲜艳，全都一个模样，看上去不耐久，因为它们似乎都印在薄薄的纸上，只是用硬纸做封面。莎士比亚的全部作品只要半克朗[2]，而且可以放进口袋里。老实说，这些书上的字太小，读起来很费劲，但不管怎样，它们让人惊奇。"作品"——她认识和听说过的每一位作家的作品，以及许许多多其他作家的作品，摆满了一排排长长的书架。还有一些"作品"堆放在桌子和椅子上，她拿起来翻上一两页，发现它们大多是尼古拉斯爵士和其他作家写的关于他人作品的作品。她天真地想，尼古拉斯以外的那些人，他们的作品既然都已印出来并装帧成书，他们必定也是了不起的作家。于是，她下了份令人吃惊的订单，要店员把店里所有的重要作品都送到她家，然后离开了书店。

---

1 埃德蒙·斯宾塞（1552—1599），英国诗人，代表作是《仙后》，他创造的新诗体对后世有巨大影响，有"诗人的诗人"之美誉。

2 一克朗相当于五先令。

她走进了海德公园，以前她很熟悉这里（她记得，汉密尔顿公爵被默翰勋爵的剑刺穿身体，倒在了那棵开裂的树下）。她的嘴唇微微嚅动，重复着电报里的话——生活文学格林讨好拉提根格拉姆福布。公园看管人用怀疑的眼光看着她，直到看见她戴的珍珠项链才觉得她不是精神失常。这要怪她那爱自言自语的嘴唇。她先前从书店里拿了些报纸和评论期刊，现在她支着一个胳膊肘，侧躺在一棵树下，翻看着这些报纸和期刊，努力想领会大师们高超的散文艺术。她还是像以前一样容易轻信，连一份版面印刷模糊的周报在她眼中都有几分神圣。她读了一篇尼古拉斯爵士写的文章，评论的是她以前认识的一位诗人的诗集，诗人名叫约翰·邓恩[1]。她没有意识到，她躺的地方离蛇形湖不远。很多狗在吠叫，声音传到她耳朵里。马车的车轮在不停地转动。树叶在头顶叹息。偶尔会有飘着穗带的裙子和深红色紧腿裤经过她几步之外的草地。一只大大的橡皮球蹦到了她的报纸上。光从树叶间隙穿过，透出淡紫、橙黄、红、蓝等颜色，照得她的祖母绿戒指闪闪烁烁。她读一会儿，抬头看一会儿天空，又低头继续读。生活？文学？要把一个变成另外一个？这太难了！想想看（深红色紧腿裤在眼前一晃而过），艾迪生会怎么表达呢？有两条狗立起

1　约翰·邓恩（1527—1631），英国"玄学派诗歌"代表人物之一，广为流传的名篇《没人是一座孤岛》即出自其手。

后腿跳着舞似的走过来。兰姆[1]又会怎么描述？读完尼古拉斯爵士和他的朋友们的文章（她在眺望四周景色的间歇读了这些文章），她得到一种印象（这时候她站起身，走了起来），他们让你感到（这种感觉极不舒服）你绝对不能说心里话。（她站在蛇形湖的岸边，青铜色的水面上来来回回掠过一些看上去如蜘蛛般的模型船。）他们让你感到，她继续想，你必须永远像别人那样去写作。（泪水涌上了她的眼睛。）她用脚尖蹬开一只模型船，心里想道，我真的不能（尼古拉斯爵士的整篇文章出现在她眼前，就像一篇文章在读完十分钟之后通常会浮现在眼前那样，同时出现的还有他的房间、他的脑袋、他的猫、他的书桌，以及文章的写作日期和时间），我觉得我不能以这样的眼光来看待这篇文章，她继续想，我不能成天坐在书房里，不，不是书房，是无聊的客厅，跟帅气的年轻男人们讲各种传闻逸事，比如塔波尔说了斯迈尔斯[2]什么，并告诉他们不能外传。那些帅气的男人，她想着，流下了苦涩的眼泪，他们都那么有男子汉气概。我真的讨厌那些公爵夫人，我也不喜欢蛋糕。虽然我刻薄，但我永远也学不来那些文章里表现出来的狠毒，所以，我怎么能成为一个批评家，写

1　查尔斯·兰姆（1775—1834），英国散文家，以《伊利亚随笔》和与其姐玛丽·兰姆合著的《莎士比亚故事集》而著称。

2　马丁·塔波尔（1810—1889），英国作家、诗人，代表作《谚语哲学》发行上百万册。塞缪尔·斯迈尔斯（1812—1904），英国作家、社会改革家，著有《品格的力量》和被称为西方成功学开山之作的《自己拯救自己》。

出我这个时代最好的文章呢？见他们的鬼去吧！她大声说，然后把一个经济渡轮的小汽船模型往水里狠狠一推，那可怜的小船差点儿沉入青铜色的湖水中。

事实是，一个人处于某种精神状态时（护士们常常这样说）——奥兰多的眼里仍然噙着泪水——他看着的东西不再是其本身，而是变了样，显得更大，非同一般，虽然实质上还是同一样东西。一个人在这种精神状态下看海德公园里的蛇形湖，湖中的水波很快就会变成大西洋的惊涛骇浪，模型船跟大洋中的巨轮也别无二致。因此，奥兰多把模型船当成了她丈夫的双桅船，把她用脚尖搅起的水波当成了合恩角的滔天巨浪。当她看到模型船在湖水的涟漪中微微翘起，她觉得那是邦斯洛普的船在爬着一堵玻璃似的波涛高墙，船在吃力地攀爬，一座白色的浪峰裹挟着万千死亡压了下来，船在这万千死亡中穿行，然后消失——"船沉了！"她悲恸地喊道——可是，瞧啊，它又出现了，在大西洋的这一边，安然无恙地浮行于一群鸭子中间。

"太好了！"她喊道。"太好了！哪里有邮局呢？"她在想，"我得立刻给谢尔发电报，告诉他……"她匆匆向公园走去，嘴里不停地念叨着"蛇形湖上的玩具船"和"太好了"，这两句话换着说都一样，意思上毫无分别。

"玩具船，玩具船，玩具船……"她不停地说着，这样她就会想，对她而言，重要的不是尼克·格林评论约翰·邓恩的文章，也不是八小时工作法案、各种契约或工厂法，而是某种无用、意外和激烈的东西，某种能要人性命的东西；是红色、蓝色、紫色；是喷发、溅落；就像那些风信子（她正经过一个开满风信子的花圃），不受污染，不依附，没有人类的玷污，也没有对同类的忧虑；是某种冒失和荒唐，就像我的风信子，我是说我的丈夫，邦斯洛普——所有这些，就是"蛇形湖上的玩具船"和"太好了"，重要的是能说"太好了"。她这样大声说着，一边在斯坦霍普门[1]等着马车过去。除了无风的季节，其余时候她都不能和自己的丈夫在一起，久而久之，就有了她在公园街上大声的自言自语。如果她一年到头都和丈夫在一起生活，就像维多利亚女王所倡导的那样，情况肯定会大不一样。她一个人的时候，会在一瞬间想到他，然后就觉得必须立刻跟他说话。她根本不在乎自己会说出什么样的胡话，或者会不会语无伦次。尼克·格林的文章令她陷入深深的绝望之中，而玩具船又让她欢欣雀跃。她站在那里等着过马路，嘴里不停地重复着"太好了，太好了"。

但那个春日的下午，街上车水马龙，她只好站在一边等着，嘴里重复着"太好了，太好了"，或是"蛇形湖上的玩具船"。英格兰的富人权贵，个个礼帽大氅，雕像一般地端坐在各式豪华马车里——有四匹马拉的，有维多利亚双座折篷，有四轮四座的，

无数的马车仿佛一条金色的河流在公园街凝结成了一个个金块。女士们手里拿着名帖，先生们用双膝夹着镶金手杖。她站在那里看着，欣赏着，惊奇不已。只有一个念头令她不安，凡是见过大象或鲸鱼这种巨兽的人对这个念头都不陌生：这些庞然大物是怎么繁衍的呢？他们显然很讨厌紧张、变化和活动。看着那些凛然肃静的脸，奥兰多想，也许他们的繁殖期已经过去。这就是成果，这就是最高峰，她现在所看到的是一个时代的胜利。他们坐在那里，大腹便便，堂而皇之。这时候，指挥交通的警察放下了手，那河流又动了起来，形形色色金光灿烂的车马汇聚为一体，缓缓移动，最后在皮卡迪利大街散开。

她穿过公园街，走向她在柯胜街的家，当风把绣线菊的花香吹到那里时，她会想起柯卢鸟的叫声和一位拿枪的老人。

跨入自家房子的门槛时，她想她还记得切斯特菲尔德勋爵曾经说过……但她没有继续回忆下去。在她低调的 18 世纪门厅里，她仿佛能看到切斯特菲尔德勋爵将他的帽子放在这边，把外衣挂在那边，举止优雅，令人愉悦。现在，门厅里到处是包裹。她在海德公园坐着的时候，书店送来了她订购的书。屋子里堆满了维多利亚时期的文学作品，甚至楼梯上都有包裹滑下来，这些书包着灰色的纸，用细绳扎捆得整整齐齐。她抱了几捆她抱得动的书去她的房间，其余的让仆人给她搬进去。她迅速剪断了包裹上的无数细绳，很快她就被无数的书包围了起来。

16、17 和 18 世纪的作品数量并不多，这是奥兰多习惯的，而眼前订购的书如此之多，令她大为震惊。对维多利亚时代的人来说，维多利亚文学当然并不仅仅意味着四个特别而响亮的名字，而是这四个伟大的名字混杂在一大堆名字中，他们是许许多多的亚历山大·史密斯、迪克森、布莱克、米尔曼、巴克尔、泰恩、佩恩、塔波尔、詹姆森——他们个个头角峥嵘，争先恐后地嚷嚷着要求跟其他人拥有同样多的关注。奥兰多对印刷品的尊崇让她面临一个很大的挑战。她把椅子拉向窗前，好凑到从梅费尔的高楼之间照进来的光线下，她试图对维多利亚文学产生一个总体印象。

显然，现在要对维多利亚文学下结论只有两个办法，一是写上六十册八开本的书，二是把它压缩到六行字的长度里。由于时间紧迫，经济的考虑让我们选择第二种办法，于是我们就这样做。奥兰多得出的结论是：其一（在翻了半打书以后），非常奇怪，这些书中居然没有一本是献给某位贵族的；其二（翻阅了一大堆回忆录后），有些作家的族谱竟然也有她的一半那么长；其三，克里斯蒂娜·罗塞蒂小姐 [1] 喝茶时，用一张十英镑的钞票裹

1　克里斯蒂娜·罗塞蒂（1830—1894），英国"前拉斐尔派"著名女诗人，其诗兼有抒情性和神秘性，伍尔夫曾赞她为英国第一女诗人。

住糖夹是极为不当的；其四（这里有半打各种百周年庆典宴会的请帖），文学吃过这么多晚宴，想必已是肥肥胖胖；其五（她被邀请参加很多讲座，都是关于流派之间的影响、古典的复兴、浪漫主义的存续这类吸引人的话题），文学听了这么多讲座，想必已经变得枯燥乏味；其六（她出席了一个贵妇的招待宴会），文学披过那么多裘皮披肩，想必已变得非常尊贵；其七（她去过卡莱尔在切尔西的隔音房间），天才因为需要精心呵护，想必已变得娇生惯养；结论的最后一点非常重要，但因为我们已经大大超出了六行文字的限定，这里我们只能省略不提。

得出结论后，奥兰多站在窗边，朝外面看了好一会儿。一个人得出结论后，就好比把球抛过了网，必须等待看不见的对手将球抛还给他。她在想，切斯特菲尔德公馆之上那片黯淡的天空接下来会给她什么启示呢？她双手扣在一起，站在那里沉思了一会儿。突然，她惊了一下——这里我们只能希望，就像上次"纯洁""贞洁"和"恭谨"三女郎会把门推开一点儿，让我们至少有个喘息的机会，想想怎么像传记作家应该做的那样，遮掩一下接下来必须小心讲述的事情。可是三女郎没出现！她们那次把白色的衣袍扔向赤身裸体的奥兰多，看到衣袍落在离她几英寸的地方，从那以后这么多年她们跟她没有任何往来，现在正忙于别的事情。那么，这个3月里苍白的早晨，难道就不会发生点儿什么事，来缓和、掩盖和隐藏这不可否认的事件（不管它是什么）

吗？刚刚猛地一惊之后，奥兰多——感谢上天，就在此时，外面响起了老式手摇风琴的琴声，虚弱，尖细，像是笛声，急促而不连贯，意大利风琴手有时还会在后街小巷里演奏这种风琴。让我们接受这琴声的打断吧，尽管它听起来平庸无奇，有点哼哼唧唧和上气不接下气，我们就当它是宇宙音乐[1]，让它用声音来填充这一页，直到那必将来临的一刻最终来临。奥兰多的仆人们目睹了那一刻的来临，读者也将看到，因为奥兰多自己显然已无法再对它置之不理——让那手摇风琴的琴声带着我们的思绪飘荡吧，因为在音乐中，我们的思绪不过是波浪中起伏颠簸的一叶小舟，在所有的运载工具中，思绪是最不好控制、最不稳定的，它越过一个个屋顶和后花园，那里晒着的衣服——这是什么地方？你有没有认出那片绿地，中间那个尖塔，和两边各蹲着一头狮子的大门？啊，是的，这里是邱园[2]！好吧，就邱园吧。那么现在我们在邱园，今天是3月2号，我要指给你看那棵李子树下的葡萄风信子和番红花，还有扁桃树上的花苞。我们在那里散步时会想到那一个个球茎，毛茸茸的红色球茎，10月的时候插入土地中，现在到了开花的时候。我们会梦想那些难以说出口的事情，从烟盒里取出一支烟或是一支雪茄，将斗篷铺在老橡树下，坐在那

---

1 亦称"天体音乐"，这是一个古老的哲学思想观念，毕达哥拉斯认为，恒星和行星等天体在宇宙中有规则的运动会发出和谐的"音乐"。

2 邱园（Kew Gardens），位于伦敦西南郊泰晤士河畔的皇家植物园。

里，等候那只翠鸟，据说有人曾看见它在傍晚时候从河岸的一边飞到另一边。

等等！等等！翠鸟会来；翠鸟不会来。

瞧，那些工厂的烟囱在冒烟，市政职员坐着细长小船一闪而过，一位老妇人牵着狗在散步，第一次戴新帽子的年轻女仆没戴对角度。瞧瞧这些人吧。上天仁慈地规定，所有心灵的秘密都要隐藏，这样就会引诱我们永远去猜想也许并不存在的事情。但是，透过缭绕的烟雾，我们依然能看到人们欲望的燃烧和对欲望尽情满足的向往，这种欲望可以是一顶帽子、一条船，或是捉住沟里的一只老鼠，就像我们曾经看到的——我们的思绪在茶碟的叮当声和手摇风琴的琴声中漫游，并且出现了如此荒唐可笑的跳跃——看到田野里燃烧着的一堆大火，远处是君士坦丁堡附近的清真寺尖塔。

让我们为欲望欢呼！让我们为幸福，神圣的幸福而欢呼！也为所有的快乐欢呼，比如鲜花和美酒，虽然鲜花会凋零，美酒会醉人，还有周日离开伦敦的半克朗车票，在幽暗的小教堂里唱死亡的颂歌——任何事，只要是能够让我们停止敲打字机，整理信件，或是锻造巩固大英帝国的链条，我们都可以为之欢呼。我们甚至可以为女店员嘴唇上涂得弯弯的粗俗口红而喝彩，虽然那口红就像是丘比特笨拙地用大拇指蘸上红墨水顺手涂上的一个记号。幸福！在两岸之间飞来飞去的翠鸟，欲望的尽情满足，不管这幸福是否符合男性小说家所说的幸福，不管他们是祈求还是否认，让我们欢呼吧！无论幸福以什么样子而来，但愿它更多姿多样，千奇百怪。小溪在黑暗中流动——这里要押韵的话可以说"仿若在幽暗的梦中"——但更黯淡无光的是我们这些庸常之辈，没有梦想，只是活着，自以为是，夸夸其谈，行事皆出于习惯，坐在大树的浓荫下，当翠鸟忽地振翅飞向河岸的另一边时，树荫的橄榄绿淹没了远去的翠鸟翅膀上的蓝。

那么，让我们为幸福而欢呼吧。幸福之后，不要为那些梦而欢呼，那些梦使清晰的影像浮肿变形，就像乡村小客栈厅堂里带斑点的镜子照出来的脸那样。那些梦把完整的分裂成碎片，在夜晚我们睡觉的时候伤害我们，撕裂我们。但是沉睡，沉睡，睡得如此之深，所有的形状都被碾成无比柔软的尘土，神秘莫测的混沌之水，在那里，被收拢，被包裹，像木乃伊，像飞蛾，让我们趴在睡眠最深处的沙滩上。

可是等等！等等！我们这次不打算去那看不见光的地方。蓝色，像一根火柴在内心之眼的眼球上划亮，他飞起来，燃烧，冲破睡眠的封闭；翠鸟；于是红色黏稠的生命之流又像退潮的潮水往回奔涌；冒泡，滴落；我们起身，睁开眼睛（从死到生的怪异转变就可以这样一笔带过），目光落到——（这时候，手摇风琴的琴声戛然而止。）

"是个漂亮的男孩，夫人。"接生的班廷太太说，把奥兰多的头胎孩子放到了她怀里。也就是说，3 月 20 日，星期四，凌晨 3 点钟，奥兰多平安生下一子。

奥兰多又一次站到窗前，但读者不用担心，今天不会再发生那种事情，反正无论如何也不是同一天。不——因为如果我们向窗外看，就像奥兰多此刻做的那样，我们会看见公园街本身已经有了很大变化。事实上，你可以像奥兰多现在这样，在窗前站上十多分钟，但却看不到一辆四轮四座的大马车。"看那个！"她大喊，这是几天以后，她看见一辆没有马拉的马车，像是被砍去了一截似的，样子很可笑，而这车居然自己在滑行。天哪，一辆没有马拉的马车！不过，她刚喊出那声就被人叫走了，过了一会儿她又回来朝窗外看去。如今的天气有点奇怪，天空也变了，她想，变得不再那么厚，那么水灵，那么容易折射出五颜六色的光，这似乎发生在爱德华国王继承维多利亚女王的王位之后。说到爱德华国王，瞧，他就在那边，正从那辆优雅的布鲁厄姆四轮带篷马车上下来，要去跟街对面的某位女士会面。大片的云团变成了一层薄纱，天空似乎是金属质地，天气炎热时会显出铜锈色、古铜色和橙黄色，就像金属在雾中显现的那样。这种变化有点儿令人惊恐。一切似乎都收缩了。前一天晚上经过白金汉宫时，她曾经以为会永远留存于世的那个巨大的纪念物现在看不到丝毫痕迹，高高的礼帽、寡妇的黑纱、喇叭、望远镜、花环全都消失了，在路面上没留下任何痕迹，甚至连个小水坑都没有。但变化最明显的，是现在，是晚上这个时候——过了一会儿她又回到了窗前她最喜欢的位置。瞧一幢幢房子里的灯光！手轻轻一碰，整个房间就亮了，成百上千的房间点亮了灯，每个房间都一模一样。你能看到那一个个小方盒里的所有东西，那里没有隐私，没有从前那些徘徊的影子和奇怪的角落，没有那些穿围裙的女人提着烛光摇曳的灯，小心翼翼地将灯放到这张或那张桌上。现在，只要手轻轻一碰，整个房间顿时明亮起来。天空也是彻夜明亮，人行道是明亮的，一切都是明亮的。正午的时候她又回到这里。现在的女人体型变得多么细窄啊！她们看着就像玉米秆，直直的，发亮，都一个模样。男人的脸光得就像手掌。空气的干燥把一切东西的颜色都带了出来，使得脸颊的肌肉显得有些僵硬。现在要哭可不是一件容易的事情。水两秒钟就能热。常春藤消失了，或是人们把它们从房子外面铲除了。植物不再那么茂盛，家庭比以前小得多。帘子和盖罩被卷了起来，光光的墙面挂上了镶框的新油画或木版画，它们色彩鲜艳，画的都是实景实物，比如街道、雨伞和苹果。这个时代有某种确定而明显的特点，这让她想起18世纪，但不一样的是，它有一种让人分心、让人绝望的东西——她这么想着的时候，那条她似乎几百年来都穿行于其中的隧道，那条无比漫长的隧道，一下子变宽了，光涌了进来，她的头脑莫名其妙地紧张起来，仿佛钢琴调音师在她的背上拧调音扳手，将她的神经绷得很紧。同时，她的听力也敏锐起来，她能听见房间里的各种极细微的动静，壁炉架上的座钟发出的嘀嗒声听起来都像是锤子的敲击。有几秒钟的时间，光变得越来越亮，她看所有东西都愈发清晰，座钟的声音也愈来愈响，直到她耳边轰然响起巨大的爆炸声。奥兰多一下跳了起来，仿佛头上挨了重重一击。她被击打了十下。事实上，这是上午10点钟。这是10月11号。这是1928年。就是现在。

奥兰多吃了一惊，一只手按到心口，脸色苍白。我们没必要感到奇怪，因为还有什么比"现在"这样一个揭示更可怕呢？我们得以承受这一震惊，完全是因为有过去和未来在两头庇护我们。不过现在我们没有时间来好好思考这个问题，因为奥兰多已经晚了不少时间。她跑下楼，跳上她的汽车，启动车子，疾驰而去。 巨大的蓝色建筑群高高耸立，烟囱顶上的红色通风帽参差不齐地竖立在空中，道路像银色的钉子一样闪亮，高大的公共汽车迎面开过来，司机脸色苍白，像雕塑一样坐在里面。她还注意到了海绵、鸟笼和绿色防水布盒子。但她不允许这些景象进入她的头脑中，哪怕一点儿都不行，因为她正在走"现在"这个独木桥，一不小心就会掉到下面汹涌的急流中。"你怎么不看路？……把手伸出来行吗？"——她厉声说，词就像是从嘴里迸出来似的，因为街上拥挤不堪，人们过马路时也不看两边来往的车辆。他们在玻璃车窗外嗡嗡营营，从窗里往外看，是点点的红光和烈焰般的黄色，仿佛是一群蜜蜂，奥兰多这样想——但这个想法刚冒头就被掐断了，她眨了眨眼睛，再一看，他们又恢复了人群的模样。"你们怎么不看路？"她厉声说。

最后，她在马歇尔和斯内尔格罗夫百货大楼门前停下车，进了商店。光色和香气包围了她。"现在"，如滚烫的水珠，从她身上滴落下来。摇曳的光，如同被夏日的轻风吹动的薄纱。她从包里拿出一张单子，念了起来：男童鞋、浴盐、沙丁鱼。一开始她的声音有些奇怪生硬，仿佛她在一个流出彩色水流的水龙头下捧着那些词。她看着这些词在灯光下发生变化，浴盆和童鞋变得线条缓和，沙丁鱼变得像锯子一样锋利。就这样，她在马歇尔和斯内尔格罗夫百货大楼一层东张西望，闻闻这嗅嗅那，耽搁了一小会儿。电梯的门正好开着，她走进去，电梯稳当而迅速地往上运行。现在的生活真是神奇，电梯上升的时候她这么想着。在18世纪，所有的事情我们都知道是怎么回事，然而现在我可以升到空中，可以听到从美国传来的说话声，看见人们在天上飞——我实在无法想象这一切是怎么做到的。我又开始相信魔法了。电梯在二层停下的时候微微晃了一下，她像是看到无数色彩缤纷的东西在风中招摇，随风传来的是种种独特而奇怪的气味。每次电梯停下打开门时，就会有一部分世界展现在眼前，同时传来属于那个世界的各种气味。她想起了伊丽莎白时代沃平区附近的泰晤士河畔，那里通常是珍宝船和商船停靠的地方。船上的气味多么浓重而奇特啊！她清楚地记得她的手伸进珍宝麻袋时天然红宝石在她手指间穿过的感觉！跟苏姬（不管她是不是叫那个名字）躺在一起的时候，坎伯兰提着灯笼照到了他们身上！坎伯兰家族如今在波特兰广场街有一幢房子，前不久她和他们共进午餐，她还试探着跟老坎伯兰开了个关于希恩路上的济贫院的玩笑。他朝她眨眼使了个眼色。这时候电梯到顶了，她必须出去，进入一个天知道他们所谓的什么"部"。出了电梯后，她站在那里查看她的购物单，但如果照着单子就能轻而易举找到浴盐或男童鞋的话，那她就太走运了。事实上，她在这层什么也没买到，正要乘电梯下去，幸好就在这时她不自觉地大声说出了购物单上的最后一项——"双人床单"。

"双人床单。"她对一个柜台的男店员说，仿佛是天意的安排，这个柜台正好是卖床单的。格里姆斯蒂奇太太，不对，格里姆斯蒂奇太太已经死了，巴塞洛缪太太，不对，巴塞洛缪太太也死了，那就是露易丝了——露易丝几天前极为烦恼地来找她，因为她在国王房间里的床单底部发现了一个洞。很多国王或女王都在那张床上睡过，比如伊丽莎白、詹姆斯、查理、乔治、维多利亚和爱德华，床单上有个洞也没什么好奇怪的。但露易丝信誓旦旦地说她知道是谁干的。是亲王[1]。

1　这里指维多利亚女王的丈夫阿尔伯特亲王（1819—1861），出生在德国。

"可恶的德国佬！"她说（因为又发生了一次战争[1]，这次是跟德国人打）。

"双人床单。"奥兰多梦呓似的重复了一遍，是给那张带银色床罩的双人床配的，那个房间的格调她现在想来觉得有点粗俗——都是银色，不过那个时候她正对银充满迷恋。男店员去拿床单的时候，她掏出一面小镜子和粉扑。现在的女人可不像从前那么含蓄，跟她刚变成女人、躺在多情淑女号甲板上那个时候大不一样，她一边漫不经心地扑着粉一边这么想。她刻意地补了补鼻子上的粉。她从来不碰脸颊。说真的，虽然她现在已经三十六岁，可看上去一点儿都没变老。她还是一副噘着嘴闷闷不乐的样子，还是那么漂亮，玫瑰般红润（萨莎说过，像璀璨夺目的圣诞树），一如当年在泰晤士河冰面上和萨莎一起滑冰的她——

"最好的爱尔兰亚麻，夫人。"店员说，一边把床单在柜台上铺开。她和萨莎碰到了一个捡枯枝的老妇人。她心不在焉地摸着亚麻布面料，这时候不同商品区域之间的回转门开了，大概是从精品装饰区飘过来一阵香气，像是来自粉红色的香烛，那香气像螺壳一样围绕着一个身影——是小伙还是姑娘呢？——年轻，苗条，迷人——哦上帝，是个姑娘！裘皮衣服，珍珠项链，俄罗斯风格的裤子，可她不守信，不守信！

1　指第一次世界大战。

"不守信！"奥兰多喊道（男店员已经走开），整个商场顿然间翻腾起黄色的水浪，她看到了停在远方出海口的俄罗斯大船的桅杆。然后，那香气形成的海螺神奇地（或许是回转门又开了）变成了一个平台，从上面走下一个胖胖的穿着裘皮衣的女人，她保养得很好，很惹人注目，戴着珠宝头饰，像是某位大公的情妇，她曾经趴在伏尔加河岸上，一边吃着三明治，一边看人淹死在河里，此刻这个女人正朝她走来。

"哦，萨莎！"奥兰多喊道。她很吃惊，自己竟会出现这种幻觉。她变得那么胖，那么慵懒。她低下头看亚麻床单，好让这身穿灰色裘皮衣的女人和穿俄罗斯裤子的姑娘的幻影，以及与她们相随的蜡烛、白花和旧船的气味都在她身后悄悄地消失。

"还需要餐巾、毛巾或擦尘布什么的吗，夫人？"店员问道。幸亏有这张购物单，奥兰多可以看着它，表现出镇静的样子。现在她只需要一样东西，那就是浴盐，而它在另一个商品部。

但再次乘电梯下去的时候——任何情景的重复总是隐隐地会对人产生影响——她又沉到了"现在"的深渊。电梯咯噔一下降到地面，她觉得自己听见有只罐子在河岸边摔碎。她站在各式手提包中间，专注地在找浴盐所属的商品部（且不管它叫什么部），对周围店员的建议充耳不闻。这些店员穿着黑色制服，头发梳得光洁整齐，很客气，也很热情，他们也许都有悠久的家世，有的甚至可以和她的相比，但他们面前都有一道"现在"这个无法穿透的屏障，因此今天他们只是马歇尔和斯内尔格罗夫百货大楼里的店员。奥兰多站在那里犹疑不决。透过巨大的玻璃门，她可以看到牛津街上的车马人流。公共汽车一辆接一辆挤到一起，然后又突然分开。那天泰晤士河上的大冰块就是这样颠簸疾冲，一个穿着毛皮拖鞋的老贵族骑在一个大冰块上，他被冲到那里了——她现在可以看到他——正在破口大骂爱尔兰叛乱分子。他在那里沉了下去，就在她停车的地方。

"时间绕过了我，"她想，努力使自己平静下来，"这就是中年的开始。多么奇怪啊！现在什么事都不再一是一二是二。我拿起一个手提包，会想起那个冻在冰里的小贩船上的老妇人。有人点亮一支粉红色蜡烛，我会看到一个穿俄罗斯裤子的姑娘。当我走出这里的大门——我正在这样做，"她走到牛津街的人行道上，"这是什么味道？香草。我听见了山羊的铃声，我看见了群山。土耳其？印度？波斯？"她的眼睛里充满泪水。

奥兰多泪眼婆娑地钻进她的汽车，满目波斯群山的幻景。读者对此或许会感到惊诧，显然奥兰多有点儿太游离于当下之外。的确，不能否认，最懂生活之道并且身体力行的人，通常是些籍籍无名之人，他们能设法把正常人体内都会同时跳动的六十或七十个不同的时间同步起来，这样一来，当11点的钟声敲响时，所有其他的时钟也都同时响起，"现在"既不是突然的断裂，也不会在以后被彻底忘却。对于他们，我们可以公正地说，他们不折不扣地度过了他们墓碑上标记的六十八或七十二个有生之年。至于其他芸芸众生，我们知道，有的人虽然行走在我们中间，但其实已经死了；有的尽管经历了生命的种种形式，但却还未出生；还有的人尽管说自己三十六岁，但其实已是好几百岁。一个人的生命的真正长度，不管《英国名人传记辞典》[1]怎么说，一直是个有争议的话题。因为这种时间记录是件困难的事，而最容易打乱它的，就是当它跟艺术发生了瓜葛。也许要怪奥兰多对诗歌的迷恋，总之她丢了购物单，没买沙丁鱼、浴盐和童鞋就准备回家了。现在她站在车前，手搭在汽车的门上，这时候，"现在"又打了她的头。她被狠狠地打了十一下。

"真见鬼！"她叫了出来，因为报时的钟声对于神经系统是很大的刺激。她怔了一会儿，微微蹙着眉头，然后麻利地换挡，汽车嗖地开了。她车开得很好，一路穿插，拐来拐去，不时像之前那样朝车窗外喊道："看着点儿路！""你不知道自己是怎么想的吗？""那你为什么不这么说呢？"汽车开过摄政街、秣市街、诺森伯兰大道、威斯敏斯特桥，向左，直行，向右，再直行……

1928年10月11日，星期四，老肯特路[2]非常拥挤，人行道上的人都溢了出来。女人们拎着购物袋，孩子们到处跑。布店

---

1 由伍尔夫的父亲 Leslie Stephen 发起编撰，出版于 1885 年。
2 一条古罗马路，传统上是贩夫走卒活动较多的地段。

在减价卖货。街道宽一段窄一段。长长的街景渐渐聚缩到一起。这边有个集市，那边在办葬礼，这边有个游行队伍，旗帜上写着"Ra——Un"，可其他字呢？肉铺里的肉鲜红，屠夫就站在门口。女人们的鞋跟几乎都是平的。有一个门廊的上方有"Amor Vin——"的字样。一个女人从卧室的窗子往外看，看上去像在沉思什么，一动不动。Applejohn and Applebed, Undert——。没有一个地方的文字让人能看到全部或是能从头读到尾，凡是能看到开头的（就像两个朋友隔街相遇），都看不到结尾。二十分钟之后，身体和头脑就像撕碎的纸片从一个大厚纸袋里落下来。事实上，从伦敦城快速开车出来的过程，很像是把先于无意识和死亡本身的时间切成小碎块，因此，奥兰多在什么意义上可以被认为存在于当下都是一个有待探讨的问题。事实上，我们本来是要把她当成一个完全解体的人，但这时候，一个绿色的屏幕终于出现在她的右边[1]，在这个背景的映衬下，小碎片落得更缓慢了，然后左边又出现了一个屏幕，这样两边都能看到有碎片在空中翻转。绿色屏幕在两边连续不断地闪现，她的头脑重新获得了一种能把握事物的幻觉，她看到一个农舍、一个农家庭院、四头母牛，全都跟实际事物一样大小。

1　此处指车窗外一片绿色景象，宛如一个绿色屏幕。英国车行为左道行驶，驾驶座在右边，所以奥兰多最先注意到右边的车窗如绿色屏幕。

这种情况令奥兰多如释重负地松了口气，她点上一支烟，默默地吸了一两分钟。然后她犹疑地问："奥兰多吗？"仿佛她叫的人有可能不在。因为如果有（这里姑且随便一说）七十六个不同的时间同时在头脑中嘀嗒作响，天哪，那得有多少不同的人曾经在那头脑中驻留过啊？有人说是两千零五十二。如果是这样，一个人独自待着时叫一声"奥兰多吗"（如果这就是那个人的名字）岂不是世界上最平常不过的事吗？因为他的意思不过是：得了，得了，我对这个自我烦透了，我想要另外一个自我。于是就有了我们在朋友身上看到的那些惊人变化。但这也不是轻而易举的事，因为你虽然可以像奥兰多那样（来到乡村，应该是想找到另一个自我）问一声"奥兰多吗"，但你想要的那个奥兰多也许不会来。我们就是由这样一个个自我建立起来的，像服务员手上一个摞一个堆起来的盘子，这些自我在别的地方有它们的情感依附，它们有同情心，有自己的小小宪法和权利——你叫什么都行（因为这些东西大多都没有名称）。因此，有的自我只有在下雨的时候才出现，有的只肯出现在带绿色窗帘的房间里，有的只有当琼斯太太不在的时候才来，有的要你答应给一杯酒才来，如此等等，因为每个人都可以根据自己的经历列出更多不同的自我与他们谈好的条件，有的条件实在荒唐，根本不值得在此提及。

于是，在谷仓旁的拐角处，奥兰多喊了声"奥兰多吗"，声音里带着质问的口气，然后等着。奥兰多没有来。

"那好吧。"奥兰多说，表现出这种情况下人们常有的好脾气，然后又试了一次，因为她有很多不同的自我可以召唤。但我们这里无法一一讲述，因为一个人也许有好几千个自我，而一部传记能讲六到七个就算大功告成了。那就选择那些在这部传记里已有一席之地的自我吧。奥兰多现在召唤的也许是那个砍下黑人脑袋又把它挂上去的少年，那个坐在山上的少年，那个看到那位诗人的少年，那个给伊丽莎白女王呈上一碗玫瑰花水的少年。或者，她也可能召唤那个爱上萨莎的年轻男子，那个宫廷宠臣，驻君士坦丁堡的大使，军人，旅行者。或者，她现在想召唤的是女人，那个吉卜赛人，那个优雅的女士，那个隐居的贵妇，那个热爱生活的姑娘，那个文人作家的恩主，那个嫁为人妇的女人——她称自己的丈夫为马尔（意味着热水澡和夜晚的壁炉）、谢尔默丁（意味着秋日林中的番红花）、邦斯洛普（意味着我们日常的死亡），或三个称呼一起叫（意味着更多的东西，而我们这里无法把它们一一写出来）。所有这些自我各个不同，她有可能召唤其中的任何一个。

也许吧，但有一点似乎可以肯定（我们现在正处于"也许"和"似乎"的地带），她最需要的那个自我躲开了她。听她说话我们知道，她在不停地变换自我，快得就跟她开车一样——每到一个拐角就出现一个新的自我。在这个过程中，那个自觉的自我，也就是位于最上面、能够表达欲求的那个自我，由于某种莫名其妙的原因，只求做其中一个自我。这个自我就是有些人所说的真实自我，它集中了我们所有可能的自我，是指挥这些自我的统领，是锁住这些自我的钥匙。奥兰多当然在寻找这个自我，读者从她开车时说的话就能判断出这一点（如果她说的话听起来东拉西扯，前言不搭后语，琐碎，无聊，有时候甚至让人听不明白，那么这要怪读者自己，谁让他去听一位女士自言自语呢，我们只是把她说的话记录下来，在括弧里说明我们认为是哪个自我在说话，但在这一点上我们也可能会出错）。

　　"那么，是什么？是谁？"她说。"三十六岁，坐在汽车里，一个女人。是的，但还有无数其他可说的。我是势利之徒吗？大厅里的嘉德勋章？豹子盾徽？我的祖先？以他们为荣？是的！贪婪，放纵，恶毒，我是这样吗？（这里来了一个新的自我。）我才不管呢。我诚实吗？我觉得是。我慷慨吗？哦，那算不了什么（这里又来了一个自我）。一个上午都躺在床上，躺在细亚麻布床单上听鸽子叫。银餐碟，酒，侍女男仆。被惯坏了？也许。太多东西，却毫无意义。所以我写了那堆书（这里她提到五十本作品，我们认为是她早期浪漫作品的代表，那些书她后来都撕毁了）。肤浅，浮滑，浪漫。但（这里又来了一个自我）却是个笨手笨脚的傻瓜。还有谁比我更笨手笨脚呢？另外——另外——（这里她卡在一个词上，如果我们说"爱情"，也有可能是错的，但她确实笑了，脸红了，然后大声说——）祖母绿蟾蜍！哈里大公！天花板上的青蝇！（这里又有一个自我出现。）可是奈尔，姬特，萨莎呢？（她陷入了忧伤：泪水在眼睛里打转，她早已不怎么哭了。）树，她说。（这里又来了一个自我。）我喜欢树（她正在经过一个树丛），它们在那里长了上千年。还有谷仓（她经过了路边一个快要塌了的谷仓）。还有牧羊犬（此时一条牧羊犬正小跑着穿过道路，她小心地避让它）。还有夜晚。但是人（这里又来了个自我）……人？（她重复道，这次打了个问号。）我不知道。喋喋不休，心怀恶意，永远谎话连篇。（她的车子拐进了她家乡小镇的主街，因为是集市日，街上很拥挤，有农人、牧人和挎着母鸡篮子的老妇人。）我喜欢庄稼人，我也懂庄稼。但是（这时又一个自我掠过她的头脑，就像灯塔照出的光束），名声！（她笑了。）名声！印了七版。获奖。晚报上登出照片（这里她说的是《老橡树》和她所获的"伯黛特·库茨纪念奖"[1]。我们必须在此说一下，作品的高潮和尾声被她如此随便一笑就略过了，对于她的传记作者来说，这是多么令人沮丧啊。但事实是，当我们的传主是个女人时，一切都会乱套，不管是高潮还是尾声，强调的地方永远和写男人时不一样）。名声！她重复道。诗人——骗子，两者每天上午都会出现，就像每天送来的信件一样

1　安吉拉·伯黛特·库茨男爵夫人（1814—1906），英国当时著名的慈善家。但据资料，事实上并没有纪念她的文学奖项，此奖是伍尔夫虚构的。

规律。赴宴，会面；会面，赴宴；名声——名声！（这里她不得不减速来慢慢穿过集市中的人群。但没人注意到她，鱼贩子店里的鼠海豚都比她引人注目得多，虽然她是文学奖得主，而且假如她想的话，可以在头上摞着戴三顶贵族头冠。）她开得很慢，嘴里还哼了起来，似乎在哼一首老歌："我要用我的基尼金币去买开花的树，开花的树，开花的树，走在开花的树丛中，我告诉儿子们什么叫名声。"她这么哼着，嘴里的词一会儿这里降个调一会儿那里降个调，就像一条重重的珠子串起来的粗陋项链。"走在开花的树丛中，"她哼道，加重了词的发音，"看着月亮慢慢升起，马车离去……"这里她突然打住，然后专心致志地看着前面的引擎罩，沉思起来。

"他坐在特薇琪特的桌旁，"她回忆着，"大圆皱领脏兮兮的……那是来量木材的老贝克先生？还是莎——比——亚？（我们私下说起自己特别崇敬的名字时，从来不把那些名字说全）"她朝前面盯着看了十分钟，让车子几乎停了下来。

"总在脑子里出现！"她说，突然加速起来，"总是出现！从我小时候起就这样。那边有只野鹅飞起，飞过窗子，向大海飞去。我跳起来（她把方向盘抓得更紧了），伸手想抓住它，但野鹅飞得太快。我在好几个地方见过它，在英格兰、波斯和意大利。它总是迅速地向大海飞去，而我总是在它后面甩出词语的网（这时她甩出一只手），网收缩成一团，就像我见过的收回到甲板上的渔网，里

246

面只有海草。有时候网底有一英寸的银子——六个字，但从来没有捕到过珊瑚丛中的那条大鱼。"她低下头，深思着。

正是在这个时候，当她不再叫"奥兰多"而是想着别的事情的时候，那个她之前呼唤的奥兰多自己出现了，证明这一点的是现在发生在她身上的变化（她已经通过了庄园的大门，正在进入林园）。

她的整个身心变得幽暗沉静下来，就像东西外面加了一层金属箔，让表面显得光滑而坚实，浅的变成了深的，近的变成了远的，一切都被围住了，有如井水被井壁围住一样。就是这样，她幽暗，沉静，新添这个奥兰多之后，变成了一个所谓的——无论正确与否——唯一的自我，一个真实的自我。她沉默着，因为大声说话时，不同的自我（或许有两千多个）有可能会意识到它们之间的分隔，因此会尝试交流，但一旦交流上它们又沉默了。

她熟练而迅速地开上车道，弯曲的车道夹在榆树和橡树之间，顺着林园的草坡一路下去，坡很平缓，假如是水的话，它会让岸边漫上一片柔和的绿色潮水。这里种着庄重的山毛榉树和橡树。树丛中徜徉着鹿，其中一头洁白如雪，另一头的脑袋歪向一边，因为铁丝网挂住了它的角。这一切——树、鹿、草坡，让她感到赏心悦目，仿佛她的头脑像水一样在这些事物周围流淌，将它们完全包围起来。不一会儿，她的车开进了庭院，停下。好几百年中，她一直是骑马或是乘六马马车来这里，鞍前马后都有仆从相随。这里曾经冠盖如云，火把通明，现在掉着叶子的树曾经花颤枝头。此刻这里就她一人。秋叶纷纷飘落。看门人打开了大门。"早安，詹姆斯，"她说，"车里有些东西，你把它们拿进来好吗？"这些话本身稀松平常，也没有多大意义，但此刻它们却饱含蕴意，像从树上落下的熟透了的坚果，它们证明，不起眼的东西一旦被充填了意蕴，会惊人地愉悦我们的感觉。的确，奥兰多此时的每一个动作和行为就是这样，尽管它们看起来并无特别之处。因此，看她用不到三分钟的时间脱下裙子，换上一条呢裤和皮上装，就像是欣赏洛波科娃夫人[1]精彩绝伦的芭蕾艺术，令我们为之着迷。然后她走进餐厅，她的老朋友德莱顿、蒲柏、斯威夫特和艾迪生已经在那里，他们先是故作姿态地看着她，仿佛要说，我们的获奖人来啦！但他们想到这事涉及二百基尼，便纷纷点头赞赏她的衣装。二百基尼，他们似乎在说，二百基尼可不能嗤之以鼻啊。她给自己切一片面包和一片火腿，把它们合在一起后吃了起来，同时在厅里来回走动，不自觉地忘掉了宾主同桌的礼数。这样来回走了五六次之后，她把一杯西班牙红酒一饮而尽，然后又倒满一杯拿在手上，走向长长的走廊，穿过许多起居室，开始巡视起整个宅邸，跟着她的是挪威猎鹿犬和西班牙猎狗。

1　莉迪亚·洛波科娃（1892—1981），20世纪初著名俄国芭蕾舞演员，后嫁给伍尔夫好友、英国经济学家凯恩斯，定居英国。

这也是本来该做的事。回了家而不把家里到处看一遍，就像回到家不去亲吻一下自己的祖母。她想象着那些房间在她进去时会亮起来，它们会动一动，睁开眼睛，仿佛她没进来之前它们在打瞌睡。她还想象，在她看到它们的成百上千次里，它们没有两次是一样的，似乎在漫长的岁月中它们保存了无数种情绪，这些情绪会随着冬夏的更替、天气的阴晴而变化，会随着她自己的命运和来访客人性格的不同而变化。对陌生人，它们永远很客气，但有点厌倦；对于她，它们完全心无芥蒂，自在轻松。是啊，为什么不呢? 她和它们已有近四百年的渊源了。它们没什么好隐藏的。她知道它们的悲伤与欢乐。她知道它们每个部分的年龄和它们的小秘密——一个隐藏的抽屉，一个隐蔽的橱柜，甚至一些缺陷，比如某个后来补上或添加的部分。它们也都了解她的所有心绪和变化。她对它们毫无保留，在它们这里，她曾经是少年，现在是女人，她在这里哭过笑过，愁闷过开心过。她在这个窗边写了她最初的诗，在那个小教堂里结了婚。她以后也会葬在这里，她这样想着，跪在长廊的窗台上，啜饮着西班牙红酒。不过她难以想象，有一天，他们会把她跟她的先人们葬在一起，外面的光透过盾徽窗上的豹身，在地上投下一片黄色的影子。她不相信永生，但此时却情不自禁地觉得自己的灵魂不会彻底消失，就像那镶板上的红和沙发上的绿。她走进大使卧室，房间亮亮的，如同在海底躺了几百年的贝壳，结了硬壳的表面被海水冲出了极为丰富的色彩。房间的色调中有玫瑰红、黄色、绿色和浅棕色。它像贝壳一样脆弱，色彩斑斓，空洞。不会再有大使来这里睡了。啊，可她知道这座大宅的心脏仍在某处跳动。她轻轻打开一扇门，站在门槛上，想象这样一来房间就看不见她了。她看着壁毯在轻风的吹拂下微微起伏，这风永远在吹，壁毯也永远在晃动。猎手仍在骑马追逐，达芙妮仍在奔逃。心脏仍在跳，她想，无论跳得多么虚弱，多么孤独，这座巨大宅邸脆弱而又不甘屈服的心脏。

她把狗都叫到身边，继续沿着长廊走下去，长廊的地板是用整棵整棵的橡树铺就的。一排排丝绒面已褪色的椅子靠墙摆着，伸出的扶手在等待伊丽莎白、詹姆斯，也可能是莎士比亚，或是从未来过的塞西尔。眼前的景象令她黯然神伤。她解开了把它们围起来的绳子，坐到女王的椅子上，翻开贝蒂夫人[1]桌上的一部手稿。她的手指在陈年的玫瑰叶中搅动，用詹姆斯国王的银梳子梳了下她的短发，在他的床上蹦上蹦下（不会再有国王来这里睡了，尽管露易丝换了新床单），将脸贴在古旧的银色床罩上。到处都有驱赶飞蛾的薰衣草小香包和"请勿触摸"的印刷告示，虽然这些告示是她自己贴的，现在却像是在指责她。这房子已不再完全属于她，她叹了口气。它属于时间，属于历史，不宜再被当前的人触摸和控制。这里再不会溅上啤酒了，她想（她在尼

1　指伊丽莎白·赫斯汀斯（1682—1739），贵族出身，热心慈善事业。

克·格林曾经住过的房间里），地毯上也不会再烧出洞，不会再有二百个仆人端着热平底锅或抱着壁炉用的柴火在走廊里闹哄哄地跑来跑去，房子外面的作坊里不会再有人酿酒、制作蜡烛、造鞍具和打磨石料了。锤子和木槌的敲击声现在听不见了，椅子和床都空着，金质和银质的大啤酒杯被锁进了玻璃柜里。寂静，在空旷的大宅里扇动着它巨大的翅膀。

到了走廊的尽头，她在伊丽莎白女王的硬木扶手椅上坐下，狗围着她蹲坐在一旁。回头看去，长长的走廊一直延伸到灯光几乎照不着的地方，它像一条深深通往过去的隧道。当她凝视着这条走廊时，可以看到不少人在说说笑笑，有她认识的那些名人，比如德莱顿、斯威夫特和蒲柏，有正在会谈的政要，有在窗边调情的恋人，还有围坐在长条桌边上大吃大喝的人，木柴的烟雾缭绕在他们的头周围，把他们呛得又是咳嗽又是打喷嚏。再往远处看，她能看到几组跳舞的人站好队形准备跳四对方舞。婉转、柔弱而又不失庄严的音乐响了起来。管风琴奏响低沉的乐音。一具棺材被抬进了小教堂。一个婚礼的队伍从里面出来。身穿盔甲的男人们打仗去了。他们从弗洛登和普瓦捷[1]带回战旗，把它们挂在墙上。就像这样，长长的走廊里

---

1 普瓦捷，法国地名，1536 年的普瓦捷战役是“百年战争”中英国战胜法国的一场著名战役。

满是往昔的景象。再往远看，在长廊那一边的最尽头，在伊丽莎白时代和都铎王朝的人群之前，她觉得依稀能看到一个更古老、更遥远、更晦暗的人影，一个穿蒙头斗篷、神情严峻的修道士，他双手夹着一本书，边走边自言自语——

座钟打雷般地敲了四下。再强的地震也不能如此彻底地摧毁整个一座城，长廊，以及里面所有的人和物就此灰飞烟灭。她凝视长廊时昏暗阴郁的脸突然间就像被炸药爆炸时的闪光所照亮，在这亮光中，她身边的一切都显得异常清晰。她看见两只苍蝇在盘旋，并且注意到了它们身上的蓝色光泽，她看见脚下的地板上有个木节，看到她的狗的耳朵在微微抽动；同时，她听到花园里的大树枝在嘎吱作响，林园草地上的羊在咳嗽，一只雨燕尖叫着飞过窗前。她的身体刺痛般地颤抖了一下，仿佛突然赤身裸体地置身于冰天雪地中。然而，不像在伦敦那次钟声敲响 10 点时的反应，这次她保持了镇定（因为现在她是完整的，或许有更大的表面来承受时间的冲击）。她从容地站起身，把狗叫到身边，稳步同时又小心地走下楼梯，走到外面的花园里。这里，植物的影子出奇地清晰。她能看到花圃里的泥土颗粒，仿佛她的眼睛下面有一架显微镜。她看到每棵树的枝丫错落有致，每一株花草都历历可见，包括叶脉和花瓣的纹路。她看到花匠斯塔布斯沿小径走来，他的长筒橡胶靴上的每一个扣子都可以看得清清楚楚。她看到拉车的大马贝蒂和王子，她以前从来没这么清楚地看到过贝蒂额头上的白星，以及王子的尾巴有三根尾鬃比其余的都长。在外面的方庭中，房子的古老灰墙看上去像是表面有刮擦的新照片。她在庭院露台上听见扩音喇叭正在播放一首缩简版的舞曲，是人们在红丝绒的维也纳歌剧院里听的那种舞曲。当下这一时刻令她敏锐而紧张，也让她莫名地感到害怕，似乎只要时间的裂口一出现，让一秒钟从中溜出来，未知的危险就会随之而来。这种不间断的高度紧张让她不舒服，她也不可能长时间忍受。她的脚步快了起来，可这非她所愿，仿佛她的腿不受她的控制。她走过花园，来到空阔的林园里。她竭力迫使自己在木匠坊前停下，站在那里一动不动地看乔·斯塔布斯做马车车轮。她直勾勾地看着他的手，突然，一刻钟的钟声敲响了，像流星一样飞快地穿过她的身体，流星炽热得没有谁的手指敢去碰它。她清晰地看到乔的右手大拇指没有指甲，在指甲的地方鼓起一小块粉红色的肉。这让她感到恶心，有一小会儿时间她感觉自己晕了过去，但在那一刻的黑暗中，她的眼皮跳动了几下，于是她便从当下的压力下解脱了出来。她眼皮跳动时的阴影里有某种奇怪的东西，某种永远不在当下的东西（任何人抬头看一下天空就能自己验证这一点）——它的可怕即在于此，它难以形容的特征即在于此——某种人们急于用一个名称赋予它实在之体并称其为美的东西，因为它像影子一样，没有实体，没有自己的实质或特性，然而却能改变它所附着的任何东西。她在木匠坊感到眩晕，眼皮跳动的时候，这个影子悄然溜了出来，将自己附着于她所看到的无数景象，把这些景象变成可以容忍、可以理解的东西。她的思绪开始像大海一样翻滚起来。是的，她想，一边长长地舒了口气，离开木匠坊朝山上走去，我又可以重新开始生活了。我在蛇形湖旁，她想，小船在攀越无数死亡拱起的白色巨浪。我就要明白……

那些都是她的话，说得很清晰，但我们得说明，她现在根本不关心她眼前的事情到底是个什么样子，因此她很容易把羊当作牛，或者把那个叫史密斯的老头当作其实跟他毫无关系的琼斯。那个没有指甲盖的大拇指留下的让她眩晕的阴影，在她大脑的后部（离视觉最远的部位）变得更深了，成为一潭幽暗的池水，栖居在里面的东西我们不得而知。她看着这片深潭或海，它映出一切。有人说，所有最强烈的情感、艺术和宗教，是在可见的世界变得模糊不清时，我们在大脑后面的黑暗虚空中看到的映像。她久久地、深沉地凝视着那里，突然，她走的那条长满羊齿草的上山小道不再是一条小道，而是部分地变成了蛇形湖，山楂树丛有一部分变成了手持名帖的女士和拄着镶金手杖的绅士，羊群有一部分变成了梅费尔区的高大住宅，一切事物都部分地变成了别的东西，仿佛她的头脑变成了一片森林，里面东一块西一块地出现一些林间空地，不同的事物一会儿近一会儿远，混杂在一起又分开，在光和影的不停变化中，形成最奇异的联盟和组合。要不是猎鹿犬卡努特在追逐一只兔子，使她想起来现在大概已经4点

30 分了——事实上是 6 点差 23 分——她已全然忘了时间。

长满羊齿草的小道弯弯曲曲，一直通向山顶上的那棵老橡树。她最早见到这棵树大约是在 1588 年，从那时候到现在，这棵树已经长得更加高大粗壮，树干上也有了更多的结瘤，但它仍然处于生命的鼎盛期，褶边清晰的小叶子依然浓密，在树枝上簌簌抖动。她扑倒在地上，感受到树根像从脊椎延伸出的肋骨一样在她身子底下伸展。她喜欢想象自己骑在世界的背上。她喜欢让自己附着于坚实的东西。当她扑到地上时，从她皮上衣的胸口掉出一本红布封面的小方书——她的诗作《老橡树》。"我真应该带一把泥铲过来。"她想。树根上面的土太浅了，她有点儿怀疑自己能否按她所想把书埋在这里。再说，狗也可能会把它刨出来。这种象征性的庆祝从来不受运气的眷顾，她想。也许，不搞这个也罢。一篇简短的演讲已经到了嘴边，她原先准备埋书时说的。（这是一本初版书，上面有作者和插图艺术家的签名。）"我把这本书埋在这里，"她本来打算要这么说，"以此回报给予我一切的这片土地。"可是上帝啊！这些话一旦大声说出来，听上去多么可笑啊！她想起那天老格林走上讲台，把她跟弥尔顿相比较（除了他失明那点），并给了她一张两百基尼的支票。那一刻，她就在想山顶上的这棵老橡树，她在想，那些事和这树有什么关系呢？赞誉和名声跟诗歌有什么相干？书印了七版（至少有这么多版次）和书的价值有何相干？写诗难道不是一种秘密的交流，一个声音对另一个声音的回应吗？如果是这样，那么侃侃而谈、赞美、指责、去跟赞赏或不赞赏你的人会面，诸如此类，都是与写诗不相干的无谓之举。有什么能比她这么多年来断断续续的回应更隐秘、更舒缓、更像对恋人的喁喁私语呢？她回应的是树林的柔婉歌声，是农庄和门口并排站立的棕马，是铁匠铺、厨房和辛苦孕育小麦、芜菁和青草的田野，是盛开着鸢尾花和贝母花的花园。

她没有把书埋掉，而是任由它散架似的躺在地上。眼前开阔的景象在夕阳下变得时明时暗，有如变化多端的海底世界。那里有一个村子，榆树丛中能看到教堂的尖塔，大片的草地中有一座灰色穹顶的大宅，玻璃暖房上闪耀着光点，农场上堆着黄色的玉米垛。田野上能明显地看到黑色的树丛，田野之外是长长的林地，一条河微微地闪着光，然后又是一片丘陵。远处，斯诺登的白色山峰显现在缭绕的云雾中。她还看到了远方的苏格兰群山和赫布里底群岛周围的汹涌海潮。她侧耳去听海上的枪炮声。没有枪炮声，只有风的声音。今天没有战争。德雷克不在了，纳尔逊不在了。"那里曾经是我的领地，"她想，凝望远方的眼睛又一次垂下来看着山下的土地，"白垩山丘之间的那座城堡曾经是我的，那片几乎延伸到海边的荒野也曾属于我。"这时候，眼前的风景抖动起来（一定是光线黯淡下去时产生的某种效果），叠加成帐篷的形状，使得房屋、城堡和森林这样的累赘都从侧面滑落下去。土耳其光秃秃的山脉展现在她面前。正是烈日当空的正午，她看着暴晒下的山坡，山羊在她脚边啃沙土中的草丛，一只老鹰在她头顶上空飞翔。吉卜赛老人鲁斯图姆嘶哑的声音在她耳边响起："跟这些比，你的古老家族和财产算得了什么？你有四百个房间，每个盘子都有银罩，有女佣给你打扫房间，可那又怎么样呢？"

此刻，山谷里响起了教堂的钟声。帐篷形状的风景突然崩塌了。"现在"又一次阵雨般地落到她头上，但此时光线正在弱下去，比先前更柔和了一些，进入眼帘的没有细小的东西，只有朦胧的田野、点着灯的农舍、一片沉睡中的森林和某条小巷中不断推着黑暗的扇形灯光。她说不准钟声响了九下、十下还是十一下。夜已降临，这是她一天中最喜欢的时间，在夜里，头脑的幽暗深潭中的映像比在白天显得更清晰。不是非要在昏厥的状态中才能窥到事物形成的黑暗深处，在那深潭中看到莎士比亚，或是穿俄式裤子的姑娘，或是蛇形湖上的玩具船，还有风暴中的大西洋和被巨浪包围的合恩角。她朝黑暗深处看去，那里有她丈夫的双桅船，正在攀越浪峰！向上，向上，再向上。万千死亡拱起的白色巨浪高高出现在它面前。哦，不要命的荒唐男人，总想着出海，无谓地顶着狂风去闯那该死的合恩角！但双桅船穿过了那道拱起的巨浪，来到了大西洋的这一边。它终于安全了！

"太好了！"她大声说，"太好了！"然后，风渐渐停下来，水面变得平静。她看到月光下柔波荡漾，泛着涟漪。

"马尔默杜克·邦斯洛普·谢尔默丁！"她站在老橡树旁呼唤。

这个闪光的动人名字，像一根钢青色的羽毛从天空中飘落下来。她看着它翻转飘落，像一支缓缓落下的箭，优美地划开深厚的空气。他要回来了，正如他以前总是回来那样，在风平浪静的时候。水波在微微荡漾，秋天的树林里，带斑点的叶子缓缓飘落在她的脚面上，豹子一动不动，月光照在水面上，天空和大海之间，万籁俱寂。这个时候，他来了。

现在一切静止，时近午夜。月亮慢慢地升到了林地旷野的上空，它的光在地上营造出一座幻影的城堡。巨大的建筑矗立在那儿，所有的窗子都蒙上了银辉。没有墙，没有实在之物，一切都是幻影，一切寂然无声。所有地方都被点亮，迎接一位已故女王的驾临。奥兰多看到庭院里冠羽的黑影在摇曳，火把闪着光亮，人影纷纷下跪。女王再次从她的马车里走下来。

"欢迎陛下驾临，"她说，深深地屈膝行礼，"这里的一切都没变。我的父亲，已故的勋爵，将为您引路。"

她说话的时候，午夜的第一声钟声响了起来。"现在"的凉风拂过她带着一丝惊惧的脸。她不安地望着天空，现在那里已是黑云沉沉。风在她耳边咆哮，但在风的咆哮声中她听到一架飞机越来越近的轰鸣声。

"在这里！谢尔，在这里！"她喊道，将胸脯对着月亮（现在月光更亮了），这时，她胸前的珍珠闪闪发光，像巨大的月亮蜘蛛产下的蛋。飞机从云层中冲出，飞到了她头顶上空，在那里盘旋。她的珍珠在黑暗中发出磷火般的光。

谢尔默丁现在已经成长为干练的船长，他健壮，机敏，精神焕发。他一跃跳到岸上，一只野禽突然从他头上飞过。

"是那只鹅！"奥兰多喊道，"那只野鹅……"

午夜的第十二下钟声响了，这是 1928 年，10 月 11 日，星期四，午夜 12 点。

THE END

一个人能使自己成为自己，比什么都重要。

——弗吉尼亚·伍尔夫

更多伍尔夫惊艳之作——

《一间只属于自己的房间》

"一个女人要想写作，必须拥有两样东西，钱和一间只属于自己的房间。"

时至今日，我们对独立空间的追求从未改变

《到灯塔去》

"她们像灯塔一样闪耀。"

伍尔夫自传体意识流小说代表作

献给母亲，以及逝去的时光

奥兰多 —— 产品经理 | 郊茲茲　技术编辑 | 丁占旭　责任印制 | 陈金　装帧设计 | broussaille 私制　监制 | 曹夏　出品人 | 于檬

图书在版编目（CIP）数据

奥兰多：插图珍藏版 /（英）弗吉尼亚·伍尔夫著；
侯毅凌译；(西) 海伦娜·佩雷斯·加西亚绘. -- 天津：
天津人民出版社, 2021.9（2024.5重印）
　　ISBN 978-7-201-17482-2

Ⅰ.①奥… Ⅱ.①弗… ②侯… ③海… Ⅲ.①长篇小
说—英国—现代 Ⅳ.①I561.45

中国版本图书馆CIP数据核字(2021)第141353号

奥兰多：插图珍藏版
AOLANDUO: CHATU ZHENCANGBAN

出　　版　　天津人民出版社
出 版 人　　刘锦泉
地　　址　　天津市和平区西康路35号康岳大厦
邮政编码　　300051
邮购电话　　022-23332469
电子信箱　　reader@tjrmcbs.com

责任编辑　　张　璐
特约编辑　　燕文青
产品经理　　邵蕊蕊
装帧设计　　broussaille私制

制版印刷　　嘉业印刷（天津）有限公司
经　　销　　新华书店
发　　行　　果麦文化传媒股份有限公司
开　　本　　880毫米×1230毫米　　1/32
印　　张　　8.75
印　　数　　43,001—48,000
字　　数　　150千字
版次印次　　2021年9月第1版　　2024年5月第8次印刷
定　　价　　58.00元